SchwarzRund

Biskaya
Afroqueerer Roman

SchwarzRund

BISKaya

Afroqueerer Roman

Das Cover ist das Aquarell „Escapar del ser" von SchwarzRund (2004).

Bibliografische Information der Deutschen Nationalbibliothek: Die Deutsche Nationalbibliothek verzeichnet diese Publikation in der Deutschen Nationalbibliografie; detaillierte bibliografische Daten sind im Internet über dnb.dnb.de abrufbar.

Herstellung und Verlag: BoD – Books on Demand, Norderstedt Gestaltung: zankoloreck.de

3. Auflage 2020

ISBN: 9783750451285

eins

1

Tue richtete ihre geglätteten Haare ein letztes Mal, bevor sie sich der Aufgabe stellte, die Party zu besuchen. Die Verpflichtung zum Netzwerken im neuen Gebäude, in dem auch ihr Proberaum lag, machte es unvermeidlich, sich immer wieder solchen Ansammlungen auszusetzen. Sie tat dies trotz ihrer Abneigung, neue Menschen kennenzulernen. Die Gespräche der anderen Menschen machten ihr die eigene soziale Inkompetenz bitterlich deutlich. Sich dessen bewusst, doch noch unwillig, solch einer Situation schon wieder vorzeitig zu entfliehen, bückte sie sich über einen Tapeziertisch, der bedeckt war mit Hunderten Fotos. Auf ihnen zu sehen war eine Schar wechselnder Menschen, immer zusammen mit derselben Schwarzen Person in stets einfarbig grellen Jumpsuits.

Auf jeder einzelnen Ablichtung nahm der Hauptdarsteller der Collage eine andere dramatische Pose ein, verteilte anzügliche Blicke, verliebt in die Performance seiner selbst. Ihr Blick verlor sich in jenes Bild, welches den Menschen in einem gelben Jumpsuit darstellte. Das Gelb berührte etwas in ihr, rüttelte ein lang vergrabenes Gefühl wach, welches umgehend die Kontrolle der Gegenwart übernahm. Sie driftete ab, verlor den Bezug zu der Welt, wie viele andere sie sahen, alles schien schrill, zu nah und überfordernd. Es war, als würde die Welt sich ihr verwehren, alles schien krasser, überspitzt, der Sinn von allem überdeckt durch die Intensität der Eindrücke, die sie überfluteten. Der Autopilot übernahm, entdeckte einen Fleck auf dem grellen Jumpsuit-Foto, sie schrubbte über die Stelle, doch die Farbe breitete sich nur weiter aus, verunstaltete bereits das halbe Bild. Heimlich ließ sie ihren Daumen in ihrem Mund verschwinden, rieb dann betont beiläufig kräftig über den Fleck. Kleine Bildfetzen hingen an ihrer Fingerkuppe, doch der Schmutz entschied sich dazu, weiterhin als schlecht sitzende Make-up-Ergänzung auf dem grobkörnigen Fotodruck zu kleben.

„Olle Klischee-Lesbe", murmelte sie frustriert ihren Nägeln zu. Diese waren bis auf das Nagelbett gekürzt, mit ihren fünfundzwanzig Jahren trug sie die Nägel weiterhin wie zu Schulzeiten. Sie kratzte stattdessen mit der Spitze ihres Zahnes über das Bild, vertieft in die Reinigungsarbeiten.

Das Papier schmeckte nach Pflanzenschutzmittel und zu viel Rot. Prüfend begutachtete sie das Ergebnis ihrer Beißreinigung. Sie hatte erfolgreich den Kopf des ihr unbekannten Gastgebers herausgebissen.

Mühsam erweiterte sie den Blickwinkel über die Ränder der Fotografie, lud es ihrer Wahrnehmung auf, den gesamten Raum zu erfassen. Jegliche Fokussierung versagte, alles war zu scharf gezeichnet und dadurch nichts wirklich erkennbar, ihre Rezeptoren überflutet von Eindrücken und Impulsen, die Lunge verwehrte routiniert die Aufnahme von Sauerstoff. Die linke Hand fing gänzlich eigenständig den Daumen der anderen ein. „Eins", murmelte sie, sortierte die Menschen in *bekannt / unbekannt*; nun der Zeigefinger: „zwei", *sympathisch / unsympathisch* ... Langsam fügten ihre Gehirnwindungen der Ansammlung Prioritäten hinzu, erkannten, dass es keine dringliche Verpflichtung zum sozialen Handeln gab, der Atem fand wieder seinen Weg in ihre Lunge.

Sie stopfte den Bildklumpen in ihre Tasche, schlich unauffällig in Richtung Büfett, dieses schien zum überwiegenden Teil aus Erdbeeren, Porzellan und Sekt zu bestehen. Die mit geschmolzener Schokolade gefüllten winzigen Schüsselchen, welche einen betörenden Mischmasch an Gerüchen verbreiteten, wirkten zu winzig, um in sie ohne peinliche Patzer die bereitgestellten Früchte zu tunken. Der Stress trieb ihr das globale Gefühl der Überforderung in jede Faser des Körpers, sie sah sich schon daran scheitern, es den anderen galant gleichzutun. Solche Momente genügten noch immer, um sie zu einer unsicheren Zwölfjährigen werden zu lassen.

Unter all den experimentellen Sorten, welche sich in ihrem unappetitlichen Aussehen und Geschmack gegenseitig überboten, entschied sie sich für die „Maracuja-Mango vegan white chocolate". Die Übelkeit blieb aus, wie sie verblüfft feststellte, und sie beschlagnahmte die Schüssel samt Inhalt umgehend für sich. Unsicher ließ sie den Blick schweifen. Das Loft war einer der größten Räume im kreativ.Bürohaus, hatte auf seinen 200 Quadratmetern nicht eine Trennwand, aber bodentiefe Fenster. Es diente für gewöhnlich als Atelier für seinen Besitzer, der mit seinen großen frivolen Gemälden genug verdiente, um das alte Fabrikgebäude auszubauen. Durch die gestreifte Farbgestaltung der fensterlosen Wand schienen alle hier unpassend gekleidet zu sein, alles biss sich mit den breiten Streifen in Türkis und Orange. Vor den anderen, strahlend weißen Putzwänden tummelten sich jene, denen dies klar war. Im ganzen Raum war ein breit gefächertes Sammelsurium an Sesseln und Sofas verteilt, in einer Ecke tanzten die Ersten zaghaft zu Musik aus den 2000er-Jahren, die vor ihrer Geburt veröffentlicht worden war und doch ihre Leben geprägt hatte.

Ein breiter, karmesinroter Sessel war soeben frei geworden, Tue nahm Erdbeeren, Maracuja-Mango vegan white chocolate und ihren Sekt, um schleunigst die Ecke zu besetzen. Ein Schwall blonder flacher Haare wehte in ihr Gesicht, ließ sich genau vor ihr lachend in den Sessel plumpsen. Dem folgte ein weißer Kopf mit Wursthaaren, der sich sofort auf den Schoss der Langhaarigen fallen ließ, sie begannen hektisch Zärtlichkeiten auszutauschen. Tue spürte, wie die Unsichtbarkeit sie umschlang, blieb wie versteinert wenige Zentimeter vor den beiden stehen.

Nicht mal einen Blick, nicht mal eine geheuchelte Entschuldigung war sie ihnen wert gewesen.

Während sie behutsam, doch bestimmt von einer weiteren Person zur Seite gedrückt wurde, konzentrierte sie sich ganz auf die Rettung der Büfett-Beute, die zu entgleiten drohte.

Die heiße Schokoladenschüssel brannte auf ihrer Haut, sie meisterte es durch das richtige Maß an Balance, den Sekt nicht zu vergießen. Erst der empörte Aufschrei des Wursthaarmenschen ließ Tue aufblicken: Sein Gesicht war übergossen mit dem bitter schmeckenden Sekt, seine Aufmerksamkeit nun nicht mehr bei seiner Begleitung. Die Ursache für die klebrige Verfassung seines Gesichtes zerrte ihn aus dem Sessel. Tue beobachtete das Geschehen beinahe unbeteiligt. Sie war noch damit beschäftigt, zu verstehen, weshalb die vorherige Situation so geschmerzt hatte, fuhr mechanisch mit der freien Hand über ihre geglätteten Haare, um sie noch etwas unauffälliger zu machen. Einer paradoxen Logik folgend versuchte sie, weniger präsent zu sein, um weniger übergangen zu werden.

„Erste Frage: wie seid ihr hier reingekommen, zweite Frage: was trägst du da auf deinem Kopf, dritte Frage: verpiss dich!", schallte eine tiefe, schnelle Stimme neben ihrem Ohr, der Sprechende stand neben ihr. Es war der Mann vom Foto, er war in einen dunkelvioletten Overall und ein silbernes

Jackett gekleidet und trug einen Afropuff, der mithilfe von einem schmalen Silberband arrangiert war.

Der Nassere in der Diskussion hatte sich offenbar gesammelt, verzog das Gesicht zu einer gehässigen Grimasse und antwortete: „Wollten die Party etwas aufwerten, was'n dein Problem? Abgesehen davon is' ,verpiss dich' keine Frage!"

Seine Begleitung kicherte zustimmend und räkelte sich provozierend auf dem eroberten Polsterstück. Tue verspürte große Lust zuzuschlagen.

„Smart, smart white boy", sagte der Gastgeber mit leiser, bedrohlicher Stimme. „Erklärst du dem dummen Schwarzen Mann seine eigene Sprache? Das ist aber nett von dir. Da freu ich mich aber, dass du eine Frage von einem Befehlssatz unterscheiden kannst."

Unter seinen künstlichen Wimpern blickte er den hageren weißen Störenfried an. Dieser fummelte an seinem „Nazis raus"-Aufnäher und wollte gerade antworten, als ihm seine Begleitung zuvorkam. Sie stemmte sich aus dem weichen Polster, ging schimpfend auf ihren Gastgeber zu:

„Das ist Rufmord! Du kannst doch ihn hier nicht einfach als Rassisten bezeichnen! Keiner hat was Rassistisches gesagt, ey, is' ja nicht so, dass er dich N–"

Nur das Klirren von Tues Schüssel, die an der Wand zersplitterte, verhinderte die letzten Buchstaben, die durch viele vorherige Verletzungen bereits in ihren Kopf gebrannt grell aufleuchteten, in Erwartung der erneuten Erniedrigung.

Der Sekt lief in Tues Sandalen, Scherben bohrten sich in ihren Fuß. Sie hatte nicht nur die Schüssel geschmissen, sondern auch Erdbeeren und Sekt fallen gelassen. Die sauren Früchte waren nun umgeben von Alkohol und Blut.

Während sie das Farbenspiel am Boden betrachtete und sich auf den brennenden Schmerz konzentrierte, warfen andere Gäste das Pärchen raus. Eine Hand durchbrach ihre Starre, ergriff ihren Arm und zog ihre Hand aus ihrer Hosentasche.

„Matthew", er ergriff ihre Hand, das zerkaute Foto klebte zwischen ihren Handflächen. Die Sekunden, in denen sie überlegte, wie sie dies erklären könnte, verklebten wiederum ihre Gedanken. Wie in Zeitlupe wartete sie auf die unweigerlich folgende Reaktion.

Matthew faltete langsam den Klumpen auseinander und sah das Foto von sich, sein Kopf fehlte, die einzelnen Fetzen waren Beweisstücke für Tues rabiate Entfernungsmethode. Nach einem Räuspern fragte er: „Was für eine Vergangenheit verbindet uns, dass du hier erscheinst, nur um mir meinen Kopf abzuknabbern?"

Durch ihr Gehirn rasten Erklärungsversuche und Lügengebilde, das Einzige, was sie hervorbrachte, war: „Dreckig. Rot. Also, ich mein, dein Kopf war rot, also habe ich ihn rausgebissen. Du bist verschmiert gewesen." Sie stockte, wiederholte hilflos: „Dein Kopf war rot." Ihr Kopf wiederum wurde glühend heiß, auf ihrer Haut kitzelten die Blicke der Umstehenden.

Zu ihrer Überraschung schien ihm dies zu genügen, er glättete das Bild, legte es auf den Fototisch zurück und drückte sie an sich. „Danke dafür. Du hast im richtigen Moment entschieden, mein Geschirr zu zerstören. Ich vertraue darauf, dass deine Entscheidung beim Foto ebenso unfehlbar war."

Sie spürte, wie sich eine der Scherben nun in ihre Sohle bohrte, bemerkte, wie dieser Reiz sie nach und nach in den Moment zurückholte. Ihr Blickfeld vergrößerte sich, Farben, Geräusche und Gerüche drangen auf sie ein – die Uhr an der Wand lief wieder in einer Geschwindigkeit, die ihr Körper verstand.

Nachdem ihr Fuß notdürftig verarztet war, versanken die beiden in die Debatten um den Zwischenfall, die die Party nun beherrschten. Sie stellte sich dem Veranstalter der Party nur mit ihrem bürgerlichen Namen, Tue Millow, vor, verschwieg, dass die Band nach ihr benannt war. Er erzählte von seinem Alltag in dem Gebäude, das er selbst renoviert hatte, um für seine gigantischen Ölgemälde einen angemessenen Arbeitsraum zu haben. Matthew kannte weder sie noch ihre Band und somit beließ sie alles im Vagen. Er erklärte ihr die kleinen Details des sozialen Umgangs im kreativ.Bürohaus, wie die einzelnen Mietparteien zueinander standen und wie alle ihr und ihrer Band gegenüberstanden, sie merkte, wie ihre Ängste vor dem neuen Arbeitsfeld abnahmen.

Tue wusste nicht mehr genau, wie es dazu kam, aber letztendlich übernachtete sie bei Matthew auf der Couch. Morgens schauten sie zusammen schlecht geschriebene Reden des Bundestags im Live-Fernsehen an, entschieden, dass es mehr fliegende Stühle und weniger weiße Männer vertragen könnte. Sie schlugen sich den Magen voll mit getrockneten Schokoladebrocken und Jollof-Reis, der eiskalt an ihren Fingern klebte. Sein Blick eilte immer wieder zu ihrem glattgebügelten Bob, er zog die Stirn kraus, aber schwieg. Jahre später würde sie sich noch an diesen Morgen erinnern, der so viel Vertrautheit in sich trug, ihr augenblicklich das Gefühl gab, angekommen zu sein.

Die DNA klebte am heißen Keramik und brachte das Fass von Tues Selbstbeherrschung zum Überlaufen. Der Geruch von verbranntem Horn, ergänzt um den bitterer Chemikalien, schoss in die Nase, weckte Bilder von Schmerz und Schönheit

Ihre kleinen Löckchen waren seit Jahren in das weiße Passepartout der Schönheit gezwungen worden, jeden Morgen durch das heiße Keramik gezogen, zerbrochen und geglättet worden.

„Was, was stinkt, was stinkt denn da im Bad, was, was stinkt, was stinkt denn da im Boudoir?", trällerte es aus der Küche. Tue schob mit dem rechten Fuß das Handtuch näher an die Ritze zwischen Tür und Boden, um so das Entweichen des Hornhaargestankes zu verhindern.

Sie hielt die Luft an, während sie vorsichtig das Glätteisen aufklappen ließ. Eine rußige Pampe klebte auf der abgenutzten Fläche, verströmte das übelriechende Zeugnis der Haarzerstörung. Lethargisch zog sie das Eisen über eine andere Strähne – auch diese zerriss. Nun gut, dann halt Spitzen schneiden, mit der Nagelschere ihres Roomies machte sie sich daran, aus den plattlockigen Haaren einen Bob zu schnitzen. Der Hornhaargestank vermischte sich mit dem Hair-Protection-Spray-Mief, den sie gerade auf ihre Haare aufbrachte, es zog und klebte zwischen den Fingern, als würde sie Schwimmhäute entwickeln. Sie ließ sich auf den Klodeckel fallen, wuschelte durch die Frisur, zog einige Strähnen intuitiv in andere Richtungen.

Es würde sicher gut aussehen, ganz sicher.

Mit geschlossenen Augen stand sie vor dem Spiegel, zählte runter: Drei ... zwei ... ei–

„Oh mein Gott, sieht das scheiße aus!" Plenz stand vor ihr und verdeckte den Spiegel, schmetterte in gewohnter Ehrlichkeit Beleidigungen durch den Raum.

Mit der rechten Hand schob Tue das Hindernis zwischen sich und dem Spiegel fort, sah sich an.

Sie hielt ja nichts von Schönheitsnormen.

Aber ja, selbst ihrem dreißigjährigen Ich fiel keine treffendere Beschreibung ein: Das sah scheiße aus.

Plenz entschied, dass ein Undercut kombiniert mit etwas Farbe helfen würde. Sie malträtierten stundenlang den missglückten Versuch auf ihrem

Schädel, der Badezimmerboden eine Begräbnisstätte für zerstörte Haarspitzen, Haarwurzeln und Hornhaarmatsch. Die unansehnliche offene Aufbahrung ihres Kopfhaares brachte nichts, ein Conditioner nach dem nächsten versagte den Dienst, selbst das letzte Info-Video scheiterte daran, ihre Haare zu retten.

Es half nichts.

Es war an der Zeit, aufzugeben.

Später würde Tue behaupten, es wäre ganz klar gewesen, später wäre es ein revolutionärer Akt aus Überzeugung. Aber heute erlebte sie leider das Jetzt, in seiner ganzen profanen Unsicherheit.

Am Ende des Tages fühlte sich der kalte Scherkopf, der sie von den kolonialen Strähnen befreite, fast wie eine Erleichterung an. Sie fuhr über die Stoppeln auf ihrem Kopf, die weich ihre Fingerkuppen streichelten. Über dem Spiegel wölkte weißer Qualm, ihr Glätteisen versenkte gerade die Wand ihres Mülleimers.

Ohne auf den Brandherd zu reagieren, gaben sich ihre Zwangsgedanken einen schnellen Schlagabtausch, ließen die letzten Reste ihres Selbstbewusstseins verstummen. Wie ihre Band reagieren würde, wie die Reaktion der Medien wäre? Wäre dies das Ende der Zeit, in der sie das good black girl der sonst so weißen typenlastigen Hamburger Schule gewesen war? Ein leises Klavierspiel klang in ihren

Gedanken wieder, zerfraß die Stille, die die Fragen hinterlassen hatten. Sie blickte direkt in die dunkelbraunen Pupillen ihres Spiegel-Selbst, das sie umrahmt von weißem Qualm anstarrte.

„*Black is the color of my true love's hair*", sang sie leise vor sich hin und meinte in diesem Moment nur sich selbst.

Matthew würde morgen ein glücklicher Mensch sein, ihm würde sie die andere Version der Geschichte erzählen. Die Version, in der sie sich aus politischen Gründen dazu durchgerungen hatte, nicht mehr dem weißen männlichen Patriarchat zu folgen und endlich voller Stolz ihre Locken zu tragen. Matthew würde nichts erfahren von dem Hornhaargestank, er würde sich höchstens wundern über das Brandloch in ihrem Mülleimer, aber zum Glück gab es ja rauchende Roomies. Mit einer Zigarette fummelte sie an dem Brandloch herum, für mehr Authentizität, ließ dann aber doch heimlich ein paar Tränen über ihr Gesicht rinnen. Das Ende des Gestankes ging einher mit dem Verlust des platt gebügelten Schutzschildes, doch bot dies auch die Gelegenheit, den Naturhaaren eine neue Chance zu geben.

Mit zehn Jahren hatte sie zuletzt ihre Naturlocken wachsen lassen. Damals reichten die durch Wasser schweren Kringel weit über ihre Schultern hinunter. Tue kitzelte die Stelle ihres Rückens, bis zu der die Haare gereicht hatten. Ihre Gedanken schweiften ab, hin zu Erinnerungen, die bis ins Heute Striemen hinterließen, sobald sie ihr Bewusstsein nicht nur als dumpfes Trauma streiften, sondern sie in Gänze zurückversetzten in ihr zehnjähriges Ich.

* * *

Während der Rest der Klasse vertieft war in seine Tablets, auf denen die Lehrerin elendig dröge Geschichtstexte ablaufen ließ, ertastete die zehnjährige Tue die Länge ihrer Locken. Sie zog die Strähnen so energisch lang, dass ihre Kopfhaut juckte. Bald wären sie so weit, um sie in Twists zu tragen, die die Hüfte berührten. Die Vorfreude ließ sie beinahe platzen, verhinderte jedes Luftholen, ließ ihren Kopf warm werden, einige ruhige Atemzüge beruhigten sie, dämpften aber auch die kribbelnde Euphorie. Die richtige Stimmung, um sich endlich dem Text zu widmen, stellte sie bedrückt fest.

Auf der Insel Biskaya waren bisher lediglich Fertigungswerke für Zulieferer von größeren Firmen gewesen. Der südliche Teil war während der Trennung des europäischen Kontinents Teil der DDR gewesen. Hier lebten fast ausschließlich Vertragsarbeiter*innen, die trotz der neuen Rechte im Jahr 1979 weiterhin abgeschnitten waren von der deutschen Mehrheitsgesellschaft. Der nördliche Teil wurde genutzt von der Bundesrepublik Deutschland und Frankreich. Die Gegend war dünn besiedelt, diente vor allem zur Machtdemonstration gegenüber der DDR, hier waren hauptsächlich Angehörige verschiedener Minderheiten angesiedelt. In *kleine Regionen organisiert diente die gesamte Insel als Zulieferer von seltenen Erden.*

Tues Brust zog sich zusammen, immer wenn es in ihrer neuen Heimat um Biskaya ging, erwarteten die Lehrenden, dass sie mit besonderem Insiderwissen glänzen würde. Die Mitschüler*innen nutzten jedwede Information, um sie zu veralbern – etwas, das ihr nicht erlaubt war, wenn sie etwas Unangenehmes über Deutschland lernten. Ihre Reaktion auf diese Ungerechtigkeit hatte ihr beim letzten Mal einen blauen Brief eingehandelt. In der alten Schule in Amo, der Hauptstadt Biskayas, hätte ihr das lediglich ein Sternchen im Klassenbuch und Lob eingebracht. Seufzend nahm sie das aufdringlich blinkende Tablet wieder hoch, es beruhigte sich, als sie die Kontrollsensoren wieder berührte.

*Teil der europäischen Verhandlungen im Jahr 1992 war die Klärung der Staatsangehörigkeit der Bewohner*innen von Biskaya (Biskayani). Aufgrund von politischen Protesten der Biskayani war die geplante Rückführung der ehemaligen Gast- und Vertragsarbeiter*innen nicht möglich, eine Einbürgerung in die verwaltenden Länder, Deutschland und Frankreich, war politisch nicht gewollt.*

Im Sinne der französisch-deutschen Freundschaft wurde Biskaya ein neues Sinnbild von Gemeinschaftlichkeit. Die erste Sprache auf der Insel wurde sowohl Deutsch als auch Französisch, ein weiteres Zeichen des Zusammenhaltes der Europäischen Union. Die Situation der Schwarzen

Arbeiter*innen in Europa blieb weitestgehend unverändert. Sie arbeiteten zu schlechten Löhnen, hatten kein Wahlrecht.

Aufgrund der entfernten Lage zum Festland entstand eine neue kreolische Kultur, die sich verstärkt auf das verbindende Element des Schwarzseins bezog.

Ab diesem Jahr wählten die Biskayani einen direkten Vertretenden, welcher sowohl ihre Interessen in der EU vertrat als auch Aufgaben auf der Insel übernahm, die der Innenpolitik entsprachen. Dieser EU-Beschluss war notwendig geworden, weil es verstärkt zu Spannungen zwischen Frankreich und Deutschland bezüglich des Einflusses auf der Insel kam.

Links von Tue tuschelten zwei Mädchen, die aus reichem Elternhaus kamen, warfen ihr abschätzige Blicke zu. Die Magensäure eroberte Tues Mundhöhle, die beiden Mädchen schienen bei dem Absatz über niedrige Löhne angelangt zu sein.

Die Insel kämpft mit verschiedenen Boykotten, postkolonialer Ausbeutung wie auch der abgelegenen Lage. Viele der Biskayani glauben weiterhin an die Idee eines Schwarzen europäischen Landes, schicken ihre Kinder jedoch für die höhere Bildung aufs Festland. Studierende gehen oft für einige Jahre in andere EU-Länder, um auf dem Festland ihre Ausbildung abzuschließen.

Seit dem Jahr 2005 trägt die Insel den Namen juu ya Biskaya. Sie ist von 54 Ländern als eigenständige Region anerkannt und hat aufgrund der einzigartigen Situation vier Vertretende in den europäischen Organen.

Endlich erleuchtete Tues Tablet in Grün, die Lehrerin ließ die Gruppe aus dem Klassenraum trotten. Tue eilte als Erste hinaus, vermied so jedes Gespräch. Mit viel Glück wusste ihre neue Lehrerin nichts von ihrer Herkunft und würde darum nicht besonders hohe Erwartungen an sie stellen. Als sie erneut ihre lang gezogenen Haarspitzen ertasten wollte, blieb etwas an ihren Fingern kleben. Hinter ihr lachte ihre neue Klasse. Mithilfe eines Kaugummis hatten sie Geldscheine in ihr geliebtes Haar geklebt.

„Die findet bestimmt noch mit achtzig Überreste von heute in dem Vogelnest", lachte es hinter ihr giftig. Tränen schossen in Tues Augen, während sie ins Klo stürmte, um zu retten, was zu retten war.

Der Blick in den Spiegel hatte den ersten Kratzer bekommen, das erste Mal kam in ihr der leise Wunsch nach glatten, gelben Haaren auf. Heute verdrängte sie diesen noch, doch in den nächsten Jahren sollte sich ihr Gefühl vor dem Spiegel stetig verändern. Nur ein Jahr später bestaunte sie an derselben Stelle ihre flachen, seidig glänzenden Strähnen. Diese reichten nur noch knapp über ihre Schultern, doch das kümmerte sie nicht mehr. Ihre Ziele hatten sich verschoben, anstelle der auffälligen dicken Twists stand nun die Hoffnung auf Unauffälligkeit an erster Stelle.

2

Das wohlige Schmelzgefühl des sich auflösenden Kokosöls ließ sie für heilende Momente daran zurückdenken, wie die Hände ihrer Oma früher das Öl erst angeschmolzen hatten, bevor sie es in die Locken der jungen Tue eingearbeitet hatten. Sie fuhr mit ihrer Zungenspitze über ihre Lippen, schmeckte fast den Geruch, der damals aus der Küche geströmt war, Okraschoten, die ihr Vater in Erdnussöl frittierte. Die beinahe ungeschützte Kopfhaut sog das Kokosöl augenblicklich ein, die trockenen Stellen hörten endlich langsam auf zu jucken. Sie betrachtete sich im Spiegel. Ihre Kopfform überraschte sie noch immer, der drahtige Körper war nicht mehr das Einzige, das sich seltsam fremd anfühlte.

Doch die Stadt hatte sich an diesem Morgen von einer ihr bisher unbekannten Seite gezeigt. Die Blicke der Weißen suchten nicht mehr nach kleinen Wellen, die die Authentizität ihrer geglätteten Haare infrage stellten. Geschwister warfen ihr keine bewundernden Blicke mehr zu, während sie den eigenen weggeätzten Haaransatz unter Perücken verbargen. Andere Geschwister, die ihre Afros stolz durch den Kiez trugen und vor grapschenden Händen verteidigten, blickten sie nicht mehr mitleidig an, weil sie sich den Normen beugte.

Sie musste sich eingestehen, dass sie die Unauffälligkeit der kurzen, nichtssagenden Stoppeln genoss. Die aufkommende Selbstverachtung für diese Gedanken ignorierte sie, ließ den Blick schnell vom Spiegel aufs Handy wandern. Ein Anruf in Abwesenheit, Matthew war also bereits im Café angekommen. Sie sog die Luft ein, bereute es augenblicklich, denn der Geruch in den Toiletten in *der*die Ecke* war selbst jetzt, um elf Uhr, bereits kaum zu ertragen. Sie ließ das leere Kokosöl-Gläschen in den Mülleimer gleiten und warf die Tür etwas zu energisch auf, bereit, Matthews rechthaberischen Blick zu erdulden.

Ihre Verabredung spielte mit den Perlen seiner goldroten Kette, strich das türkise Kleid glatt. Sein Blick wanderte durch den Raum. Ihre Zähne bissen von innen in die Wangen. Letztendlich traf sein Blick ihren Schädel, aber seine Mundwinkel – blieben starr. Verunsichert ging sie zu ihm, umarmte ihn, nach einigen Sekunden der Stille sog sie Luft ein, setzte zur Nachfrage an, doch er kam ihr zuvor. „Bevor ich reagiere – wie geht es dir damit und wie kam es dazu?" Verblüfft hielt sie ein, starrte ihn an. Sie hatte mit allem gerechnet, dass sie lügen, eine Heldengeschichte über sich erdichten oder aber ihn zusammenstauchen würde wegen seiner Rechthaberei. Mit allem hatte sie gerechnet, nur nicht damit, dass er sich vorstellen konnte, dass es ihr damit nicht gut ginge. Er hatte den Moment, in dem der Relaxer nicht mehr Teil des Lebens war, immer so beschrieben, als würden die Black Dragons aus den 80er-Jahren in Frankreich in sie fahren. Von einem Moment zum anderen wäre sie stark, selbstbewusst und zufrieden.

Seine Nachfrage zerpflückte ihre Befürchtungen. Im Stillen dankte sie erneut dem weißen Wursthaarmenschen, der ihre Freundschaft begründet hatte. Sie stapelte ihre Hände auf die seinen und berichtete die Wahrheit, ohne Helden, ganz ohne große Befreiung.

„Tueline", brummte er grinsend, strich dabei über ihre Hände.

Ihr Schluchzen vermischte sich mit einem Lachen, wie immer antwortete sie augenrollend: „Ich heiße Tue."

Unbeirrt fuhr er fort: „Tueline, ich war dir nie böse. Es hat nur geschmerzt, es zu sehen. Aber wenn es für dich das Richtige ist, trage sie glatt. Ich will nur, dass du bedenkst, warum es für dich schmerzfreier ist."

Ein Entschluss, der ihr erst jetzt bewusst wurde, war gefallen. Sie würde die Haare nicht mehr glätten, sie würde es aufgeben. Schroff schluchzte sie ihm entgegen: „Jetzt hör mir mit dem Verständnis-Quatsch auf ! Leg los! Was muss ich beachten, welche Produkte brauche ich und wann gehen wir einkaufen?"

Matthew zog die Hände weg, spielte mit seinem Babyhair, das er aus dem Tuch befreit hatte. Nach

wenigen Sekunden gab er dem Drang nach, über-
häufte sie mit Fachbegriffen, politischen Verbindungen und Produktnamen. Flat Twist-Outs,
Night Care, Bantu Knots, Ananas aus Seide, eine
Warnung vor Silikonen und das Betonen der Haar-
typen, welche aber in ihrer Verortung in rassisti-
schen Haartypisierungen Schwarzer Menschen auch
irgendwie problematisch seien. Parallel loggte er
sich über ihren Account ein, fügte sie verschiedenen
Netzwerkgruppen hinzu, speicherte auf ihrem Tablet
Channels und Artikel. Er endete mit einem Monolog
über Black Business und den Unterschied zwischen
black sein und BLACK sein.

Sie konnte mit Gewissheit behaupten, nicht ein
Drittel seiner Sätze dechiffriert zu haben, doch wie
er ihre Haare beschrieb, das Reden über ihren Kopf
ohne abfällige Begriffe, löste die Angst in ihr auf.
Der Druck auf den Pulsadern wurde schwächer. Die
Schultern sanken Richtung Boden, während sie in
dem Meer von liebevollen Worten badete, die ihr
nichts sagten, deren Klang sie aber in die Vergangenheit versetzte, in der ihre Familie über ihrem Kinder-
kopf Debatten über all dies geführt hatte.

Gewohnt schroff kam ein barttragender weißer
Kellner an den Tisch, schnappte ihnen ihre Karten
weg und raunzte: „Bestellung!"

Matthew keifte zurück: „Türkischen Tee – zwei
davon!" Tue ergänzte: „Und zwei vegane Frühstücks-
teller!"

Da dies nicht hart genug klang, fügte sie noch hinzu: „Zum Frühstücken!"

Verunsichert sah der Kellner von seinem Block auf:

„Was denn mit euch los, warum seid ihr so grantig?" Er kritzelte die Bestellung nieder, ging dann dramatisch augenrollend von dannen.

Die beiden grienten sich zu, er bestellte über das Internet zu viele Produkte, die gerade ihren kurzen Stoppeln mächtig wenig halfen, sie fuhr sich mit der Hand über den Arm, die ersten Stoppeln nach der Rasur piksten gegen ihre Fingerkuppen. Bald würde sie erneut lernen müssen, weiße Berührungen auf ihrem Kopf zu ertragen. Sie wünschte, ihre Stoppeln dort wären so widerborstig wie auf ihrem Arm, dass sie stechen würden, sodass es wenigstens schmerzen würde, sie zu verletzen.

Die Lichterkette an dem verdorrten Stadtbaum war noch immer angeschaltet, erregte durch ihr Flackern Tues Aufmerksamkeit an diesem grauen Morgen. Die Party der letzten Nacht hatte in der*die Ecke ihre Spuren hinterlassen. Die kleinen Lichtpunkte zeigten ihr, sie gehörte nun zu jenen, die morgens zwischen den Spuren der Party frühstückten, statt Teil jener gewesen zu sein. Ihr Blick verlor sich in den Verzweigungen der Lichterkette und des Baumes.

Dwayne saß in der Früh noch immer vor dem Club, in dem er bis wenige Stunden zuvor seine erste Anstellung in der neuen Stadt gefeiert hatte. Eine kleine Brillenmanufaktur würde ihn beschäftigen, zumindest würde dies Geld für eine regelmäßige Miete einbringen. Der Morgen verschluckte ihn, die Nacht hing an seinen Gedanken, verklebte zäh die Melancholie, die sich unaufhaltbar in ihm ausbreitete.

Die schwarze Kabel-Schlange ringelte sich um seine Zehen, schnürte zärtlich seine Füße ein. Jede Muskelkontraktion ließ den Baum flackern. Den Blick in die Krone gerichtet zupfte Dwayne immer schneller an dem Kabel, der Wackelkontakt verlieh ihm die Macht über das Farbenspiel, welchem der graue Vormittagsnebel eine Bühne bot. Es fiepte – sein MP3-Player kündigte das Ende der Akkuleistung an, somit auch das Ende seines Lichtspiels. Musik war Motor und Schutzschild zugleich, um in diesem Land zu überleben, der Takt gab vor, wie sein Herz ohne Angst zu schlagen hatte. Die Melodie bot der Panik Einhalt, der Bass war stärker als die Blicke. Er befreite seine Zehen aus der Umarmung der Schlange, zuckte zusammen, als der Strom wenige Momente durch ihn floss, und schlüpfte in seine brandneuen Sneaker.

Seine Jeans klebte an den Beinen, der Schweiß der letzten Nacht wandelte sich langsam in einen ungewollten Geruchsbegleiter um. Auf Biskaya schmeckte die zu späte Heimkehr nach Salz, die Meeresluft überdeckte jedweden Schweißgeruch, es duftete nach Espressomaschinen und den Gerichten der ersten fleißigen Köch*innen, die in den Restaurants begannen, den Mittagstisch vorzubereiten. Hier in Berlin rochen alle wie er, der geteilte Gestank verpestete die Nahverkehrsmittel, nur die Mutigsten nutzten sie. Er hatte diesen Fehler nur ein einziges Mal begangen, war nach wenigen Stationen vor Übelkeit aus dem überfüllten Waggon gewankt, er schien nicht bereit zu sein für so viel Geruchsnähe.

Er zog das Resümee, dass der Zeitpunkt, an dem er stank, keine Musik mehr hatte und sich über den kleinen Reiz des Schnürens eines Kabels freute, jener war, an dem die Nacht beendet werden sollte. Sein Blick wanderte durch den Club, der nun ein friedliches Frühstücksambiente bot. Verantwortungsvolle Menschen in seinem Alter tranken Tee, führten wichtige Gespräche, während sie sich an ihrem ganz und gar verantwortungsbewussten Leben erfreuten. Wut und Neid traktierten seinen Magen, bittere Säure aus Rum und Verachtung stieg in ihm auf. Er fuhr automatisch über die freien Stellen zwischen seinen Cornrows, zählte die Lücken. Seine Gedanken ordneten sich, sein Blick traf auf einen Bruder, dessen Gesprächspartnerin Dwayne den Rücken zuwandte. Ihre Hände fuhren über ihren kahl geschorenen Kopf, die Hände des Bruders rasten über das Display eines Tablets. Dwaynes Blick blieb an den Schultern der Geschorenen hängen, diese waren zusammengezogen, strebten zu den Ohrläppchen. Mit der linken Hand fummelte er eine Zigarette in seinen Mund und merkte, wie seine Magensäure Ruhe gab und stattdessen kaum greifbare Erinnerungen aus seinen dreißig Jahren durch ihn strömten, jene

Gefühlsfetzen, die seinem verkaterten Kopf genug Energie gaben, um den Heimweg anzutreten.

Die Worte im letzten Brief seines Exfreundes klangen wieder. Jener hatte ihm nur verhalten zu dem neuen Job gratuliert, dafür ständig erwähnt, wie sehr er sich neue fotografische Arbeiten von Dwayne wünschte. Dieser unerschütterliche Glaube an sein Talent nervte ihn im selben Maße, wie er ihn berührte. Sein Ex ließ dadurch Saiten anklingen, die der notwendige Pragmatismus einer erneuten Existenzgründung in diesem fremden Land hatte verstummen lassen.

Die Melancholie verklebte wieder seine Gedanken, der Heimweg verging, ohne dass Dwayne davon Notiz nahm.

3

Manchmal wusste Tue nicht so recht, ob die Routine des Bandlebens wirklich lebendiger war als jene des Laden-Alltags.

Gerade wenn beides ineinanderfloss, erstickte die gleichzeitige Langeweile beider Tätigkeiten sie beinahe, es führte zu belastender kreativitätsloser Stille in ihren Gedanken. Beides war grauer Routinekleber, beides war Alltag.

Ihre Gesäßknochen drückten gegen das harte Sitzpolster des Barhockers, der Coffeeshop des kreativ. Bürohauses roch nach alten Lilien und geschäumter Milch. Die Muskeln auf ihrer Stirn zogen sich bei jedem Klingeln des Türmelders schmerzhaft zusammen. Eine nicht enden wollende Monotonie gleich aussehender weißer Menschen nutzte das stets schlecht besuchte Café. Die Espressomaschine lief selten länger als einige Minuten am Stück. Das zehrende Warten auf das Vorheizen machte unmissverständlich deutlich, dass dieser Shop sich nicht halten würde. Die pragmatische Routine verhinderte jedes Denken.

„Hmmm", sagte der nächste weiße Mann, studierte die Schilder hinter Tue, nutzte die Gelegenheit, um die kleinen Löckchen zu betrachten, die sich aus ihrer Kopfhaut herausgekämpft hatten.

Sie schwieg. Nachdrücklicher wiederholte er:

„Hmm!", und sah sie auffordernd an. Die Knochen schmerzten, ihre Genervtheit wandelte sich langsam in Wut, ließ die Schale der lethargischen Langsamkeit fallen, brachte Kraft und Zorn zu ihr.

„Einen Kaffee, vermute ich?" Die Zunge war zu träge, um ihren Gefühlen Ausdruck zu verleihen, ihr Körper zu routiniert darin, die Maske der Gelassenheit zu spielen.

Er sah ihr in die Augen, teilnahmslos, sie fühlte sich wie ein Tier, das von einem Zoo-Besucher ohne großes Interesse angestarrt wurde, sich in ein Objekt verwandelte, nur um im Strom der Eindrücke aus der Erinnerung des Betrachtenden zu verschwinden.

Er starrte, hielt den Blick ohne jede Form von Freundlichkeit, brummte ein langes „Hmmmm".

Die Luft strömte durch ihre Zahnlücke, eins, sie entwich zwischen den Backenzähnen, zwei. Ihre Augen drehten sich zur Decke, drei.

Weiteratmen. Blicken, Routine.

Sie griff seinen Kopf, schlug ihn in die Auslage, das Glas zersprang, seine Gehirnmasse sickerte in die vertrockneten Bagels.

Ein Lächeln huschte über ihr Gesicht, sie sah ihn an. Endlich entschied er: „Ich nehme einen Americano. Zum Mitnehmen."

Sie nickte, goss ihm einen Filterkaffee ein und kassierte einen Latte macchiato. Sie stellte das kleine Schildchen „Zum halben Preis" vor die Bagels und reinigte die Glasvitrine. Er verließ den Coffeeshop, die Stille ergriff erneut das leere Café.

Statt des Gesichtes starrte nun der frische, ungenutzte Stapel Haftnotizen sie an, ihr Stift kreiste über den Zeilen.

Sobald eine Formulierung ihre Gedanken streifte, schrieb sie sie nieder, in unzusammenhängender Reihenfolge, in der Hoffnung, Zeilen zu finden, die später auf einer Gitarrenline zu Musik wurden.

Die Stunden sickern durch Papier Kaum Bezug zum Ort
Kaum Bezug zum Hier
Die Stunden sickerten durch mich

Und du trägst
Und du trägst
Und hörst mich nicht

Die Anzeige blinkt –
Es ist gleich Viertel vor vier
Notierst die Zeit –
Der nächste Zug fährt ein

Der Weg: nur ein Bruchteil
Zahlenreihen.

Das Vibrieren ihres Handys riss sie aus dem Geburts-
saal des neuen Liedes. Frustriert drückte sie auf An-
nehmen.

„Tue, wo bist du?"

Sie nuschelte: „Café", hörte selbst ihrer eigenen
Antwort kaum zu.

„Weißt du, ohne Sängerin ist es reichlich kompliziert, ein Album aufzunehmen. Wärst du so gnädig
und bewegst deinen Hintern ins Studio?"

Fuck, es war ja Dienstag. Trotz Routine schaffte sie
es, mit Unzuverlässigkeit zu glänzen. Sie fummelte den Schlüssel aus der Hosentasche, knüllte ihre
Zettel in den Beutel und schmiss die Tür des Cafés
hinter sich ins Schloss. Währenddessen redete Betto
über Kompositionen

und Arrangements, sie hörte kaum hin.

„Fuck, fuck, fuck", fluchte sie dem Schloss des Ladens zu, das sich beharrlich weigerte einzurasten.

„Mäßige dich mal, schließlich sind wir nicht Punk,
sondern pseudo-intellektuelle Indie-Mucke." Betto
kicherte über seinen eigenen Witz, Tue verspürte
einen Anflug von Wut und Brechreiz. Was hatte sie
nur dazu verleitet, diesen Musikakademiker in ihre
Band zu lassen? Gut, er war technisch perfekt, aber
was half das, wenn sie ihn am liebsten beim nächsten Festival ausgesetzt hätte?

Sie stampfte die Treppen des kreativ.Bürohauses hoch in Richtung ihres Proberaumes. Dort hörte sie bereits die Riffe des Liedes, für das sie einen Text schreiben sollte. Die Traurigkeit in den Klängen erstickte sie beinahe, ihre Härchen stellten sich auf. *Er ist zwar ein Arsch, aber ein talentierter Arsch*, dachte sie sich nicht zum ersten Mal beim Hören seiner Melodien.

Ihre Hand ruhte auf der Klinke, solange sie hier stand, war sie Tue, die unsichere, ruhige Tue, die in einem Café arbeitete. Hinter dieser Tür war sie TuesDay, eine Hamburger Rockröhre, witzig, bissig und pointiert. Sie liebte ihre Hülle, aber an manchen Tagen lag die Form zu eng an, verhinderte das Kostüm jede Bewegung. TuesDay war statisch, stabil. Tue musste alle Muskeln anspannen und sich vorsichtig bewegen, ohne zu viel Wut, um die dünne Hülle nicht zu zerreißen.

Die Klinke klackte, sie drückte den Brustkorb durch, betrat den Raum, ein neuer Tag, an dem sie die drei Männer in Schach halten musste.

„Ah, Madame hat entschieden, sich doch noch zu ihren Lakaien zu bewegen, vielen Dank dafür."

Dreckiges Gelächter erfüllte den Raum, sie schritt kommentarlos zum Mikrofon, zählte energisch: „Auf vier – eins – zwei – drei – vier."

Sie sang die Texte, die sie vor einem Jahr geschrieben hatte, starrte teilnahmslos auf das grüne Leuchten des Rekorders.

Sie hasste Menschen, die Konzeptalben liebten. Hasste es, durch ihren Vertrag nichts mehr zu sagen zu haben. Manchmal sehnte sie sich nach den Zeiten, in denen sie daheim am eigenen Rechner ihre Lieder aufgenommen hatte, ohne Konzept, mit zweitklassiger Gitarrenmusik im Hintergrund. Wenigstens hatte sie damals über Wichtiges gesungen, wenigstens hatte sie damals Zeit gehabt, statt ein Album über die Zeit zu schreiben.

Das grüne Lämpchen wurde rot. „Schluss für heute, bis morgen. Tue, ist dein Text schon fertig?", fragte irgendwer.

Sie nickte abwesend, verschwand als Erste wieder nach unten in das Café, sicherlich warteten weiterhin der Kaffeegeruch, die Knochenschmerzen und ein neuer Text auf sie.

Der Schlüssel glitt in das Schloss, hakte, knackte, brach ab.

Zu viel, gerade zu viel für sie. Ihr Körper gefror, keine Bewegung war mehr möglich.

Ihre Chefin würde sie in der Luft zerreißen,
die gute, ruhige Normale.
Die nicht war wie sie,
nicht so unzulänglich,
nicht so verachtenswert.
Die gute, böswillige Normale,
die alle liebten für ihr *sonniges* Gemüt.

Seit ihrem nachgeholten Schulabschluss stand Tue
auf der Bühne, verdiente ihr Geld erst in einer Girl-
band, dann mit Sologitarren-Musik. Nach den Jahren der Obdachlosigkeit war ein sicheres klassisches
Einkommen ihre Absicherung, nicht wieder alles zu
verlieren. Seit einigen Jahren nun durch handfeste
Hamburger-Schule-Mucke, wie andere es nannten.
Trotz allem war die Angst, irgendwann nicht mehr
von der Musik leben zu können, ständig präsent. Der
Nebenjob im Café gab ihr das Gefühl, etwas Sicheres
zu haben, etwas Bodenständiges. Wenn sie nun nach
ihrem Job gefragt wurde, erzählte sie von den Nöten
einer Barista, die nebenbei Musik machte. Die Wahrheit war, dass das Arbeiten im Café ihr nur die Miete
einbrachte, keinen Cent mehr.
  Es war Teil von Tue, die versuchte, außerhalb von
TuesDay zu existieren, es war ihr Anker in die reale
Welt. Es war aber auch tägliche Überforderung, das
letzte bisschen Normalität, solange sie es schaffen
würde zu arbeiten, wäre sie nicht nur all das, was die
Psychiater in ihr gesehen hatten.

Aber da war eben auch ihre Chefin,
die Normale,
die Fröhliche.
Eine weiße Schönheit, ohne Ecken und Kanten,
alles glitt
an dieser ab.

Ihr Zorn kam eiskalt daher,
ihre Verachtung war spitz und klar,
schmerzhaft wie Eis an offenen Zahnnerven.
Ihre Chefin verachtete jeden Fehltritt.
Tue war eine Anhäufung von Fehltritten.

Also erstarrte sie, ihr Körper verwehrte den Gehorsam. Die Sekunden verfestigten sich zum Schutzschild, nicht handeln und einfrieren half gegen die Konfrontation mit der Realität.

Solange sie diese Haltung aushielt,
die abgebrochene Schlüsselspitze
gut versteckt im Schloss war,
konnte ihr nichts passieren.

Ihre Gedanken drosselten das Tempo der Außenwelt, Konfrontationen rückten in weite Ferne. Es entstand Raum, Raum zum Aushalten. Durch die Glasscheibe sah sie die Uhr im Coffeeshop. Die Sekunden tröpfelten dröge dahin, zähflüssig sickerten sie durchs Ziffernblatt, um dann gänzlich einzufrieren.

Sie hätte gerne gelacht.
Immer diese Kunstaffinität,
selbst in ihrer Panik,
Dalí,
schon klar.

Doch ihr Körper verweigerte auch diese Reaktion, verlieh ihrem Frust über die fehlende Kreativität ihrer Panik keinen Ausdruck. Da war nur noch Tue, eingesperrt in der Starre, zur Gänze ihren Emotionen ausgesetzt. Sie flossen über ihre Seele, ihr Gemüt, ihr ganzes Sein und zogen ihre Existenz in Zweifel. Erinnerungen schossen hoch, Bilder von demütigenden Situationen, die zu lange zurücklagen, um sie greifen zu können. Sie erinnerte sich daran, wie sie mit 14 Jahren nicht begriffen hatte, warum sie nicht mit ihrer besten Freundin zusammen sein konnte, ohne dass die anderen Kinder in diesem neuen Land sie triezten.

Lesbe
erschien in ihrer Wahrnehmung,
riss die Narben auf,
ließ den gut unterdrückten Schmerz frei,
der in ihr geschlummert hatte.

Eingefroren in den Moment konnte sie nichts gegen die Bilder und Gefühle tun, die mit dem Nachhall des Wortes durch ihren Körper wanderten, um sie Stück für Stück zu zerreißen. Der Druck auf den Augäpfeln verriet ihr, dass Tränen vergeblich einen Weg nach draußen suchten, aber nicht durch das Eis brechen konnten, das sie umgab. Der Schmerz erinnerte sie an die letzte Woche, alle hatten darüber gestritten, ob trotz Tues neuer Frisur Pressefotos gemacht werden könnten. Wörter wie *Krause* waren gefallen ...

Der Schlagzeuger strich über ihren Schädel,
säuselte etwas von *Schamhaaren.*
Sie biss von innen in ihre Wange,
strich seine Hand weg,
sagte nichts,
ließ sich wortlos in die Polster zurücksacken.
Scham-haare.
Sie kicherte, angetrunken vom Wodka,
bedröhnt vom Weed und gekränkt vom Rassismus.

Der Druck auf den Augen war der gleiche gewesen. Die Wellen der Scham überflutet vom Selbsthass, warum hatte sie auch ihre Haare abgeschnitten?

Langsam schmerzten ihre Muskeln, ein gutes Zeichen. Die einzige Fluchtmöglichkeit aus dem Eis der Schockstarre waren Muskelschmerzen. Nun war sie in dem seltsamen Vakuum zwischen Eis und Tränen. Zwischen Starre und Bewegung. Es war der Raum, in dem der Körper nicht reagierte, aber die Seele sich wieder einpendelte.

Sie nahm die Welt wahr, die Uhr lief in einem angenehmen Rhythmus. Nur die Bewegungen ließen auf sich warten. In diesem Zwischenraum hatte sie meist die besten Textideen.

Gerade aber ließ die Kreativität auf sich warten, die dröge Einöde der Dissoziation zeigte sich in ihrer ganzen öden Einfältigkeit. Erleichtert stellte sie fest, dass ihre Fußsohlen anfingen zu schmerzen. Ein weiterer Schritt in Richtung schmelzen. Gerüche und Reize drangen wieder zu ihr durch, sie nahm die Welt links und rechts von sich Stück für Stück wieder wahr. Mit einem Mal fuhr ein Ruck durch sie, und mit der Sekunde der Bewegung schossen sowohl Erleichterung wie auch Panik in ihre Knochen.

Der Schlüssel fiel zu Boden, war kaputt, trotz ihres Versuchs, dies durch die Starre zu verhindern. Schnell stopfte sie ihn in ihre Tasche, griff nach ihrem Beutel und verließ das Gebäude. Ihre Chefin würde sich schon denken können, wer daran schuld war, würde Wege finden, um ihr zu spüren zu geben, dass sie nichts von ihr und ihrem Star-Status hielt. Die Sohlen ihrer Füße schmerzten auf dem Kopfsteinpflaster des Hinterhofes in Neukölln. Rückwärts zählte sie die Minuten bis zu ihrer Zimmertür.

Drei,
die Haustür fiel hinter ihr zu,
zwei,
die WG-Tür fiel ins Schloss,
eins —

die Zimmertür fiel endlich ins Schloss, schnappte zu, beendete die Panik. Ihr dreißig Quadratmeter großes Zimmer strömte einen Geruch nach Schimmel und Tomaten aus, die Vermengung der letzten Wochen mit der Tütensuppe von heute Morgen. Sie ließ sich zwischen Gitarren und Textblättern auf ihre Couch fallen, zerdrückte alte Apfelchips unter sich. Das Gefühl von Stolz kam in ihr auf, der heutige Tag war überstanden. Das Café, die Probe – sie hatte sogar ein wenig geschrieben, eine Dissoziation durchgestanden. Jeder Muskel in ihr verzerrte sich nach Schlaf. Sie ließ den Tränen, deren Bedeutung sie fast schon vergessen hatte, freien Lauf. Träume umschlossen sie und sie versank in Sicherheit, wohliger Einsamkeit und schließlich Schlaf. Es klopfte. Ihr Herz zersprang augenblicklich vor Panik, es klopfte erneut. Sie bewegte sich nicht, hoffte, dass die klopfende Person sie in Ruhe lassen würde. Ihr Atem fuhr runter auf das Nötigste, ihr Herz hämmerte gegen ihre Rippen. Mit einem Knarzen öffnete sich die Tür.

„Das geht so nicht weiter. Wir müssen mit dir reden." Mals Worte gruben sich in ihren Geist, alles in ihr schrie nach Ruhe.

Das Polster gab sie frei, sie stand auf. Wenn ihr Körper doch nur den Raum umfassen könnte, sodass niemensch das Geschirr und den Müll sah. Doch ihre Gliedmaßen waren so schmal wie seit jeher, kaschierten keine Scham.

„Okay, worüber denn?", fragte sie lakonisch, der Gestank der gegorenen Sojamilch biss ihr derweil in die Nase.

„Worüber wohl? Mensch, sieh dich mal um. Die Nachbarn haben sich schon beschwert. Es ... es ist nicht auszuhalten. Gestern habe ich einen Müllsack aus deinem Zimmer gefischt, darunter waren Maden. Man, Tue. Dir ist nicht mal aufgefallen, dass ich deine neuen Mitbewohner entfernt habe."

Ihr Geist glitt erneut an der Realität ab. Sie spürte, wie sie die Verbindung zum Jetzt verlor, die Zeit verwandelte sich wieder in jene zähflüssige Masse, welche sie von der Realität trennte. Ihre Fingernägel drückten unter die Nagelbetthaut der rechten Hand, der Schmerz hielt sie im Jetzt.

„Und was soll jetzt der Scheiß? Warum tust du dir selber weh? Denkst du, damit ist jetzt alles gegessen und erledigt?"

Mals Stimme wurde immer bedrohlicher, die Wut ergriff ihn. Tue hingegen umschlang Hilflosigkeit, sie versuchte so sehr, den Moment zu ertragen, ließ die Hand los, zählte Gegenstände, um den Geist im Hier zu halten. Ihre Gedanken verwehrten die Metamorphose zu Wörtern, ihr Gehirn hörte nur Schmerz statt Inhalt. Sie presste ein „tut mir leid" heraus, in der Hoffnung, dass diese Floskel die Situation beenden würde.

„*Tut mir leid* ändert nichts am Geruch. Es ändert absolut nichts."
Mals Wut zerbrach, er ging zu ihr, bat eine Umarmung an.

Sie erwachte am nächsten Morgen in seinem Bett, hörte es nebenan klirren. Mal hatte bereits begonnen, dem Chaos ein Ende zu setzen. Dankbarkeit und Scham ergriffen sie, eilig ging sie in ihr Zimmer. Jeder Schritt fiel ihr schwer, jeder Teller schrie ihr die Wut entgegen, die sie für ihre eigene Unfähigkeit empfand.

Nach Stunden lichtete sich das Chaos, nur noch das Sofa war verdeckt von Unmengen an Notizen und Musikequipment. Es klopfte, Plenz hielt sich am Türrahmen fest, der Gestank von Kippen und Rum vermischte sich mit dem Geruch vom Schweiß verschiedener Menschen.

Während Tue Klamotten ob ihres Geruchsgrades sortierte, sagte sie: „In welchem Loch du auch abgestiegen bist heute Nacht, belästige halt dein Zimmer damit."

Plenz' Gesicht wurde rot, Tue deutete es als Zeichen der Scham. Doch während Tue sich daran machte, die Pfandflaschen in Tüten zu verstauen, wurde der Gestank von Schnaps penetranter. Als sie sich Plenz zuwandte, um darauf hinzuweisen, hörte sie das Sausen von Luft, die zwischen Fingern ihren Weg suchte. Der Schmerz des Schlages wurde überdeckt durch ihre Fixierung auf das Geräusch, das die flache Hand in ihrem Gesicht verursachte. Die Klangkulisse zerbrach, eine erstickende Ruhe besetzte den Raum.

„Tue, weissu, du bis so eine – ach, Scheiße. Mein Gestank gefährdet wenigstens nicht unser Mietverhältnis!"

Mal stand zwischen ihnen, hielt zwar die Distanz, aber die Aggression kaum aus. Seine Stimme klang hohl, zerbrochen: „Plenz – wohin auch immer – aber verpiss dich. Tue, setz dich aufs Sofa."

Tue gehorchte, Plenz torkelte unter lautem Fluchen in die eigenen vier Wände. Hinter der Tür hörten sie, wie Kotze und Splitter auf den Fliesen-Boden trafen.

Nach dem Aufwachen starrte Tue aus dem Fenster. Die aufdringliche Hasslichkeit des Grafittis auf der gegenüberliegenden Hauswand erschlug sie immer wieder aufs Neue. Sie hielt es nicht mehr aus, ihr Blick floh von der Hauswand der Bäckerei die Straße entlang. Anstelle der trägen Lethargie kroch eine Unruhe ihre Beine hinauf, ergriff ihre Glieder und trug sie vor die Haustür ...

Der Schlag hatte sie verändert, sie spürte den Bruch in ihrer Realität bereits. Auch wenn bis jetzt nur ein Haarriss zu sehen war, manifestiert als geplatzte Äderchen in ihrem linken Auge. Sie spürte, dass Rauchen der Situation gerechter geworden wäre. Doch da der Tabak und die Gewohnheit fehlten, spuckte sie ohne braune Krümelchen auf die Straße, die fehlende Nüchternheit der Situation, die auf irgendeine Weise magisch an Tobacco geknüpft zu sein schien, ließ ein Lächeln über ihr Gesicht wandern, die Wange spannte.

Samstag, der Tag, an dem sie die Brötchen holte. Gewohnheiten hatten sie zum Bäcker getrieben, nun bildete ihre Haustür eine undurchdringliche Pforte.

Die Realität, in der sie die Tür aufschloss, den Tisch deckte, so tat, als wäre nichts gewesen, zerbrach unter dem Gewicht ihres Zögerns. Die Brötchen rollten von der Haustreppe auf den Gehweg, Tue bückte sich nicht. Sie starrte den Knauf an, atmete stoßartig aus und ging.

Erst schlug sie den Weg in Richtung des kreativ. Bürohauses ein, drückte dann auf ihrem Handy mehrfach Matthews Nummer, nur um gleich wieder aufzulegen, hörte statt Entscheidungen nur Pulsschlag. Dieser ergab mit den Klängen des Verkehrs eine undurchdringliche Wand aus Lärm, sperrte alle Angst und Panik in ihren Körper ein. Der Druck stieg mit jedem Schritt, nichts brachte Erleichterung. Der Wunsch, nicht aufzufallen, verhinderte noch die Tränen. Das Wissen, dass, selbst wenn diese rannen, die weiße Masse ihr niemals Hilfe anbieten würde, die Gewissheit der Kränkung wegen dieser Ignoranz, verschloss die Tränendrüsen. Der Geruch von verbranntem Diesel erschwerte das Atmen, legte sich mit jedem Zug auf die Lungenflügel. Berlin Mitte schien mit ihrem Körper eine seltsame Symbiose einzugehen, mit dem Ziel, ihre Psyche so kompakt wie möglich in sie hineinzudrücken. Die Gedanken verloren Raum an die Adern, die immer mehr Platz brauchten, um die dickflüssige Masse durch sie hindurchzupumpen.

Sie rannte über Straßen, Autos hupten, sie rempelte Menschen an, die sie anschnauzten, ihre Füße gingen mechanisch einen Weg, der mehr von ihren Muskeln als von ihrem Kopf entschieden wurde.

Sie fand sich mit salzigem Gesicht und schmerzenden Oberarmen wieder, starrte auf jene, entdeckte kurze Finger, die sich in ihren Trizeps bohrten. Matthew wiederholte in jeweils anderer Betonung: „Tue? Tue! Tu-e! Tue?", und drückte zu.

„Yup, you are right, das bin ich", brachte sie hervor und sah sich um. Ihr Weg hatte sie durch die halbe Stadt getrieben, sie stand triefend in einem Brunnen. Nicht das erste Mal hier, dachte sie.

„Nicht das erste Mal", sagte Matthew und sie beide nickten. Eine vollgesogene Schrippe dotzte aufdringlich an ihren Unterschenkel, fühlte sich an wie eine träge Qualle.

„Das ist aber nett, dass du Brötchen mitgebracht hast", sagte sie trocken zu Matthew, während sie versuchte, die unförmige Weizenmasse in andere Richtungen zu lenken. Er sah sie verständnislos an. Zur Erklärung schob sie ihm sanft ein getränktes Mohnbrötchen entgegen.

„Tue, ich habe keine Brötchen mitgebracht. Die dort drüben meinten, du bist samt Brötchentüte in den Brunnen gestiegen und irgendwann ist sie aus deiner Hand gefallen."

Nun nahm auch sie wahr, wie alle sie anstarrten, links von ihr murmelte jemensch etwas von ...*day*, sie war sich nicht sicher, aber nachdem sie das Smartphone in der Hand der sprechenden Person sah, entschied sie, dass ihr das Risiko zu groß war.

Über den glitschigen Beton rutschend eilten sie aus dem Stufen-Brunnen am Alex, verschwanden zwischen Betonklötzen in Richtung einer Wiese. Sie ließ sich in das trockene Gras fallen, spürte, wie es die Feuchtigkeit ihrer nassen Beine dankend aufsaugte. Matthew ließ sich grazil auf seine Hacken sinken, bevor er sich hinlegte. Während er an ihrer Tasche zippelte, fragte er: „Magst du sagen, was passiert ist? Das meiste hat Mal schon berichtet … Er bedankt sich auch für die Brötchen auf dem Bordstein. Sehr taktvoll, dass du daran gedacht hast. Plenz versteckt sich wohl im eigenen Zimmer … Hon, es ist scheiße, was passiert ist, I see that, aber bitte lass nicht diesen Menschen nun deine Wohnung bekommen. Du hast doch gesagt, der letzte fluchtartige Auszug war der letzte."

Sie krümelte Gänseblümchenblätter auf seine metallicgrün lackierten Fußnägel, nickte abwesend. Es war genau einer dieser Tage, an dem sie sich wünschte, es gäbe so etwas wie eine Urlaubsvertretung für Sängerinnen.

Leider kann Frau Millow
ihre heutige Vorführung nicht wahrnehmen,
also ist die Servicestelle
Konzert
heute
vertretungsweise
besetzt von ...

Von wegen.

„Woher wusstest du eigentlich, wo ich bin?", fragte
sie, um die Stille zu überbrücken.

„Na immer in Richtung nächster Termin, da in
zwei Stunden der Bus Richtung Hamburg startet,
war mir klar, du bist irgendwo zwischen Schöneberg
und hier.", erklärte er. Damit hatte er recht, so ziellos
ihre Panik auch wirkte, meist gab es einen Sinn in
der Richtungswahl.

Nach einigen Minuten der Stille begann sie sich
aufzurichten, das kalte Gras hatte ihr Ruhe gespendet,
abwesend erklärte sie: „Ich weiß noch nicht, wie ich
mit der Situation umgehen werde. Ich will gerade
nicht reden, ich ... Können wir einfach zum Treff-
punkt gehen und so tun, als wäre nichts gewesen?"

Sie machten sich auf den Weg in Richtung Ein-
kaufszentrum, dort wartete bereits ihre Band. Heute
war wohl ausverkauft. Mittlerweile hatte Tue es aufgegeben, sich darüber zu freuen. Ausverkauft bedeutete für sie nicht mehr viel, seitdem dies alleinig
das Resultat dessen war, dass ihre Songs verflacht,

verpoppt und gemainstreamt wurden. Rotzige Hamburger-Schule-Mucke für die Juristin von morgen halt, die ihr kleines Tattoo so platziert hatte, dass der Stehkragen es sicher verdeckte.

Wortlos ging sie an ihrer Band vorbei, ließ sich im Bus auf einen Sitz fallen, versteckte sich hinter einer leeren Wasserflasche, die noch von der vorherigen Band im Bus herumflog. Betto setzte gerade zu einer Bemerkung an, ob ihres Aussehens, ihres zu späten Erscheinens, des Versteckspiels mit einer leeren Flasche oder was auch immer gerade wieder nicht in seine kleinkarierte Akademiker-Welt passte. Matthew, der die Szenerie besorgt betrachtete, unterbrach Betto durch eine Berührung von dessen Schulter, ließ seine Hand auf ihr ruhen.

„Betto, ich glaube, du tust gut daran, dein inneres Arschloch heute mal nicht rauszulassen.", sagte er sanft.

Doch dieser reagierte nur abschätzig: "Ach, hat Madame mal wieder ..."

Zu mehr kam er nicht, der Deckel der weichen PET-Flasche traf ihn just in diesem Moment auf dem Nasenrücken.

„Was Matthew sagen wollte, war doch recht klar: Fresse und nicht rumheulen."

Sie starrte ihn teilnahmslos an. In ihm brodelte es. Sie sah den altbekannten Mix aus Exotisierung und Verachtung in seinem Blick.

Tue wandte sich ab und brummte: „Bewegt euch jetzt in das Scheißauto, Leute, oder lasst es bleiben. Bei Akustikshows verdien ich eh besser."

4

Die Hand ihres Schlagzeugers lag wie Beton auf ihrer Schulter, drückte sie in die Realität. Während er sich zu nah an sie schmiegte, brummte er: „Du schaffst das, du schaffst das, du schaffst das."

Wie ein bärtiges Metronom.

Sicherlich ist es *so* oder *so* gemeint,

drängelte sich durch ihre Gedanken, überdeckte das kristallklare Gefühl von

Ist mir aber leider egal,
ich will keine Nähe,
ich will hier weg,
ich will ...

Doch sie wollte auch sehr gerne Miete, Essen und Leben bezahlen können. Das wäre bei Vertragsbruch nicht drin. Also stakste sie auf die Bühne, ihre enge Röhrenjeans verhinderte jede ausschweifende Bewegung. Die Sneaker waren bereits beim Betreten des Scheinwerferzirkels von Schweiß durchtränkt.

Das Licht verhinderte jeden Blickkontakt mit den Menschen im Publikum, aber sie war ja erfahren.

In ihrer Jugend hatte ihre Managerin immer wieder erklärt, wie wichtig es war, trotz Scheinwerferlicht den Leuten in der ersten Reihe Blicke zuzuwerfen. Damals ging es einher mit einem kecken Zwinkern, heute ziemte es sich, kurz zu nicken, trocken, hamburgisch, melancholisch eben.

Aufgezwungene Authentizität, dies bedeutete in ihrer Branche Maskulinität. Show bedeutete Femininität. Binarität bis ins Detail, zwischen Zwinkern und Nicken.

Das Licht ging erneut aus, die Klaviermusik klimperte durch den Raum und über die Bildschirme hinter ihr, auf denen ihr Bandschriftzug aufleuchtete. Sie zupfte aus Gewohnheit an Instrumenten und Mikrofon, auch wenn die Zeit, in der dies Teil ihrer Aufgabe gewesen war, lange zurücklag. Ihre rechte Hand schlich sich am Rücken hoch, ließ den BH-Clip aufspringen, Luft drückte sich in ihre Lunge, der BH wurde nur durch das Shirt an ihren Körper gedrückt. Sie hörte, wie die Jungs sich hinter dem Vorhang vorbereiteten, einstimmten, ohne sie. Irgendwie schaffte sie es immer, außen vor zu bleiben, selbst hier.

Selbst auf Bühnen, die ihren Namen trugen.

Sie zog ihre Stimme aus der Stille, aus Tiefe wurde Höhe, es begann. Sie sang:

Ich steh hier auf
mittendrin
in Pechstein
Ich stehe ...
auf deinen Beinen
ertrage die Schwere
meiner selbst und ...

Die erste Gitarre kratzte in das *selbst*, beim *und* fiel der Lichtkegel auf sie, hinter ihr die Männer. Alle Blicke galten ihr, die wenigen Stunden im Jahr, in denen sie nicht unten an der Hierarchieleiter hochblickte zu den anderen. Die wenigen Stunden, in denen es keine Fehltritte gab, weil Fehler zu Klebemomenten in den Alben derer wurden, die eben genau jenes Konzert miterlebt hatten, bei dem diese eine grandiose Geschichte passiert war, die über Jahre hinweg eine Anekdote blieb.

Wasser rann über ihr T-Shirt, augenblicklich staute sich die Schwüle zwischen nassem Stoff und Haut, trieb ihr Hitze und Kälte in unvorhersehbarer Reihenfolge durch den Körper. Den restlichen Inhalt der Wasserflasche schüttete sie in die erste Reihe, es kreischte, es lachte. Bis auf eine.

Diese blieb ruhig, ließ das kalte Wasser über ihren Körper fließen. Tue blickte ihr für einige Sekunden in die Augen, riss sich dann los, stürmte zum Mikrofon, erhob ihre Stimme zum letzten Satz des Liedes, welcher immer einer der Momente war, die sich in die Seelen einbrannten.

Der Schweiß rann über Tues Körper, langsam atmete sie aus und ließ ihre Stimme die Instrumente übertönen:

Wenn dies es war, dann sei es so
Wenn, dann
Wenn jetzt dies ein Ende findet
dann sei es so
Wenn dies der Anfang ist dann lass es dein Auftrag
sein Ich verwehre mich dir verwehre mich dem
Ignorieren des Endes denn verdammt
ich ignoriere das Verwehren des –

Die Menge verfiel in Schweigen, die Band gefror zeitgleich, die Sekunden des Frostes zogen sich hin. Tränen und Schweiß vermischten sich in den Gesichtern. Tue blickte die erste Reihe entlang, verlor sich erneut in den starrenden nussbraunen Augen, die betont wurden durch breite Augenbrauen. Sie hielten einige Sekunden die Spannung, dann wanderte der Blick der Frau an ihr herunter, verharrte an ihrem Shirt. Tue spürte ein Ziehen im gesamten Körper. Ließ den eigenen Blick wiederum an der Konzertbesucherin hinunterwandern.

Deren dicke schwarze Locken fielen schwer auf den weißen dünnen Stoff ihres ärmellosen Hemdes. Sie glitt an den Haarspitzen ab, verweilte auf den Erhebungen des Shirts.

Ihr Blick schnellte zurück zu den Augen, die sie unverwandt anstarrten, die linke Braue hob sich leicht, stellte eine direkte wortlose Frage. Sie hielten den Blick, hielten die Spannung, Tue hörte hinter sich ihren Bassisten stöhnen, ob der Anstrengung, die Pose zu halten. Die gesamte Halle schwieg. Seelenruhig zog die Frau ihr Oberteil aus.

Tue schaffte es nicht, sich abzuwenden, zögerte, erstarrte. Eine Sekunde, bevor der Saum des T-Shirts die Brustwarzen passierte, riss sie sich aus der Starre, wandte sich ab, brüllte der Menge *Ende* entgegen.

Es folgten weitere Lieder, sie versuchte, den Blick nicht abschweifen zu lassen, nicht zu starren. Versuchte, sich daran zu erinnern, dass dieses Begehren mehr der Bühne als ihrem Körper galt.

Endlich gingen die Scheinwerfer aus, die Zugabe war vorbei. Tue versteckte ihr Gesicht im kühlen Frottee des Handtuches, genoss das Surren in den Ohren. Sie trug nie Gehörschutz bei den Konzerten, brauchte diese Momente der Stille zu sehr und diese fand sie nur zwischen den Frottee-Fasern und dem Aufbegehren ihrer Trommelfelder.

Nach und nach nahm sie die Stimmen ihrer Band-Kollegen wahr, Betto schien wütend zu sein. Sie versuchte, die Wörter nicht zu verstehen, aber scheiterte, diese begannen bereits, einen Sinnzusammenhang zu bilden. Sie schüttete vorsorglich so viel Wodka in sich hinein, wie die Länge des Satzes es erlaubte.

„Ey man, die eine, whoof. Habt ihr gesehen? Ich sag's euch, wie sie mich angeschaut hat, dann das T-Shirt ... Ich wäre am liebsten in die Menge gesprungen und ...“

Tue stellte sich vor ihn, blickte ihn an. Jede weitere Sekunde der Stille barg die Gefahr für Betto, die Wut einer noch betrunkeneren Tue abzukriegen, denn der Wodka schoss mit derselben Geschwindigkeit in ihren Körper wie ihre Aggression.

„Dude, wie sag ich das jetzt, dass du es schnallst", setzte sie an zum Brüllen, doch Betto zog sie in seine Arme, sie hasste seinen Geruch nach Parfüm und Selbstgerechtigkeit.

„Ach Tueli, wir wissen doch, dass das Deine ist. Du bist der Star und so. Unverdient? Ja, wahrscheinlich. Aber der Promi, komm, geh raus, vögel sie, aber wenn ich vielleicht zusehen ..." Er grinste ihr brüderlich entgegen.

Am liebsten hätte sie ihm ins Gesicht gespuckt, tätschelte stattdessen seinen Arm. Ließ sich auf den Witz ein, lehnte die Situation nicht ab. Ließ sich in das Sofa des Backstage-Bereichs sinken, trank noch mehr.

Irgendwann saß sie neben ihr, Betto flüsterte ein gönnerhaftes bitte. Als sie sich dann küssten, starrte er sie an. Tue nahm nur noch Fetzen der Umgebung war, während sie ihre Beine um die breite Hüfte der Frau verhakt hatte, die sie in ein anderes Zimmer trug. Bemerkte Lust, Nähe und die Leere im Kopf, das Verschwinden des Zorns. Erinnerte sich an das Einschlafen und an Betto. Der sie schamlos anstarrte, wie sie dort nackt, betrunken und befriedigt lag. Sie beide anstarrte, entmenschlichte, zuletzt die Tür schloss.

Sie wachte erst durch das Rumpeln des Abbauteams auf, bekleidete sich und stand zuallerletzt vor der eigenen Haustür. Diesmal ohne Brötchen, aber mit dem klaren Willen, Plenz rauszuwerfen.

Die Geschichte würde dieses Mal anders verlaufen, sie würde nicht fliehen.

Dieses Mal nicht.

* * *

Ihre Pläne, wie sie Plenz rauswerfen würde, vergaß sie in genau jenem Moment, als sie die Polizei vor ihrer Wohnungstür erblickte. Langsam ging sie auf die beiden weißen Kommissare zu. Sie stellte sich hinter sie, erblickte durch die Lücke zwischen den beiden, wie ein Leichensack in den Flur gelegt wurde, bereit, um gefüllt zu werden. In dem Moment, in dem ihr Körper erneut fliehen wollte, sprach ein Kommissar sie an: „Bitte gehen Sie, hier werdense heut uff Garantie nix erschnorren."

Tue schluckte und blickte ihn starr an. Wovon sprach er? Sie sah an sich hinunter, neben ihrem Melanin trug sie heute abgewetzte Klamotten, roch nach Alkohol, Erbrochenem und Sex.

„Ich bin Hauptmieterin des Objektes", sagte sie in überkandideltem Deutsch, um ihre Autorität zu unterstreichen. Die Augen des Mannes wurden immer größer, schienen fast herauszufallen.

„SIE sind Tue Willow? Meine Tochter hört ihre Musik … Ich dachte, Sie wären eine von den Artigen."

Er schmunzelte. Sie zeigte wortlos in ihre Wohnung. Widerstrebend wechselte er das Thema: „Tja, was soll ich sagen. Da hatte wohl wer keine Lust mehr ...‟ Er verlor sich in cis-sexistischen Umschreibungen.

Tues Zunge schien mit dem Gaumen verwachsen zu wollen. Sie presste hervor: „Wer? Name!‟

Neckisch antwortete der Polizist, der die ganze Situation anscheinend nur als skurrile Szenerie betrachtete: „Eigentlich ja___ , aber Ihr Mitbewohner hat schon gesagt, dass Sie ___wohl Plenz nennen ...‟

Tue schämte sich für die Erleichterung, die durch sie fuhr, aber konnte doch nicht umhin, froh zu sein, dass Mal nichts passiert war.

Als sie die Wohnung betrat, wandte sie den Blick von Plenz' Körper ab, sah Mal, der auf dem Boden saß. Dieser sah völlig leer aus, wie er dort in die Leere starrte. Sie ließ sich neben ihn sinken, strich vorsichtig über seine freie Schulter, er ließ ihre Umarmung zu. Die Tränen, die auf sich warten ließen, unterstrichen die Unfassbarkeit des Momentes.

Hinter sich hörten sie die Kommissare stöhnen, ob des Gewichts der Leiche. Sie legte die Hände auf Mals Ohren, um ihm diese Klänge zu ersparen. Es reichte nicht, sie schaltete die Stereoanlage ein und zog die Lautstärke bis zum Schmerzpegel hoch. Klare Gitarrenmusik erfüllte den Raum, eine Stimme sang von Leben, Liebe und allerlei Dingen, die nicht passten, aber deren Emotionen die Tränen zuließen. Ihr Geruch nach Musik vermischte sich mit den Klängen aus dem Radio, umschloss Mal, dessen

61

Tränen ihr T-Shirt tränkten. Die letzte Nuance, die ein Kleidungsstück nach einer Konzertnacht haben sollte. Das letzte Detail, das auf dem weißen Stoff vermerkte, wie es um sie stand.

Abdrücke des Gehweges schrieben sich mit jedem Schritt in Dwaynes Füße, hinterließen Furchen des Schmerzes. Er ließ sich davon nicht abhalten, lief weiter, erblickte einen großen weißen Wagen, um den herum betretene Menschen standen. Eine ältere Dame fluchte vor sich hin, er näherte sich ihr, versuchte zu verstehen, ob es Trauer oder Verachtung war.

„Das war ja klar, hab ich doch gleich gesagt, dass die solche Drogenabhängige sind!"

Die anderen Menschen ignorierten ihre Flüche, versuchten, eine Angemessenheit in ihrem Voyeurismus zu finden. Er nahm die Gesichter der Menschen in den Blickwinkel seiner Kamera, drückte nur vorsichtig auf den Auslöser, um die Stille nicht zu stören. Auf einer Liege wurde ein Körper herausgeschoben, versteckt in einem weißen Sack. Das Leichentuch rationalisiert durch Reißverschluss und Plastikecken hatte seine Würde verloren. Klebte zu eng an dem toten Körper. Aus dem Fenster schallte mit einem Mal Gitarrenmusik, die singende Stimme fragte: „But who cares?", rannte zwischen den Pegeln in Höhen und Tiefen. Neben ihm fluchte die alte weiße Frau weiter. In den Sekunden zwischen den Saiten-Anschlägen erklang ein trockenes: „Unhappiness".

Die Trauer, die in die Wohnung eingezogen war, verstand sich nicht mit dem Unverständnis der weißen Frau neben ihm. Wie Spinnweben überzog die Differenz zwischen den Gefühlen die Szenerie, hielt sie alle in ihre Posen gespannt. Nur Dwayne bewegte sich zwischen ihnen, versuchte, die Situation in Bilder einzufrieren. Das dunkle Fenster, aus dem die Musik erschallte, stand im starken Kontrast zum hellen Leichentuch und den weißen Gesichtern. Ein Strahl Sonnenlicht eroberte das Zimmer, traf auf einen Schwarzen Hinterkopf. Pietätlos durchzog Dwayne ein Gefühl des Glücks, als er genau diesen Augenblick auf seine SD-Karte presste.

Er wusste, dass es Zeit war, den Moment gehen zu lassen, sich herauszuziehen, das Netz, das die Menschen umgab, dabei nicht zu zerreißen. Es würde eines der Bilder werden, das die Betrachtenden feierten, die von der Geschichte beeindruckt sein würden. Vielleicht würde er herausfinden, wer die tote Person war, vielleicht auch nicht. Irgendeine Geschichte würde sein Bild zieren.

Er ließ weiterhin den Schmerz in seine Fußsohlen dringen. Die Kamera hing an seiner Hüfte, er starrte verloren die Form der Steinfugen an. Kleine Räume, in denen seine schmerzenden Füße Ruhe fanden, Sekunden, die seine Gedanken zusammenhielten und ihn abschirmten von dem Erlebten.

Seufzend ließ er die Kamera in seinen Rucksack verschwinden, machte sich auf den Weg in das Brillengeschäft.

5

Tue duftete zwar nach dem Waschen nach der auf der Verpackung versprochenen cleanen Meerluft, dennoch haftete ihr der Tod weiter an, hatte sich in ihre Nase eingebrannt. Schlüssel, Tasche und Bücher drückten sich in ihren Rücken, ihr Gewicht reichte nicht aus, um die Gegenstände in der Matratze zu versenken. Der vertraute Schmerz am Morgen, der sonst mit dem Hocker im Café des kreativ.Bürohauses verbunden war, wirkte heute stärker, dumpfer und beruhigender zugleich. Langsam drehte sie sich auf die Seite. Die Raufasertapete war auch einige Zentimeter weiter dröge, der Fakt, dass Plenz tot war, weiterhin unverändert. Die Fasern produzierten zwar auf diesem Abschnitt andere Formen, doch die Lethargie der Traurigkeit blieb.

Das Wissen,
dass es ein Danach
geben sollte.
Die Gewissheit,
dass dieses noch so weit entfernt war,
dass die Entscheidung,

weiterzuleben,
beinahe naiv klang.
Die Zwischenwelt,
in der *Leben* sich als absurde Idee entpuppte,
umarmte sie.

Die tiefste
aller Vertrautheiten.

Es fühlte sich wie Heimkommen an, das Überlegen
und Abwägen, ob sie für immer gehen würde, und
wenn, wie. Wenige Stunden zuvor waren diese Dinge
in Plenz passiert, das war ihr klar, hatten dazu geführt, dass sie nun hier lag. Suizid war wie Domino-
steine. Darauf vertrauen, dass sie im Leben stehen
würden, mit dem genauen Wissen, dass nur ein
Stein umfallen musste, um das ganze Absurdum des
Weiterlebens zu enttarnen. Das Bild brannte sich tiefer und tiefer in ihre Emotionen ein. Ihr war bewusst, dass ein einzelner Stein noch so stark sein
konnte, letztendlich würde er fallen, da der Druck
der anderen überwog.

Die nächsten Tage zogen an ihr vorbei, hinterließen
in ihr nur schwache Eindrücke wie durch Milchglas.
Wie Mal die Wohnung verließ, um erst mal zu seinem Freund zu ziehen, wie die Reinigung der Wohnung vonstattenging – alles undatierbare Eindrücke
zwischen den Tageszeiten Hitze und Nacht.

Sie hatte anderes zu erledigen,
sie musste hier liegen.

Irgendwann war die Wohnung leer, lagen alle Schlüssel der anderen auf dem Bord im Flur. Sie versank weiter in die Matratze, aber verschwand nicht unter der Erde. Ihr Körpergewicht minimierte sich mit jedem Tag, an dem sie Essen verweigerte, die Hoffnung, zu versinken, verringerte sich.

Durch die Matratze,
durch das Erdgeschoss in die Erde,
wie bei der Brautprinzessin
in die endlosen Tiefen des Moores,
nur ohne Zweisamkeit,
ohne Liebe, dafür mit Zweifeln
am Leben.

Der Wunsch wurde nicht erfüllt.

Irgendwann knackte das Schloss, sie sah Matthew, Mals Gesicht und die Gesichter einiger weißer Menschen in viel zu knalligen Anzügen, die knisterten bei jeder Bewegung. Tue sprach nicht mehr, lag gefroren da. In jenem Raum zwischen Kopf und Welt, in dem der Kontakt nach draußen durch das Milchglas kaum umzusetzen war. Die Außenwelt in Panik verfiel, sie immer ruhiger wurde. Sie war gefunden worden, müsste nicht mehr versuchen zu versinken.

Sie lag zu leicht in den Armen des Knisteranzugmenschen, beim Abhören des Herzens fröstelte es sie wegen des kalten Metalls. Sprechen und bewegen schienen nun sinnvoll zu sein. Beim Versuch, sich zu erheben, umfasste die Schwärze sie, sie tauchte ab in die Bewusstlosigkeit.

* * *

Die Wände, die es nun galt anzustarren, waren ohne Körnung, Raufaser ersetzt durch vergilbte Putzwände. Der Zugang in ihrem Arm drückte. Es hieß, dass kein Mensch die Kanülen spüren konnte. Es hieß auch, dass Worte nicht wehtun könnten und dies ein Ort zum Heilen wäre.

Ihr Kopf dekonstruierte all diese Ideen, konnte am Ende doch nur zugeben:

> Wenn *Leben* als wertvoll galt,
> gab es in diesem System
> keine Alternative.
> Wenn *Leben*
> mit Nahrungsaufnahme
> zusammenhing,
> bedeutete das für sie
> unabwendbar
> den Tropf.

Der Blick aus dem Krankenhausfenster verriet ihr, dass die Temperaturen gestiegen waren, die ersten Blätter aus den Ästen der Bäume getrieben hatten.

Ein Kopf drang in ihr Sichtfeld, etwas streifte ihren Arm und langsam drückte ihr Oberkörper sich gen Himmel, das Bett fuhr unter dem Rascheln der steifen Krankenhausdecken nach oben. Mit jedem Zentimeter erblickte sie mehr von der Kopfträgerin, die sich nun als ihre Ärztin vorstellte. Das Weiß ihrer Haare verschmolz beinahe mit dem Vorhang hinter ihr, übrig blieb nur das beige Gesicht.

„Frau Millow, wie geht es Ihnen heute?" Das Fragezeichen klang mehr nach einem Ausrufezeichen. Tue bildete den Satz in ihrem Kopf nach, um zu begreifen, dass er nach einer Antwort verlangte. Sie nickte zaghaft, Krankenhäuser waren Gefahrengebiete, in denen es galt, möglichst wenig in Interaktion zu treten.

„Tja, Frau Millow, ein Nicken reicht uns aber leider nicht. Auf der Bühne singen sie doch auch ganz mutig, wie wäre es mit ein paar Sätzen?", sagte die Ärztin. Manchmal wünschte Tue sich, dass es einen Paragrafen gab, der es medizinischem Personal verbot, ihre Musikkarriere als Argument für Zuschreibungen zu missbrauchen. Nur weil sie auf der Bühne sprach, bedeutete das nicht, dass sie sich ununterbrochen ständig stark fühlte.

Die Ärztin setzte ihr weiter zu, rückte den Stuhl unter lautem Quietschen einige Zentimeter näher an ihr Bett.

„Wollen Sie denn nicht mit mir reden? Bin ich so angsteinflößend? Beängstigender als ein Raum gefüllt mit Tausenden Menschen?"

Tue presste ein „ja" hervor. Das Lächeln im beigen Gesicht erfror, die blassen Lippen zitterten leicht.

„Frau Millow, das ist aber nicht sehr nett." Die schlohweiße Augenbraue hob sich zum Haaransatz, in Erwartung der Entschuldigung.

„Dafür aber sehr ehrlich, ist doch auch was", antwortete Tue. Sie begann absurderweise die Situation zu genießen, die Ärztin bekam, worum sie gebeten hatte, Stage- Millow – TuesDay, die rotzige Göre. Nur schien dies den weißen Kittel auch nicht zufriedenzustellen.

Die Ärztin richtete ihr Namensschildchen, knöpfte ihren Kittel weiter zu. Sah nun aus, als würde sie gleich ersticken, durch den festen Klinikstoff, der der kratzigen Bettwäsche stark ähnelte.

„Oh nein, bitte, bestrafen Sie mich nicht, ich würde gerne weiter auf ihre Brüste starren." Tue sah der Ärztin direkt in die Augen, wollte verletzen. Dadurch die Ärztin vertreiben, erzürnen, loswerden.

Die graubraunen Augen ihres Gegenübers ließen den Blickkontakt abbrechen, wanderten auf Tues Stirn. Der Blick sprach stumm die Diagnose aus – diese Patientin war nicht nur gerade in einer aktuellen Krise, sondern gänzlich verrückt, daher nicht ernst zu nehmen.

Der Schmerz über diese gewohnte Abscheu war kaum zu spüren, da Erleichterung sich breitmachte. Nun würde sie das Prozedere kennen, jetzt kämen Diagnosezettel statt mitfühlender Gespräche. Einige Wochen durchhalten, dann draußen ernsthaft die

Wunden der Seele versorgen, die Plenz' Zuschlagen und Tod verursacht hatten.

„Nun, Ihr Freund hat uns alles berichtet. Sie werden ab morgen in die Psychosomatische kommen." Der Blick war von der Stirn auf das Blatt Papier gewandert, das nach Tues Ausbruch nun als einzige zuverlässige Quelle für Informationen galt. Sie schluckte, sonst war sie immer nur auf der Krise gewesen. Medikamente, Zwangsnahrung und die tägliche Dosis Rassismus, um die Hülle zu erhalten, aber das Innere zu zerstören.

Die Ärztin blickte sie nun direkt an. „Ich denke, mit Ihrer Krankengeschichte sollten Sie eine längere Therapie haben und eine wirkliche Regenerationszeit." Ein Lächeln huschte über das Gesicht, vielleicht war es doch keine Selbstgefälligkeit, sondern Güte? Tue konnte es nicht so recht beurteilen, das Machtgefälle verunmöglichte ihr jedwedes Vertrauen. Die Überraschung hing zwischen ihren Zähnen, hinterließ einen bitteren Geschmack.

„Regenerationszeit? Eher ein nervöser Zusammenbruch! Ein paar Tage Beruhigungsmittel und gutes Essen, das hat's doch sonst auch gerichtet ...", presste sie hervor. Sie sah die Ärztin verständnislos, hilflos und hoffnungsvoll zugleich an, wie immer belegten zu viele Gefühle ihre Mimik, um ein klares Signal zu senden.

„Genau das hat mir Ihr Mann gesagt, dann wollen wir die Dinge doch mal ein wenig ändern." Der Satz wurde begleitet von einem aufmunternden Grinsen.

Gerade wollte Tue in Erfahrung bringen, mit welchem Typen sie denn neuerdings vermählt war, als Matthew in der Tür erschien: „Vielleicht können Sie ja auch mal versuchen, es nicht so zu verkaufen, dass es so klingt, als wäre sie Ihr neuestes Versuchskaninchen. Just saying."

Seine bissige Femmeness verwandelte selbst diesen Moment in eine absurde Szenerie. Er blickte die Ärztin noch einige Sekunden streng an, eilte dann zu Tue, um sie mit Knüffen und Küssen zu übersäen. Erst nach einem lauten Räuspern ließ er sich grazil auf die Bettkante nieder, überschlug die Beine und ergriff Tues Hand. „Darling, tu mir den Gefallen und mach das. Du hast gerade Tourpause, das Album kann warten und ich mag dich lebendig einfach lieber als tot, call me an egoist, aber es ist einfach schicker!"

Tue nickte langsam. Sie wollte, dass er unrecht hatte, aber spürte doch die Notwendigkeit einer Ruhephase.

Die Ärztin drängte sich in den Schwarzen Space, den ihre beiden Körper in diesem Raum bildeten. „Gut, dass Ihr Mann da so einen guten Einfluss auf Sie hat." Die Ärztin nickte sich selbst glücklich zu, entspannt, da ihre heteronormative Weltsicht vermeintlich bestätigt wurde.

„Ich würde ihn sofort wieder heiraten, wenn ich es nicht schon noch nie getan hätte."

Matthew nickte zustimmend, die Ärztin biss sich durch die Verneinungen, um den Sinn zu erfassen, gab letztendlich auf. Sie verließ das Zimmer, mit ihr verlor die Szenerie ihre Komik und die Verzweiflung umgriff erneut Tues Lungenflügel.

„Plenz ist tot", sprachen beide immer wieder in den leisen Raum, unsicher, welche Emotion die angebrachteste und welcher Satz der unangebrachteste war. Erstarkt an einem Ort, der Plenz hätte retten können, erstarkt an einem Ort, der Plenz nie gerettet hätte.

Nachdem Tue lang genug gemästet worden war, um sich aus eigener Kraft zu bewegen, verkündete die Ärztin ihre Verlegung. Matthew holte die vierte Krankschreibung ab, für mindestens weitere drei Wochen würde sie arbeitsabstinent bleiben müssen. Doch gerade störte sie das kaum, der Stapel Heftnotizen war unangetastet geblieben, sie hatte seit Plenz' Tod keine einzige Zeile verfasst.

Der Krankenpfleger drückte die Tür auf, ließ Tue den Vortritt. Sie drückte sich an die Zimmerwand, wäre am liebsten versunken. Ihr Outfit schien nicht in den Raum zu passen, das angezogene Selbstbewusstsein verpuffte unter den abschätzigen Blicken der anderen. Die anderen Patient*innen trugen gemütliche Kleidung, trotz der Hitze versteckten sie sich unter Hoodies, nur die Typen saßen im Ärmellosen in der Runde. Tue trat ein, mit ihren 184 Zentimetern Schwarzer Auffälligkeit. Die ehemals eng anliegende Jeans schlabberte durch die verlorenen Kilos, das knappe Oberteil mit Ausschnitt ließ neben viel Dekolleté auch ihre Rippen hervorstehen, trotz allem war sie overdressed.

„Ist Ihnen nicht kalt?", fragte die Pflegerin, während sie zugleich Tue eine dünne Decke umwarf und sie auf einen Stuhl im Sitzkreis bugsierte. Tue spürte das Widerstreben davor, sich zu verstecken, hatte aber noch nicht die Kraft zu widersprechen. Sie nickte abwesend, ließ sich, so tief es ging, in den Stuhl versinken, versuchte, in der Decke zu verschwinden. Sie starrte ihre Füße an, die in engen Lederstiefeln schwitzten.

„Das ist unsere Neue, die liebe Tue Millow", sagte die weiße Frau im sportlichen lila Outfit. Tue nickte abwesend, *lieb* war eine Zuschreibung, die so weit entfernt war von ihrer Selbstwahrnehmung, dass es nicht störte.

„Tue, gerade ist die Vorstellungsrunde, da bist du jetzt leider reingeplatzt, aber das kann ja mal passieren, nicht wahr, Tue."

Verwirrt blickte Tue auf, sprach, bevor sie es verhindern konnte: „Das ist ja nun nicht meine Schuld, wenn ich hier zu ungünstigen Zeiten von einem Ort zum anderen komplimentiert werde."

Sie biss sich auf die Zunge. Hatte sie denn nichts gelernt bei ihren letzten Klinikaufenthalten? Erniedrigung und Beschuldigungen ertragen, viel lachen und sich auf die schnelle Entlassung freuen.

„Liebes, liebe Tue", begann die lila Dynamik in Person, „sosehr es die Herren der Schöpfung auch freut, ein bisschen weniger Schminke, dafür ein wenig mehr Eile und auch du, Tue, hättest es sicher zum Beginn der Sitzung geschafft." Während sie sprach, nickte sie einem älteren Herren kumpelhaft zu, der während der Diskussion nervös an seinem Pulloversaum spielte.

„*Ein bisschen weniger Schminke* hätte rein gar nichts daran geändert, dass ich, nachdem ich schon lange fertig war, noch zwei Stunden auf die Verlegung warten musste." Tue starrte auf den Boden, hatte das Gefühl, dass das zellophandünne Papier, welches die Wut in ihr hielt, zu zerreißen drohte. Der Zorn raubte ihr jedwede Impulskontrolle.

„Nun gut, weiter geht es mit Sophia. Sophia, wie geht es dir, wie geht es dir in der Gruppe und was ist heute dein Plan? Erzähl es der Gruppe, Sophia, ja?"

Tue hätte die violette Überheblichkeit in Person gerne nach ihrem Namen gefragt, nur um ihn dann auch ständig unnötig oft in Sätze einzubauen. Unsicher antwortete die groß gewachsene Person im graubraunen Hoodie, die offenkundig den Namen *Sophia* trug: „Heute werde ich Einzeltherapie haben und etwas basteln, weil es mir nicht so –"

Doch schon wurde sie unterbrochen. „Sophia, Sophia", säuselte die Gruppenleiterin, „Sophia, wie war die Reihenfolge?"

Völlig aus dem Konzept gebracht starrte diese in die Runde, unfähig, zu antworten.

„Mach dir keine Sorgen, liebe Sophia, das kommt vom Paroxetin, das kann einen schon vergesslich machen."

Die Röte stieg in Sophias Gesicht, ob des Ausplauderns ihrer Medikation. „Ähm, ich wollte gerade darauf kommen, also, ich werde das machen, weil es mir heute nicht so gut geht, so für mich, aber auch in der Gruppe."

Die Stirn der Gruppenleiterin zog sich für den Bruchteil einer Sekunde zornig zusammen, sie verbarg dies aber hinter einem gruselerregend falschen Grinsen. „Sophia, streng dich bitte an! Also erstens: Wie geht es dir? Zweitens: Wie geht es dir in der Gruppe? Drittens: Was ist dein Plan für heute? Wenn du willst, dass es dir irgendwann besser geht, wird Pillenfressen nicht reichen, du musst schon auch mitarbeiten, liebe Sophia", fuhr die Betreuerin fort.

Tue vergrub sich in ihrer Decke, ignorierte den Rest der Runde und die Verzweiflung Sophias. Irgendwann fiel ihr Name, sie wurde berührt. „Tue, stups, stups, ist jemand da? Tue?"

Tue hob den Kopf, sah in die Runde. „Erstens: gut. Zweitens: gut. Drittens: Erfahre ich sicher nach dieser Runde."

Wenigstens diesen Test würde sie bestehen.

„Tue, du musst schon meine Fragen beantworten: Wer bist du, warum bist du hier und, was wir alle gerne wüssten, woher kommst du?!" Ein süffisantes Grinsen begleitete diese neue Anreihung von Fragen.

„Ich bin Tue Millow, ich bin hier, weil es einen Todesfall im Freundeskreis gab, und ich komme aus Berlin."

Es folgten weitere Nachfragen, die sie alle so leid war. Sie schwieg, unwillig, diese zu beantworten und dabei so zu tun, als würde Rassifizierung helfen beim Heilen. Irgendwann gab die violette Nachfragemaschine auf, die Runde wurde aufgelöst.

Unsicher kopierte Tue das Verhalten der anderen Patient*innen, verräumte ihren Stuhl, stand hilflos im Raum. Ein groß gewachsener Arzt kam auf sie zu, drückte ihr die Hand und sagte: „Tue Millow, kommen Sie bitte mit."

Neue Nähe

Er lässt Farben und Gedanken rasen
Summt zu laut zum Überhören eurer Phrasen
Verrücktheit – ist nur zu verstecken durch
geschickte Verneblung
Mit euch in der Norm
Bis zum stillen Verrecken
Eure flachen Gefühle ist er so satt
Einordnung – widerspricht seiner Bestrebung
Das Oben wie das Unten zu leben
Weiß, ihr würdet Millionen für seine Impulskraft
geben

Besiegt jede Angst vor sozialen Begegnungen
Und seine Geister singen mit der Wahrheit im
Chor:
Es ist, wie es ist – alles bleibt wie zuvor
In den Straßen wartet der Hass, keine gute Begegnung
Glaubt mir, Mächtige töten
Sie bitten niemals um Vergebung

Wie ihr über die Verrückten sprecht, beweist sich
Ihr lebt halb zehn nach Deutschland 1939
Auf seine Bilder, seine Kunst weiterhin neidisch
Euer Hass? Kontinuierlich fleißig
Beruhigt einander beklemmt
Wahre Künstler bellen doch, aber beißen nicht
Wie ihr euch an seinem wahren Ich verbrennt
Seine Peergroup ihn nicht mehr kennt

Die neue Nähe – die macht euch fremd Weil er
statt Mitleid eure Mitschuld benennt
Nun läutet er das Ende ein des Experiments

Klatschnass jagen die Angst, der Hass und die
Wahrheit Eure Zweifel, die Befürchtung und die
eigene Verzagtheit ihn

Durch die langen Straßen zu euch, er keucht Stol-
pert, hetzt und erklärt
Weiß doch, ihr begreift nicht, wie das alles jeden
seiner Schritte beschwert
Gesteht: Er weiß nicht, wie mit euch zu reden ist
Weil eure Irritation jede einzelne seiner Realitäten
frisst
Verschlingt so jede Nähe durch die Forderung
Gesundheit vor Krankheit,
vergiss deine Verortung!
Es ist, wie es ist – alles bleibt wie zuvor
In den Straßen wartet der Hass,
keine gute Begegnung
Glaub dir, Mächtige töten
Sie bitten nie um deine Vergebung

Wie ihr über die Verrückten sprecht, beweist sich
Ihr lebt halb zehn nach Deutschland 1939
Auf seine Bilder, seine Kunst weiterhin neidisch
Euer Hass? Kontinuierlich fleißig
Beruhigt einander beklemmt Wahre Künstler bel-
len, doch beißen nicht

Wie ihr euch an seinem wahren Ich verbrennt
Seine Peergroup ihn nicht mehr kennt
Die neue Nähe – die macht euch fremd Weil er
statt Mitleid eure Mitschuld benennt Nun läutet er
das Ende ein des Experiments

6

Wortlos folgte Tue dem Arzt. Impulse spielten beinahe ungehindert in rasend schneller Abwechslung jedwede Gefühlsebene an. Sie zählte Wiederholungen auf dem Weg, um die Impulse zu zügeln. Dankte ihrer Oma nicht zum ersten Mal dafür, ihr diese Strategie beigebracht zu haben. Später würde sie ihr die Zahlen mailen, schon der Gedanke daran stärkte sie ein wenig.

Zählte die Türen,
zählte die eigenen Schritte,
zählte die Anzahl der Buchstaben,
die in die Lücke passten
zwischen
ihrem Einatmen
und dem Ausatmen
des Arztes.

Das Zahlenmeer regulierte endlich die Geschwindigkeit, mit der ihre Lunge Luft in sie hineinpumpte. Der Tunnel löste sich auf, machte Platz für eine breitere Sicht der Dinge.

Endlich blieb der Kittel vor ihr stehen, die ledernen Schuhe drückten sich in den Teppich des Gesprächszimmers. Trotz der Bemühungen, diesen Raum heimeliger zu gestalten, gewannen die medizinischen Geräte und pathologisierenden Nachschlagewerke den Kampf um die Atmosphäre.

Der Blick des Arztes legte sich um ihre Gefühlswelt wie ein Maßband um einen Schädel in der Charité, die Diagnosen standen ihr in Melanin auf die Haut geschrieben. Er zeigte wortlos auf einen Sitzball, setzte sich selbst auf etwas, das aussah wie eine Bärenfalle. Seine Füße klemmten sich hinter das, was den Anschein erweckte, die Stuhlbeine zu sein, und sein Oberkörper ragte starr in die Höhe. Tues hoffnungsvoller Blick zu den bequemen Sesseln blieb gewollt unbemerkt. Sie setzte sich auf den Ball, doch spannte die Muskeln in den Beinen an, lagerte auf ihnen ihr Gewicht. Eingeschrieben in ihr das Verhaltensmuster:

Je flacher der Ball,
desto schwerer bist du!

Sie bemerkte selbst schon nicht mehr, dass sie es tat.

„So, Frau Millow", er blickte auf seine Akte und ließ sie dann mit einem harten Aufprall neben sich fallen. Die Bärenfalle verhinderte ein leises Ablegen. Deswegen also dieser obskure Sitz. Der Verzicht auf Ruhe zugunsten einer immerwährend perfekten Körperhaltung. Fragend blickte er sie an, ihr Blick hingegen haftete an den Fasern des Teppichs, zu müde, um die Flecken zu zählen.

„Frau Millow", wiederholte er, „wie ich hörte, sind Sie nicht zum ersten Mal in einer Klinik. Warum sind Sie denn so erfolgreich im Scheitern?"

Sie schwieg. Er schaltete in sein zweites Programm, nach Demütigung folgte Zuneigung. „Ich verstehe ja, dass es für Sie schwer ist, nun, wo ihr Mitbewohn tot ist ... Es war gemein, Ihnen das anzutun, wo Sie doch so eine weiche Seele sind."

Das *weich* bewegte etwas in ihr, doch sie beherrschte es noch. Drittes Programm, Schmerzpunkte treffen. „Sie als Frau und als Migrantin oder, wie Sie es nennen, Schwarze sind da ja besonders zart besaitet."

Ihre kleinen Finger zählten immer schneller die Kuppen ab.

Daumen,
eins, Zeigefinger,
zwei, Mittelfinger,
drei ...

„Hier steht, Sie hätten in der Vergangenheit Beschwerden eingereicht, weil Sie dachten, Leute wären Ihnen gegenüber fremdenfeindlich gewesen. Nun, das will ich gleich klarstellen: Solch ein Geltungsbedürfnis bei Patienten billige ich nicht auf meiner Station, solange Sie hier sind, sind Sie nicht besser und nicht schlechter als die anderen hier."

Nicken.

„Gut, jetzt, wo das geklärt ist: Was kann ich für Sie tun?" Schweigen.

Er wechselte automatisch erneut in die bedrohliche Stimmlage. „Frau Millow", das W klang fast wie ein F bei ihm.

„Millow", korrigierte sie nuschelnd, „ich bin hier, weil ich eingewiesen wurde. Was Sie für mich tun können? Unterschreiben, dass ich gehen kann. Entlassung, fertig, danke." Sie lehnte sich langsam zurück, gab die Diplomatie auf. Dieser Arzt lebte den Traum des Gottes in Weiß. Es gab keine Variante der Realität, die in einer Verständigung zwischen ihnen beiden enden würde. Warum also nicht sich ein wenig in Selbstbehauptung üben?

Sie strich routiniert über ihre schmalen Oberschenkel, zum Glätten eines Outfits, das sie gerade innerlich trug. Ihre Augenbrauen nahmen eine stolzere Position ein, sie ging in den Überlebensmodus. „Aber das wird nicht passieren. Ich hoffe, Sie haben schnell Ihr Geltungsbedürfnis und Ihre manipulative Betreuerrolle hinreichend ausgelebt, sodass wir anfangen können, mich erneut auf ein Normgewicht zu bugsieren. Dann ist ihre überfüllte Station wieder hübsch ruhig und ich draußen in der Welt, um meine kleine Rolle in der kapitalistischen Maschinerie zu übernehmen."

In ihrer Vorstellung spuckte sie nun genüsslich aus, um dann kauend ihren Widersacher zu betrachten. Doch nachdem dies einmal zu einer Fixierung geführt hatte, hatte sie sich dazu entschieden, dies, genauso wie das Tragen ihres imaginierten Outfits, nur noch innerlich zu tun. Die künstlerischsten Aspekte ihrer Wut blieben der neurotypischen Welt vorenthalten, zu *anders*, zu befremdlich.

Der Arzt wiederum schien sich nun eine Brille zu imaginieren, um abschätzig über deren Rand herüberzublicken. Distanz durch ein paar Dioptrien, dies blieb dem Arzt verwehrt. Er bekam sie allerdings durch das Notizbrett, auf das er schnell einige Bemerkungen schrieb. Er befreite sich aus der Bärenfalle, ließ sich auf den Sessel vor dem Computer sinken. „Frei machen." Das Machtverhältnis hing wieder verhärtet zwischen ihnen. Der winzige Moment der Ebenbürtigkeit war aufgehoben.

Frei machen,
Busen her.
Klar, das Abhören?
Das ginge auch ohne,
aber warum eine Gelegenheit verpassen?
Verwiesen auf ihren
rechtmäßigen Platz.

Tues Wirbel bildeten eine Kurve, ihr Rücken ließ den Kopf in den Boden sinken. Sie entkleidete sich, schwieg, antwortete, nuschelte und stimmte zu. Erst als ihr Busen wieder verpackt, ihre Seele zur Schau gestellt worden war und sich die Tür schützend zwischen sie und den Gott stellte, eroberte sie die Scham.

Wenigstens fühlte sie überhaupt etwas, flehte ihre Beine an, sich zu bewegen. Presste die Lippen aufeinander, um ihr Zittern zu beherrschen. Wiederholte wieder und wieder:

> *Ein starker Körper*
> *trägt*
> *die Schultern,*
> *die*
> *den Kopf tragen.*

Also schob sie die Schultern nach hinten, schob das schmale spitze Kinn nach vorn.

> *Ein entspannter Geist*
> *braucht?*
> *einen entspannten Körper,*
> *und die Knie*
> *leicht durchgedrückt.*

Sie folgte den Anleitungen ihrer Erinnerungen, die Oberschenkel begannen umgehend, zu ziehen.

> *Und*
> *nie vergessen:*
> *Atmen!*

Sie sog die Luft ein, merkte, wie der Schwindel wegging, presste die Luft aus den Lungen. Sie musste es nur richtig anstellen, dann wäre sie auch nicht panisch. Es lag in ihr begründet, es lag in ihrem Willen, nicht panisch zu sein.

„Es liegt
an der Eigenbewertung
der Situation!"

klang ihr letzter missglückter Versuch einer Buch-Selbsttherapie in ihr wieder.

„Eine Verletzung
ist eine
Verletzung
ist eine
Verletzung!"

antwortete der Artikel, welchen sie im letzten Sommer in irgendeinem feministischen Blog gelesen hatte. Beides half ihr gerade nicht, brachte nur Spannung, Anforderung, Angst und Handlungsunfähigkeit.

Sie schloss die Augen, flüsterte sich selbst zu:

Hauptsache, nicht dissoziieren,
Hauptsache,
im Jetzt bleiben,
Hauptsache, nicht wegdriften,
weil wenn du dann
daraus ausbrichst,
wird es laut,
schrill,
Wut.

Doch die Wut bebte in ihr. Sie zippelte an ihren Nagelbetten, der Schmerz holte sie zurück. Mechanisch verließ sie den Raum. Schritt durch den Flur zum Essensraum.

Nahrung aufnehmen,
Therapie durchhalten,
durchstehen.

Sie sagte sich dies immer wieder selbst auf, errichtete einen Tunnel. Dieser verhinderte, dass sie wahrnahm, was links und rechts von ihr passierte. Für den alltäglichen Rassismus, die Blicke und die Verurteilungen hatte sie gerade keinen Nerv. Sie setzte sich, Essen würde es schon richten. Dieses wurde gerade von den Plastikdeckeln befreit. Erst jetzt realisierte sie, wie lange es her war, dass Nahrung Heilung versprochen hatte. Die Drei- und Vierecke in verschiedenen Farben auf ihrem Teller verströmten allesamt den heftigen Geruch von Desinfektionsmittel und Plastik, welches zu heiß gewaschen wurde. Ihr Körper verweigerte es, diese ungesunde Kombination als konsumierbares Nahrungsmittel zu akzeptieren.

Als eine kalte Hand ihre linke Schulter umgriff, schauderte sie. Der Zeigefinger legte sich auf ihr Schlüsselbein. Langsam ließ sie den Blick zu dem Finger wandern, zu sehr ruhte dieser auf ihrer bebenden Schulter, zu nah an ihrem Dekolleté, um als einfacher Griff durchzugehen. Durchgeführt mit der

Ruhe eines Menschen, der sich unerschütterlich gewiss war, jegliche Grenzen ungestraft überschreiten zu können. Einen Titel trug, der ihm ermöglichte, in den Grenzen anderer gar nur die Sturheit jenes mangelhaft konstruierten Menschen zu erkennen.

Trotz der Panik, die sie beschlich, folgte sie dem Druck und sank tiefer in den Stuhl. Das leise Ausatmen neben ihrem rechten Ohr ließ sie herumschnellen, nur wenige Zentimeter lagen zwischen den Augen des Arztes und den Ihren. Die Temperatur ihres Körpers fiel, das Beben wurde stärker, umfasste nun all ihre Muskeln, Halt suchend umgriff ihre Hand die Tischplatte. Sie drückte sich langsam zurück, merkte, wie seine Finger das Schlüsselbein verließen, langsam, schrecklich zärtlich in ihrer Übergriffigkeit. Fast schon überheblich in der bestätigten Gewissheit der Konsequenzlosigkeit seines Handelns ließ er zuerst jeden einzelnen Finger über ihr ausgemergeltes Schlüsselbein gleiten, dann ertastete er ihren Nacken, berührte den Ansatz ihres Afros.

„Wir wollen doch die anderen nicht beim Essen stören, deswegen lassen Sie uns ganz im Vertrauen sprechen." Seine Hand verließ ihren Körper, er sank auf den Stuhl neben ihr. Die Situation war so schnell aufgelöst worden, dass sie augenblicklich an ihrer Wahrnehmung zu zweifeln begann. Jeglicher Impuls zum Aufbegehren zerbröselte zwischen ihrer Realität und der Beweislosigkeit. Sie spürte, wie die Krümel sich tiefer in ihre Finger bohrten, welche weiterhin die Tischplatte umklammerten.

„Im Vertrauen", wiederholte sie stoisch, ließ ihren Kopf auf ihre Handflächen sinken und blickte durch einen Spalt zwischen den Fingern hindurch auf die Brotkrumen, die sich so vorbildlich ihrem Druck widersetzten.

„Genau, gut, dass Sie das begriffen haben, Front-Fräulein TuesDay."

Ihr Murmeln ließ ihn stocken.

„Können Sie also nicht gut mit Komplimenten umgehen?" Jedes Detail seiner Mimik machte ihr klar, wie wenig er in ihr sah. Sie betrachtete ihn nur aus dem Augenwinkel, ließ den Blick wieder auf der Tischplatte aufprallen, verklebte ihn mit der missglückten Marmornachbildung.

„Ich könnte gut mit meinem Namen umgehen."

Der Nacken verwehrte dem Kopf, zwischen den Schultern Schutz zu suchen, erstarrt ertrug sie das Warten auf die Reaktion. Während ihr Blick mit dem Tisch verschmolz, glitt ein anderer Teil fast unbemerkt von ihr ab. Sie hörte seinen Atem und suchte nach ihrem, doch da war keiner. Zwang ihren Körper erneut, zu atmen. Ganz vorsichtig, zu viel Vitalität könnte zum Ausbruch führen, sie wusste, es lag an ihr, dies zu verhindern. Die Außenwelt konnte sie nicht kontrollieren, doch wenigstens sich selbst, wenigstens dieses eine Mal. Sie versuchte, Worte zu wiederholen, um die Ruhe in ihnen einzuschließen, wusste nicht, ob sie sang oder dachte.

Die Regulation des Besonderen
in der Situation der Übergriffigkeit
nahmt ihr mir
,

indem ihr es zu
träger
Gewohnheit machtet
.

Der Ausgleich des Abscheulichen
schlägt nun dir
entgegen.

Im Nachhinein erinnerte sie sich nicht mehr daran,
welches das auslösende Wort des Arztes gewesen
war, jedoch an ihre Reaktion. Diese kam in Form
ihres Tisches, der eine beachtliche Drehung voll-
führte, bevor er die erschrockene Stille durchbrach.
Die Platte schlug flach auf den Boden, in Tues Ohren
sauste es und die ersten klaren Gedanken galten
ihrem Trommelfell. Sie stand in der Mitte des Raumes, hatte beim Aufstehen ohne große Mühe den
schweren Klinik-Tisch in die Luft geschmissen.

Es war der Moment der Übergabe. All die Hochspannung in ihr wich einer Hilflosigkeit, Trauer
und Erschöpfung. All die Menschen um sie herum
aber gerieten nun ihrerseits in Hochspannung. Doch
während die ihre als falsch und zu kaschieren galt,
frönten all diese Heuchler nun dem eigenen Aus-
rasten. Schrien, sprangen auf, ließen Gläser zu Bruch
gehen. Sie übergab die Wut, die Verzweiflung und

die kaum zu ertragenden Impulse an die anderen. Spürte, wie die Gruppenleitung sie unwirsch aus dem Raum geleitete, hörte, wie der Arzt zärtlich von seinen Kollegen getröstet wurde.

Erneut Hände auf ihren nackten Schultern, wieder kalte Finger, die auf ihre Knochen drückten. Langsam glitten ihr beherrschendes Ich und ihr beherrschtes Ich wieder zueinander, vermengten sich träge, wie Öl und Milch, unwillig, eine homogene Masse zu ergeben. Der Polstersessel verschluckte sie fast. Ihr Kopf glitt zur Seite, augenblicklich setzte der Schlaf ein.

Mehrere Personen nahmen im Raum Platz, Stühle und Sessel wurden verschoben, Notizbücher und Schreibauflagen in Position gebracht. Der Moment des Ansprechens schien für die Therapeut*innen risikoreich wie eine Kernschmelze zu sein. Doch die Gefahr und die gleichzeitige Notwendigkeit, jedes noch so kleine Detail durch Schrift in eine analysierbare Form zu bringen, hielten sich die Waage.

Wie an einem Morgen, der zu früh begann, versank sie schon nach wenigen Eindrücken des Raumes immer wieder erneut in tiefen Schlaf. Der Zorn in den Wörtern der Therapeut*innen verstärkte die Reaktion ihres Körpers, unabwendbar erschlaffte jeder Muskel, hatte gelernt, dass unmittelbarer Gefahr nur durch Schlaf zu entgehen war.

Die wenigen Einblicke in die Situation, die ihr Geist ihr gewährte, schlichen sich in das Traumgeschehen. Sie begriff, dass sie ein Problem hatte. Die Aufforderungen, ihr Verhalten zu rechtfertigen, wurden nachdrücklicher. So auch der Griff, der ihren Oberarm umschloss. Der Schmerz durchbohrte jeden Nerv ihres Körpers, während durch die dünne Kanüle das Medikament ihre Hautbarriere passierte.

„Dieses Medikament wird Sie wach und klar halten. Nun müssen Sie aber mit uns reden, Frau Millow!", erklärte ein ihr unbekannter Mensch, sah sie dabei nicht an, bevorzugte es, auf das Schreibbrett zu starren.

„Hallo, ich bin Tue Millow", antwortete sie verunsichert, es klang aufmüpfig, war aber nur der Versuch, trotz *der Angst ein normales* Verhalten an den Tag zu legen. In ihrem Überlebensmodus rief sie einfachste Schemata ab, eine Vorstellung war die angemessenste Form des Erstkontakts, hatte sie gelernt.

„Das ist mir durchaus bewusst", schnauzte einer der Ärzte ihr entgegen, fuhr fort: „so aufmüpfig und das in Ihrem Alter. Fragen Sie doch einfach nach meinem Namen, wenn Ihnen das so wichtig ist!"

Der Zorn stand seinem Körper so gut, dass sie es am liebsten angemerkt hätte. Das Rot seines Kopfes harmonierte perfekt mit dem CI in seinem Ohr. Sie war kurz gewillt, in Erfahrung zu bringen, ob dies so geplant war. Dann erinnerte sie sich daran, dass Komplimente niemals eine angebrachte Reaktion auf Zorn waren, und schwieg.

Doch anscheinend war es gar nicht vonnöten, dass sie sprach. Es schien eher ums Zuhören zu gehen. So konnte Tue sich ganz der Aufgabe widmen, nicht erneut einzuschlafen. Was auch immer da durch ihre Adern gepumpt wurde, das Entgleiten aus der Situation schien ihrem Körper weiterhin die lohnendere Alternative zu sein.

Ein Fragezeichen schien dem nicht enden wollenden Monolog des Arztes ein Ende gesetzt zu haben, dieses erforderte nun ihre Reaktion. Ihre Stirn zog sich kraus beim Versuch, die letzten Worte zu rekonstruieren. Es hatte etwas zu tun mit ihrer Vorstellung von … *etwas*, ein weiteres Wort klang in ihr wieder, *Weitergang*. Die Impulse, welche sie sonst so gekonnt vor der Außenwelt kaschierte, brachen nun unzensiert nach draußen. Ihre Freude über die wiedergefundenen Fragen zauberte ein Lächeln in ihr Gesicht. Sie sagte: „Die Frage war, wie ich mir das jetzt vorstelle mit dem Weitergang von …", sie überlegte, bemerkte die Blicke kaum, die sie nun unverblümt pathologisierten.

„Von der Therapie!", schloss sie erleichtert.

Die Gesichter waren Marmor, erinnerten sie an die Platte des Tisches, das erste Opfer ihrer Wut. Sie ertrug die aufgeladene Stimmung nicht mehr, glitt wieder ab von der Realität.

Wie es wohl wäre,
das Bein des Doktors zu ergreifen,
mit einem heftigen Ruck

um 180 Grad zu drehen,
allein dadurch
die ganze Welt
auf den Kopf zu werfen.

Diese Variante des Momentes brachte ein Kichern aus ihr hervor. Die hochgezogenen Augenbrauen, die ihr *Verrückte* auf die Stirn stempelten, vollendeten ihre Freude. Es war einer dieser magischen Momente der Schwebe, in denen die Aussichtslosigkeit des Lebens wahre Leichtigkeit ermöglichte. In denen die Angst ihr schonungslose Ehrlichkeit ermöglichte, sie unverletzbar zu sein schien, weil alle Verletzungen bereits passiert waren.

Die Hoffnung auf Hilfe war gestorben. Tue, die schonungslos Ehrliche, übernahm.

„Ich stelle mir vor, dass Sie mich jetzt wieder auf die Geschlossene bringen", das überraschte Schweigen räumte ihr eine neue Bühne ein, „denn so machen Sie das doch. Erst verlieren Sie Ihre Kontrolle, betasten den Körper Ihrer Patient*innen und wenn diese dann einen Tisch anfassen, ist es deren Schuld."

Die ehrlichste Variante ihrer selbst kam nur dann zum Vorschein, wenn sie absolut gewiss sein konnte, dass kein Mensch im Raum ihr Glauben schenkte, und sie hatte sich nicht geirrt. Die Gesichter schrien ihr stumm entgegen, wie gering sie den Wahrheitsgehalt ihrer Aussage bewerteten.

„Denn der Wert eines Tisches ist unbestreitbar höher als der von ..."

Sie brachte es kaum über die Lippen, der Raum schwieg weiter. Kein Stift notierte etwas. Die Situation war so selbsterklärend, dass es keine Notizen brauchte. Am Ende stände sicher nur ein *Patientin rastete aus* in ihrer Akte, in Eile nachgetragen, um das Zeitloch zu rechtfertigen. Tue nutzte die Stille und sprach leise: „Der Wert von mir. Oder meines Körpers."

Wie aus Stein starrten die acht Augen sie an. Langsam schritt Tue zur Tür, vielleicht könnte sie einfach gehen. Vielleicht war für die verlogenen Herrscher der Anstalt die Ehrlichkeit wie das Licht für die Trolle, vielleicht waren sie tatsächlich nun Stein. Zuerst berührte ihre Hand die Türklinke, Hoffnung durchströmte sie. Sie sah sich betont langsam aus der Klinik verschwinden, um sich herum die Zeit zum Stillstand gebracht.

Als Nächstes berührte ihr Kiefer die Türklinke, nachdem die fremde kalte Hand erneut die Schulter nach unten gedrückt und sie zu Boden gepresst hatte. Blut belegte ihre Geschmacksknospen. Der Versuch, es auszuspucken, scheiterte. Sie wollte gerade erwähnen, dass sie nicht mehr spucken konnte, als ihr klar wurde, dass der Grund – ihr gebrochener Kiefer – auch das Sprechen verhinderte. Der Schmerz bestätigte ihre These, sie gluckste über das Paradoxon.

Sie wurde bewusstlos. Zuletzt hatte der Spritzengeber doch unrecht behalten, der Schlaf siegte.

7

Während der nächsten vier Wochen blieb Tue durch Sonden am Leben. Die Fixierung des Kiefers verhinderte, dass sie um den Tod bitten konnte. Die Muskeln schwanden weiter, ihr Afro wurde vom Pflege-Personal nicht beachtet, verfestigte sich von Woche zu Woche härter unter ihrem Hinterkopf. Sie hatte nicht geglaubt, noch ausgemergelter sein zu können, doch ihr Körper bewies das Gegenteil.

In einem ihrer wachen Momente hatte sie um ihre Besuchsliste gebeten. Zerriss sie unter den hochgezogenen Augenbrauen des Pflegers. Sie könnte jetzt nicht Matthew ertragen, der nach Sekunden erkannt hätte, was ihr passiert war. Könnte nicht die Stimme ihrer Oma hören, die sie sicherlich zu einer Klage gedrängt hätte, oder die Zuneigung am Tag empfinden, wenn in jeder Nacht ... Sie wusste, dass der Kontrast ihr den letzten Willen zum Leben nehmen würde.

Die ersten Nächte half es, an Beppo zu denken, Besenstrich für Besenstrich. Die sedierenden Mittel retteten sie vor dem Moment, in dem die Hand des Doktors sich zwischen Stoff und Körper kämpfte. Tue verließ die Gegenwart in dem Moment, als ihr Körper erneut gebrochen wurde, der Schmerz landete direkt in dem Teil ihres Gehirns, der Traumata vorbehalten war. Fast schon zu überfüllt dort, um noch für diese Erfahrung Platz zu machen. Aber sie passte hinein, bereit, verdrängt zu werden. Als sie erwachte, war nur der Hauch der Kälte geblieben, die Tränen waren schon versiegt, sie vergrub das Geschehene unter Selbsthass und alten Erfahrungen. Beppo, der Straßenfeger, sagte, einen Schritt nach dem anderen, beschaue dir erst am Ende das Resultat. Diese zärtliche, unschuldige Kindheitserinnerung wurde betrübt, als sie es auf diese Situation anwandte. Eine Nacht nach der anderen, erst wenn sie aus der Klinik wäre, würde sie zurückblicken, das Resultat sehen, um dann daran zu zerbrechen.

Irgendwann brauchte sie Beppo, um die Sekunden des Tages zu überstehen, Augenschlag für Augenschlag. Als die Kieferfixierung gelöst wurde und sie die ersten Wörter sprechen sollte, war es bereits zu spät. Sie verharrte im Schweigen. Als sie sich im Spiegel des Behandlungsraumes betrachtete, waren ihre Augen kein Tor zur Seele mehr. Eher Abbilder der Leere, wirkten wie ausradiert. Die Tatsache, dass durch die leeren Höhlen nicht einfach die Wand hinter ihr sichtbar war, irritierte sie.

* * *

So war das gewohnte Begrüßungswort der Ärzte, so als müssten sie sich selbst bestätigen, dass sie ganz ihrem Ideal folgend sich nun genügend Zeit nehmen würden, was sie aber nie taten. Die Illusion schien ihnen aber über den Tag zu helfen, Besenstrich für Besenstrich, Patientenakte nach Patientenakte, ein So dem letzten folgend.

„Ich sehe gerade, Ihre Kieferfixierung wurde entfernt." Es schien einfacher, dem Papier diesbezüglich Glauben zu schenken, als es Tues Gesicht zu entnehmen.

„Hmm, Ihnen gefallen die Schmerzmittel ja anscheinend sehr."

Tue zog ihre Knie noch ein wenig näher unter das Kinn.

¡Zeig
bloß
keine
Reaktion!

Die Hand der Ärztin schnellte in Richtung ihres Gesichtes. Tues Körper reagierte, ohne den eigenen Verstand vorher um Erlaubnis zu bitten. Bebend drückte sie die kalte Wand an ihre Schulterknochen, redete mit flatternder Stimme, um zu erklären, warum sie die Hand der Ärztin weggeschlagen hatte. Tränen schienen angemessen. Doch die Verzweiflung hielt sie zurück, ihre Nerven riefen die Muskeln zur

Flucht auf, nur mit höchster Konzentration konnte sie den Impuls unterdrücken.

„Machen Sie sich keine Sorgen, Frau Millow, wir verbuchen das mal unter Schmerzreaktion, Sie werden morgen verlegt."

Der Kloß in ihrem Hals löste sich, die Tränen rannen. Tue starrte auf ihre Füße, redete sich leise zu. Diese Ärztin schien anders zu sein, diese schien sich zu kümmern, könnte Hoffnung sein. Der Moment erinnerte bizarr an Schrödingers Katze, solange sie den Kopf gesenkt ließ, war ihr eigener Pessimismus das Einzige, was die Schönheit der Hoffnung beschmutzte.

Als sie aufblickte, war das Zimmer leer, Tues Tränen versiegten gemeinsam mit der Hoffnung auf Verständnis. Das Versprechen des Zeitnehmens war erneut gebrochen worden, die Routine erlaubte kein Abwarten, kein Mitgefühl. Ihr Blick ertastete den Raum, das Einzelzimmer, Teil ihres Privilegs durch die teure Krankenkasse. Vermutlich der größte Fehler ihres Lebens …

> Sonst hätte er ja nicht,
> sonst wäre es nicht
>
> …
>
> oder
> ?

Fragte sie sich immer wieder. Unterbrach sich, ihr dogmatisches feministisches Ich erklärte ihr erneut,

dass es nicht ihre Schuld war. Ihr misshandeltes
Ich suchte nach Methoden, den Zufall aus den Ge-
schehnissen zu streichen, notfalls mit Selbsthass,
um Kontrolle zu gewinnen. Beängstigender als die
eigene Schuld schien die Machtlosigkeit gegen den
Zufall zu sein. Das rote Blinken des Zimmertelefons
färbte ihre blau lackierten Fußnägel violett, sie sah
die Nummer, wusste, dass es Matthew unter neuer
Nummer war.

Ihre Band hatte ihr lediglich einen Strauß geschickt, mit einer Rechtshilfebelehrung als Gruß-
karten-Ersatz. Auch ihr Anwalt hatte diese Kombination gewählt. Tue hatte seinen Brief nur überflogen,
der Brief des Labels wartete weiterhin auf ihre Aufmerksamkeit. Ihr Anwalt riet ihr zur Klage. Schrieb
Unverständliches über *Weitergabe persönlicher Informationen*, es ging auch um *Verleumdung*. Statt den Anruf
anzunehmen, entschied Tue, den Link zu besuchen,
der am Ende des Briefes stand. Dieser leitete sie auf
den Vlog ihrer Band, die Jungs saßen gequetscht auf
einem unverschämt klischeebhafteten Ledersofa, sie
erzählten. Von dem Tod eins Bekannt , Tue biss die
Zähne zusammen. Erstens hatten sie Plenz kaum ge-
kannt und zweitens war Plenz immer ausschließlich
Objekt ihres Spotts gewesen.

Beim Wort „Bekannt " verzogen sich die Mundwinkel von Betto kaum merklich nach oben, als
wüsste er, dass sie zusah und es in ihr zog und zerrte. Er ließ sich etwas tiefer in die Polster rutschen
und fuhr fort: „Na ja, auf jeden Fall, sosehr wir auch

Rock'n'Roll sind, Tue wurde recht schnell danach auf die Geschlossene gebracht, die Klapse für Mörder und so. Wir wissen nichts Genaueres. Aber bis nicht klar ist, dass sie es nicht gewesen war, können wir das echt nicht vor unsere gute Freund verantworten, Plenz hat das echt nicht verdient."

Die anderen nickten.

„Ja, Mann!", fuhr der Schlagzeuger fort. „Also, wir wollen gar keine voreiligen Schlüsse ziehen, aber selbst falls sie's doch nicht war ... Wir haben mit ihr gesprochen und sie wird sich erst mal zurückziehen. Ihr ist es aber echt wichtig, dass wir weitermachen, und wir haben da auch schon interessan–"

Tue ließ ihr Handy an der weißen Wand zerschellen.

* * *

Ihr Blick klebte an den Trümmern des Smartphones, während das Wandtelefon erneut klingelte. Es war wieder Matthew. Sie rang sich durch, nahm den Anruf an, sagte jedoch nichts, hörte Matthew erleichtert ausatmen.

„Hey Madame", flüsterte er vorsichtig, wohl wegen der Befürchtung, sie würde direkt wieder auflegen. Sie antwortete nicht, legte aber auch nicht auf. Einige Sekunden verstrichen, sie hörte nur seinen Atem, spürte, wie ihre Emotionen sie überforderten, konnte nicht berichten von den letzten Wochen, weil dies bedeuten würde, alles erneut zu erleben.

„Du denkst sicher, dass ich anrufe, weil du mich seit fünf Wochen aus deinem Leben raushältst", ratterte er schnell runter, „tatsächlich wollte ich dich fragen, ob du lieber Bratkartoffeln oder Injera mit allem drum und dran essen willst."

Tue konnte nicht anders, als zu glucksen, gleichzeitig bahnten sich ihre Tränen das erste Mal seit Monaten einen Weg über ihre Wangen, kitzelten am Kinn und verklebten dann den Hörer.

„Na, hör mal, is' ja wohl klar, dass –", begann sie zu antworten, in dem Moment sprang ihre Tür auf. Matthew, in einem Outfit, das nach den Monaten der Krankenhaus-Einöde ihr zerbrochenes Herz etwas hüpfen ließ, stand im Türrahmen, hinter ihm ein wütender Assistenzarzt, der erklärte, dass Tue keinen Besuch wolle. Womit er ja völlig recht hatte. Sie sprang auf, komplimentierte Matthew in ihr Zimmer, entschuldigte sich bei dem nun umso genervteren Arzt und ließ die Tür einrasten.

Matthew trug entgegen seiner Doktrin, nach der Taschen nie größer als ein Taschenbuch sein durften, eine Kühltasche bei sich. Auf der freien Hand balancierte er einen Teller, der beinahe den Durchmesser eines Fahrradvorderreifens hatte. Während sie sich unschlüssig von einem Bein aufs andere bewegte, breitete er das Injera aus. Er übergoss es mit verschiedenen Soßen, die ihren Magen sich freudig zusammenziehen ließen. Nach Wochen der Ernährung durch einen Schlauch war das Klinikessen nicht der erhoffte Genuss, sondern trotzdem eine zweiwöchige

Qual gewesen. Ungläubig starrte sie die mittlerweile über zehn verschiedenen Soßen an, die sich da vor ihr ausbreiteten; schlich, ohne sie aus dem Blick zu lassen, zum Waschbecken und wusch sich die Hände.

„Bevor wir essen –", setzte Matthew an, doch sie legte ihm schnell den Finger auf die Lippen, sodass er schwieg. Sie setzte sich, schob die Hände unter das warme, leicht klebrige Injera, löste ein dreieckiges Stück, ließ es in die fast weinrote Soße verschwinden und umgriff mit Zeigefinger und Daumen die Kichererbsenplätzchen. Die Wärme an den Fingern ließ ihr das Wasser im Mund zusammenlaufen. Als das Injera endlich ihre Lippen erreichte, erschlug sie der Geschmack von Tomaten, Paprika und Kräutern beinahe. Die Schärfe kratzte etwas in ihrem noch sensitiven Hals, befreite ihren Kopf aber von allen Gedanken. In diesen wenigen Sekunden zählte weder das Vergangene noch dessen Konsequenzen. Nur sie und die Geschmäcker, die von einer Zeit berichteten, in der ihre Vorfahren noch ohne das weiße Gegenüber ihre Welt gestaltet hatten, gaben ihr Erdung und Ruhe. Ihre Augen hielt sie geschlossen, die Finger in der Luft schwebend über dem Teller, bereit, um die nächste Köstlichkeit zu ertasten.

„If würde ja gerne behapften, dasf ifch daf scho nich mehr sehen kann", mampfte Matthew mit vollem Mund, „abfer –"

Tue unterbrach ihn: „Um Himmels willen, jetzt schluck doch erst mal runter, ich werd dich schon nicht gleich wieder rauswerfen."

Sie öffnete die Augen, sah ihn das erste Mal seit seiner Ankunft richtig an. Sie hielt seinem Blick nur kurz stand, betrachtete nun wieder ausgiebig den Teller. Matth schluckte vernehmlich.

„Just sayin', weil ich die letzten drei Wochen genau mit dieser Tasche mit haargenau derselben exorbitanten Füllung", er ließ seine Hand dramatisch über die aufgereihten Dosen gleiten, „vor deinem Krankenhausflur stand, nur um −"

Sie unterbrach ihn, leise antwortete sie: „Ich weiß es, es tut mir leid."

„Muss es nicht", sagte er beschwichtigend. Zwischen ihnen folgte die schönste aller Arten der Stille, jene, die gegenseitige Vergebung mit sich brachte. Sie fuhr fort, mit dem Injera den Teller zu ertasten, ihr Magen fühlte sich wohlig warm an. Zu ihrem Glück fehlte nur eines, vorsichtig blickte sie in die Tasche.

„Hast du ...?"

Er sah sie verwirrt an. Sie lehnte sich zurück, betrachtete ihn prüfend. „Ernsthaft? Du hast an NICHTS Anständiges zu trinken gedacht? Und so was nennt sich −" Er schmiss ihr liebevoll einen Malzbier-Kronkorken entgegen. Der Rest des Tages war erfüllt von alltäglichen Kabbeleien. Sie ignorierten, wo sie waren, was sie umgab, manchmal vergaß Tue beinahe, dass sie nicht auf Matths gigantischem Sofa saßen, sondern auf den unbequemen

Krankenhausstühlen. Matthew berührte sie nicht, er schien zu spüren, dass etwas passiert war. Er sammelte unkommentiert das zerstörte Telefon ein, nahm es zur Reparatur mit. Keines der Themen, die drohten, die Luft schwer zu machen, sprachen sie an. Beide bewegten sich auf dem dünnen Eis der Hoffnung, dass nach der Verarbeitung aller Dinge Normalität wie diese noch Raum finden würde.

Die Schulter ihres Fahrers zog sich schmerzhaft unter dem Gewicht von Tues Gepäck zusammen. Mühsam schleppte der sicher schon Sechzigjährige es vor die Tür von Matthews Haus, schnaufend warf er es vor dessen Füße. Dieser drückte ihm einen Zwanziger in die Hand und stemmte die Tasche vom Boden. Tue nuschelte ein unsicheres Danke, wollte ins Haus folgen, als der Fahrer ihr zurief: „Ein Danke wäre aber schon drin gewesen!"

Matth setzte gerade zu einer Antwort an, aber sie schob ihn wieder ins Haus, wollte nach drei Monaten den ersten Tag außerhalb der Klinik ohne Diskussionen verbringen.

Der Hausflur des Neubaus schenkte ihr die vertraute Ruhe. Der Fahrstuhl roch nach Chlor, nach Schweiß und nach Zigaretten, die heimlich noch auf dem Weg nach draußen angezündet werden wollten. Die Mischung kratzte an Tues Erinnerungen, ließ sie kurz abrutschen in all die Situationen, die mit ihrem Wahlbruder verbunden waren, und holte alle in all ihrer Intensität ins Jetzt. So viele Bilder flackerten in dieser Mischung aus Eindrücken, dass sie keine wirklich greifen konnte. Sie merkte nur, wie ihr Körper Liebe, Hass, Verzweiflung, Trunkenheit und Erschöpfung zugleich erfuhr, ganz so, als wären all diese Dinge vor wenigen Sekunden passiert.

Die Tür des Fahrstuhls öffnete sich, sie bugsierte sich selbst hinaus, mithilfe ungesagter Anweisungen an ihren Körper und Verstand.

Rechtes Bein,
linkes Bein,
das ist alles Vergangenheit,
nicht jetzt.
Keine*r sieht,
dass du

woanders
zu einer anderen Zeit

bist,
fühlst.

Tue so,
als wärst du gerade
in Ganze im Jetzt.

Es half, Matthew bemerkte nichts, lief vor zu seiner Wohnung. Ein großer Raum, der zu niedrig gewesen wäre, um Gemütlichkeit auszustrahlen, gäbe es nicht Matthews Geschick, durch das der Raum zu einem hundert Quadratmeter großen Wohlfühlort wurde. Als die unauffällige Tür aufsprang, der Geruch nach Sandelholz ihr in die Nase stach, löste sich der Schleier der Vergangenheit in Gänze und machte Raum für eine allumfassende Müdigkeit und Ruhe. Mehr als jede ihrer eigenen Wohnungen in der Vergangenheit gab Matthews Zuhause ihr das unbezahlbare Gefühl der Zugehörigkeit. Die Couch wartete mit gemütlichsten Decken, Schokoladenpackungen und einem Kuscheltier, das wohl einen Donut darstellen sollte. Als Matthew mit dem vorbereiteten Essen aus der Küchenzeile auftauchte, war sie schon in tiefsten Schlaf versunken. Matthew beschloss, es für heute gut sein zu lassen, und notierte doch artig das ausgefallene Abendessen in der Tabelle des Krankenhauses. Die eingefallenen Wangen der schlafenden Tue versanken im Donut-Kissen.

Moment

An einem dieser Tage
In einer dieser Wochen
In eher schlechten Zeiten
In diesem einen Moment

Du sagst, dass du es auch kennst
„Manchmal läuft einfach alles falsch!"
Und erweiterst kompetent
„Aber das wird schon wieder"
Und in mir schreit es HALT
Nein, denn wenn es immer wieder werden würde
Würde ich dann immer wieder leiden?
Nein, denn mir wäre klar
Dass dieses Gefühl nur flüchtig losgetreten ohne HALT
Also haltlos war

An einem dieser Tage

Schaust du an mir vorbei
Merkst nicht, wie es mich auffrisst
Und es fragen tausend andere
Was denn mit mir los ist
Dein Äußeres zerbricht
Wenn du nicht darüber sprichst
Weil dein Inneres zu zerrissen ist
Um das Außen – beim Alten – zu halten

SCHWARZRUND

In einer dieser Wochen
Schreie ich dir entgegen
Es ist mein Bier, und es ist genug
Genug, um darüber zu schreiben
Genug, genug, um es zu ignorieren

Genug, genug, um deswegen heute und nicht erst morgen zu
weinen
Doch nicht genug, um auf die Frage „Alles okay?"
mit nein zu verbleiben

Nicht genug, um in der Umarmung zu verharren
Und zu viel, um Mitgefühl zuzulassen
Und eigentlich genug, um sich mit Recht beschissen zu füh-
len Und du fragst: „Wie geht's?"
Und in mir schreit es HALT
Denn es ist mein Bier
Und ich wein da heut allein hinein
Bis das Maß voll ist

An einem dieser Tage

Schaust du an mir vorbei
Merkst nicht, wie es mich auffrisst
Und es fragen tausend andere
Was denn mit mir los ist
Dein Äußeres zerbricht
Wenn du nicht darüber sprichst
Weil dein Inneres zu zerrissen ist
Um das Außen
Beim Alten
Zu halten

8

Als Tue aufwachte, sah sie Matthew in kurzen Hosen kopfüber auf seinen Schultern aufgestellt in der Mitte des Raumes. Er atmete tief, die Augen geschlossen, seine Hände versanken in seinen weichen dicken Hüften, stützten seinen Körper. Langsam ließ er sich auf den Boden abrollen, wechselte ins Shavasana.

Vorsichtig richtete sie sich auf und ließ ihren Fin ger in die Tomatensauce der Nudeln versinken, die vor ihr standen, war unsicher, ob sie bereit war, auch hier zu essen. Würde dies nicht an der Glaubwürdigkeit ihrer Essstörung kratzen? Die ständigen Anzweifelungen ihrer Krankheit verhinderten die Nahrungsaufnahme beinahe stärker als die eigentlichen Gedanken, die der Grund für die Therapien gewesen waren.

Als es an der Tür klingelte, hatte sie gerade vorsichtig die Gabel in ihrem Mund verschwinden lassen. Sie schluckte die Masse unzerkaut hinunter, die automatisierte Panik blockierte ohnehin gerade die Geschmacksknospen. Der Puls schoss hoch, augenblicklich wurde ihr schlecht, der altbekannte Tunnel umschloss sie erneut, machte es schwer, die

Außenwelt wahrzunehmen, während sie zugleich alles in unerträglicher Intensität miterlebte. In ihr liefen alle Möglichkeiten ab, warum dieses Klingeln eine Hiobsbotschaft war.

Als Matth die Tür öffnete, wurden all die Horrorszenarien in Tues Kopf übertrumpft, der sehnige Körper gehörte zu Betto. Dieser bugsierte sich an Matthew vorbei, der ihn widerwillig gewähren ließ. Tues Schultern versuchten, sie in Gänze zu verstecken. Betto ließ sich auf den Sessel ihr schräg gegenüber nieder, das Grün seiner zu eng anliegenden Hosen biss sich mit dem Petrol des Sessels. Sein Weiß-Sein biss sich mit dem „Black Safer Space"-Kissen, das er an sich kuschelte. Als er sein knochiges Knie nach außen dehnte, um einen möglichst breiten Sitz einzunehmen, spannte es die Hose straff. Tue starrte in seinen nun entblößten Schritt, hoffte, dass er bemerkte, wie unangenehm seine Pose ihr war, wurde wie gewohnt enttäuscht. Matthew verschränkte die Arme, stellte sich gefährlich nah an Betto, doch schwieg. Dieser räusperte sich und sagte: „'n Getränk anbieten is' aber schon drin, Wasserträger."

Matthew überhörte es. Doch Tue wusste, dass er der Liste mit Dingen, die er Betto im richtigen Moment an den Kopf werfen würde, gerade einige Beleidigungen hinzufügte.

„Na ja, dann halt so. Tuey, meine Liebe, ich hoff, dir geht's gut", startete er, schien einen vorbereiteten Vortrag halten zu wollen, doch Tue unterbrach ihn:

„Klar, das ist eure größte Sorge. Das und wie ihr mich möglichst schnell loswerdet."

Er schüttelte traurig den Kopf, als könnte er sich nicht entscheiden, ob ihre Sturheit anstrengend oder bemitleidenswert war.

„Liebes, was sollen wir denn tun? Es geht immerhin ...

Ich mein, ein Mordverdacht ..."

„Den ihr in die Welt gesetzt habt, bei einem Selbstmord", ergänzte Matthew.

„Einen Mordverdacht, der im Raum steht, können sich große böse Bands leisten, aber doch nicht wir ... Wir sind mit dir eh schon ein Risiko eingegangen, es ist ja schon nicht so typisch, dass eine –"

Tues Blick brachte ihn zum Stocken, sie flüsterte bedrohlich: „Eine was?"

Sie ließ nicht zu, dass er ihrem Blick entfloh. „Hab wenigstens einmal den Arsch in der Hose, mir genau zu sagen, was dich an mir stört."

„Es geht ja nicht um dich als Einzelperson, es geht eher um ..." Er rang nach Worten, doch Tue wusste, was folgen würde, wusste, dass selbst das Nicht-Genannte mitgemeint war. Es war schon zu oft zur Sprache gebracht worden, dass sie als Schwarze Femme nicht die erste Assoziation zur Hamburger Schule war. In nahezu jedem Interview wurde gefragt, wie es zu dieser *spannenden* Kombination gekommen war. Musikmagazine suchten in jedem Lied nach besonderer Impulsivität und sie reagierte, indem sie alles, was als Schwarz kodiert wurde, auf der Bühne versuchte zu unterlassen.

Die Luft zwischen ihnen schien zu durchsichtigem Beton zu erstarren, ihre Köpfe unbeweglich fixiert in der Verbindung. Matthew unterbrach die Spannung: „Ich denke, der Ansatz, dich jetzt einfach mal zu verpissen, gefällt mir", warf er in den Raum, gerade so, als hätte Betto ihnen dies gerade als eine von vielen Varianten vorgeschlagen.

„Ich denke, das hast du nicht zu entscheiden, ich bin hier, um Tue zu besuchen, nicht für dich, Süße", antwortete Betto ruhig, ohne den Blick von ihr abzuwenden. Die perfekt geformte Augenbraue verschwand fast unter Matthews Updo. „Pardon?", fragte er spitz.

„Hast mich schon verstanden, ich rede mit der anderen –"

Doch Tue sollte nie erfahren, welche *andere* gemeint war, denn in dieser Sekunde bohrte sich Matthews Ellenbogen mit rasender Geschwindigkeit in Bettos gespreizten Oberschenkel. Dessen Selbstdarstellung zerbrach unter dem Schmerzensschrei, sein Bein schlug hart auf den Boden auf, der Körper folgte. Tränen rannen über sein Gesicht, während er sie beide beschimpfte, doch Matthew stand, als wäre nichts geschehen, daneben, betrachtete das Trauerspiel zu seinen Füßen.

„Matth", fragte Tue leise, „kann ich kurz mit dem einige Minuten sprechen?"

Die Enttäuschung in seinem Gesicht war nicht zu übersehen. „Ich will ihm nur meinen Standpunkt klarmachen", ergänzte sie schnell. „Danach werf ich ihn raus, versprochen." Mit einer schnellen kleinen Drehung wandte Matth sich ab und ging in den einzigen abgetrennten Raum, das Bad. Betto hatte sich mittlerweile wieder gefangen und versuchte, sich erneut breit auf dem Sessel zu präsentieren.

„Dude, lass den Scheiß, keiner muss hier sein Revier abstecken, hast doch gerade gesehen, wem es hier gehört", sagte sie.

Er stellte den Fuß ab, sah hilflos aus, da seine Gewohnheit durchbrochen war. „Also, Tue", setzt er an, doch sie stoppte ihn. „Erstens: Ich unterschreibe nichts. Zweitens: Ich melde mich, sobald ich weitere Schritte beschlossen habe. Ich hasse es, darauf rumzureiten, aber", sie ließ die Decke von ihren Schultern gleiten, TuesDay war nun sehr viel präsenter als die unsichere Tue Millow.

„Aber", fuhr sie fort, „ich bestimme. Das ist hart für dein Ego, I know, aber das ändert absolut nichts daran. Krankheit ist kein Vertragsbruch."

Entgegen ihrer Hoffnung war der Optimismus nicht gänzlich aus dem bärtigen Gesicht geflohen.

„Richtig", bestätigte er. „Aber: Nur wenn du deine Krankheit bescheinigst innerhalb von drei Tagen", sagte er süffisant und ergänzte: „Und da wir leider deine Krankschreibungen nicht eingereicht haben ...", er seufzte melodramatisch, „wird das wohl nichts."

Er ließ sie sitzen, verließ den Raum, ohne auch nur ihre Antwort abzuwarten. Matthew hatte durch die angelehnte Tür gelauscht, stoppte den siegessicher humpelnden Betto, bevor dieser die Wohnung verlassen konnte.

„Wie gut", er tätschelte freundschaftlich Bettos Schulter, „dass Tue mir genau deswegen aufgetragen hat, immer noch eine Kopie direkt an das Label zu schicken."

Sie hatte nichts dergleichen getan, hörte gespannt zu, wie sich das Gespräch entwickelte. Betto gefror, starrte die Hand auf seiner Schulter an, Matth zog sie langsam zurück.

„In dem Fall", antwortete Betto leicht bedrohlich, hielt aber dem Blick von Matthew stand, „sollte deine kleine hysterische Freundin hier dich morgen nach Prag fahren, 16 Uhr ist Soundcheck, aber das weißt du ja sicher. Falls du nicht erscheinst, geben wir bekannt, wer nun die Front übernehmen wird. Wenn es erst mal offiziell ist, viel Glück, das rechtlich zu klären."

Er ließ die Tür hinter sich ins Schloss fallen.

„Warum genau nochmal hab ich mit diesem Milchshake geschlafen?", murmelte Matth der Tür zu.

„Bitte was – WAS?" Tue sprang auf. „Bitte sag mir, dass du gerade einen Gedankensprung hattest und nicht ernsthaft damit Betto meintest!"

„Und da geht sie hin", unterbrach er sie mit einer fliesenden Handbewegung. „Weg ist sie, die ach so Sex-positive Tuey", äffte er Betto nach.

„Die Sex-positive Tue ist noch immer gänzlich am Start, nur gab es nie eine Betto-positive Tue." Sie ließ sich wieder auf das Polster fallen.

Nach einer Pause ergänzte sie: „White boys noch immer, hm?!"

Matth nickte und seufzte. „Okay, aber to be honest, den bereue ich schon irgendwie." Er lies sich neben Tue auf das Sofa fallen.

Sie warf sich zurück und ihren Fuß in seinen Schoß, er zog die Augenbraue hoch: „Are you kidding me?"

Sie spielte seine Mimik nach: „Immerhin muss ich in 24 Stunden in schick auf der Bühne stehen."

Er räusperte sich, nahm pikiert ihren Fuß hoch und ließ ihn in der Luft über dem Boden schweben. „Wenn du gerne die Lesbe mit dem schwulen Kumpel sein willst, der ihre Kleider auswählt und ihr die Nägel lackiert, dann such dir einen –", er ließ ihren Fuß schmerzhaft auf den Boden fallen, „Torsten. Matthews stehen für solch ein Klischee nicht bereit."

Er wandte sich von ihr ab. „Außer natürlich, du willst meine Nägel lackieren. Mit dem Klischee könnte ich mich durchaus arrangieren, *der Fahrer* muss ja auch beeindrucken."

„*Der Fahrer*", prustete sie los, sagte: „der Wasserbringer, der Sklave. Ich bin mir sicher, er bereut es, uns nicht nach Baumwolle gefragt zu haben."
Matth sah sie amüsiert an. „Madame, werden wir auf unsere alten Tage doch noch zur Black angry woman in ihren besten Dreißigern?"

Sie warf die Decke über seinen Kopf und knuffte ihn.

„Das ist nur dein negativer Einfluss."

Er befreite sich aus der Umarmung und antwortete:

„Solange der dich nicht dazu bringt, mit Betto ..."

Sie sah ihn fragend an. „Du hast also die connection zwischen uns gemerkt? Jetzt werd bloß nicht eifersüchtig."

„Sicher. Ich sehe für dich und das Crème-fraîche-Glas eine ganz große Zukunft."

* * *

Nachdem sie ihren Körper erfolgreich aus der Wohnung, in das Auto und die zähe Strecke nach Prag bugsiert hatte, schien es nun am Aussteigen zu scheitern. Hinter dem Transporter der Band geparkt sahen sie, wie alles ausgeladen wurde. Von den Bandmitgliedern war weit und breit nichts zu sehen, trotzdem traute Tue der Ruhe nicht. Eine der Jüngsten in der Crew, die sich um die gesamte Koordination kümmerte, strahlte ihr entgegen und gab ihr den Impuls, endlich auszusteigen. Als sie Kellys warme Umarmung spürte, wusste sie wieder, wofür sie hier kämpfte. Der warme dicke Körper streckte sich nach oben, um sie zu umschließen, sie küssten sich kurz, strahlten sich an.

„Schön, dich wieder an Bord zu haben, Prinzessin", sagte sie, bevor sie dazu überging, die Crew anzutreiben.

Matthew stand etwas abseits, unterhielt sich in schnellem Tschechisch mit seinem Bruder. Dieser entdeckte Tue und rief „Dobrý den!" rüber, fuhr dann umgehend damit fort, auf den verlorenen Berliner Sohn, Matth, einzureden. Das Roxy sah nackt aus, ohne Menschen oder zumindest rote Beleuchtung. Die Nüchternheit verwirrte Tue, sie kannte diese Räume nur durchtränkt von Alkohol, Musik und abendlichen Dramen. Nun überwogen Menschen, die hier ihrer alltäglichen Arbeit nachgingen, Getränke einräumten und Dreck hinausschafften.

Vor der Bühne stand ein dünner Körper, der etwas unschlüssig von rechts nach links blickte. Unsicher tapste der Mensch auf sie zu und streckte ihr mit ernstem Gesicht die Hand hin. „Es ist mir eine Ehre."

Tue blickte verwirrt drein und erwiderte: „Wenn du das sagst. Wer bist du denn? Wir bauen gerade noch auf, es wäre cool, wenn du bis zum Einlass ..."

Überraschung wurde im Gesicht ihres Gegenübers abgelöst von Entrüstung. „Du willst mir jetzt nicht sagen, dass die Jungs dir nicht gesagt haben, dass sie dir nicht ...? Nun ja, so sind wir Männer halt."

Da begriff Tue, ihr Ersatz war nicht nur weiß, sondern auch noch ein Typ. Der Geschmack von Abscheu und abgestandenem Bier sammelte sich in ihrem Mund, zu gerne hätte sie vor Ekel ausgespuckt. Aber dies hatte eine klare Konnotation. Sie hätte gerne nichts gesagt, weil es sie überforderte, für diese Absurdität Worte zu finden, aber auch dies war nicht akzeptabel. Seine Hand sank und er wirkte reservierter.

„Tue, ich finde, das ist aber auch irgendwie schön, dass du hier bist zur Übergabe der Band, so metaphorisch. Ich hoff, ich werd deinen Ideen der Songs gerecht, ich hab halt manches so ein wenig an mich angepasst, um ..." Seine Stimme verstummte und kehrte als tiefes Grölen wieder. „Heeeeey, BETTO", brüllte er über Tues Schulter hinweg, als wäre soeben der Quarterback seines Lieblingsteams eingelaufen.

Betto knurrte ohne großes Überlegen zurück: „RA-GEEEE, man, am START", erblickte sie, „und: Tue. Oh."

Schelmisch ergänzte sie: „Ja, allerdings: oh." Sie verschränkte die Arme und sagte im Gehen: „Und: nein. Schick den Milchbubi nach Hause, ohne Muttizettel darf der nicht mal in mein Publikum."

* * *

Sie wechselte kein Wort mit den anderen, verdrückte sich in eine Ecke des Backstage-Bereichs. Mit Musik auf den Ohren sang sie sich warm, ging die Setlist durch, mied jeden Blickkontakt. Den Soundcheck schwänzte sie, keiner zog sie zur Verantwortung. Als endlich die Getränke bereitgestellt wurden, griff sie sich eine der tiefgekühlten Wodkaflaschen. Bewaffnet mit Musik, Alkohol und Bettos Gras, das er sicherlich vermissen würde, machte sie sich auf zum Dach der Location. Matthew meldete sich ab bis zur

Show, wie immer in Prag gab es Probleme mit seinem Bruder. Tue las den Rest der Nachricht nicht mal mehr, sie konnte es nicht mehr hören, wie dessen Bruder Matth auslaugte und er es immer wieder zuließ. Als sie auf dem flachen Dach angekommen war, balancierte sie vorsichtig zur Kante, ließ die Beine baumeln, während der pure Wodka in ihrem Hals brannte.

Es waren noch zwei Stunden bis sie auf die Bühne müsste. Sie fühlte sich leer, blickte, ohne an etwas zu denken, über die Altstadt, auf deren Straßen die Abendsonne brannte. Der Geruch von weichem Asphalt mischte sich mit den Abendküchen, die für die Touris groß auftischten. Der Sommer bäumte sich ein letztes Mal auf, es waren noch immer über dreißig Grad.

Leise sang sie Klassiker mit, knibbelte dabei an ihren Nägeln. Trotz allem, was in ihrer Band passierte: Auf einem Dach zu sitzen, zu singen, zu wissen, was in den nächsten Stunden passieren würde, vorgeschriebene Euphorie, dies war der Cocktail, den sie genoss. Sie konnte in diesen Momenten jede Traurigkeit zulassen, weil es keinen Grad an Depression gab, der nicht automatisch in den zwei Stunden Show weggewischt werden würde.

Laut rief sie der vibrierenden Altstadt unter sich zu:

Inzwischen bin ich ziemlich müde
und ich gewöhne mich daran,

> dass man, egal was man auch anstellt,
> diese Art von Spiel
> nur verlieren kann.˙

Sie schrak zusammen, als sich ein Arm um sie legte. Mal, ihr ehemaliger Mitbewohner, griff nach ihrer Wodkaflasche, beide starrten wortlos in den Sonnenuntergang. In ihr war nur Stille, es gab keine Energie, um nachzufragen. Nach einigen Minuten nahm Mal ihr die Kopfhörer raus.

„Ich wusste, dass ich dich hier erwische. Hab mich selbst reingelassen mit Matths Backstagekarte", sagte er.

„Wirklich sehr guter Sicherheitscheck hier, ihr seht euch aber auch sehr ähnlich", antwortete Tue trocken, fuhr dann aber weicher fort: „Wie geht's dir, dear? Es tut mir leid, dass ich nicht für dich da sein konnte ..."

Doch Mal unterbrach sie. „Mach dir keine Gedanken. Die Hauptsache ist, du bist noch da. Du bist Plenz nicht gefolgt."

Erst jetzt realisierte sie, wie lange sie den Namen nicht mehr gehört hatte, obwohl alles, was geschehen war, mit Plenz' Tod verbunden war.

„Na ja, Plenz hätte das sicherlich gehasst, wenn ich's nachgemacht hätte."

Mal lachte. „Ja. Gönn Plenz ein paar Jahre ohne dich, wo auch immer der Ort nach dem Tod ist."

---

* Zitat aus dem Song „Früher war ich meistens traurig" der Band Herrenmagazin aus dem Album „Atzelgift", das 2008 auf dem Label „Motor" erschien.

Sie nickte. „Wer wird sich jetzt nur mit Plenz sinn-
lose Diskussionen liefern über das Regelwerk zur
wahrlich guten, edlen Queerness?", fragte sie nach-
denklich.

„Da findet sich sicher wer. Sehr schnell, nehm ich
an, Plenz vereint doch alle stilistischen Klischees in
sich zwecks schneller Erkennung."

Es tat gut, über Plenz zu reden, zu lachen, ohne
Dinge beschönigen zu müssen. Mit Mal hier oben
hatte sie das erste Gespräch, welches Plenz gerecht
wurde, sich nicht wie eine Lüge anfühlte. Irgendwie war Plenz bei ihnen, trank den Wodka zu schnell
leer, nervte die beiden mit der altbekannten Eng-
stirnigkeit, wenn es um Szenecodes ging, die weder
Tue noch Mal erfüllen mochten. Sie zogen her über
Plenz' Buttons und Aufnäher, die jede Tasche zur
politischen Bedienungsanleitung gemacht hatten.

Es war ein Abschied voneinander, sosehr sie auch
die Gegenwart voneinander genossen. In den letzten
Jahren, in denen sie sich um Plenz gekümmert hatten, waren ihre alten Verbindungen erstarkt unter
dem Druck, Plenz am Leben zu erhalten. Sie waren
wie Eltern gewesen, die einander nicht mehr liebten, zusammenblieben wegen des Kindes. Nun erinnerten ihre Gesichter einander nur noch an den
Verlust, die Enttäuschung, versagt zu haben.

Irgendwann klingelte Tues Telefon, sie musste
runtergehen, um sich bereit zu machen. Mal wollte

auf dem Dach bleiben, Tue ließ ihm die Wodkaflasche, umarmte ihn zum Abschied, der anhalten
würde.

Das Intro pumpte durch ihre Monitore, versetzte
sie von 0 auf 100. Das Spiel, in die Gesellschaft ein-
zublenden, wurde für die nächsten Stunden unterbrochen. Für diese Minuten war sie die Norm.

Das Mikrofon umgriff sie fest, ließ ihren Afro im
Takt hin und her rasen. Sie brüllte die intensivsten
Strophen direkt in die Menge, weil die Wut der letzten Monate aus ihr herauswollte, mit jeder Zeile, mit
jedem Wort, zu laut für die Anlage. Die Tränen auf
ihrem Gesicht vermischten sich mit dem knallroten
Lippenstift, der Club war nach wenigen Minuten ko-
chend heiß. All ihre Wut auf die Band, die Angst,
dass das Publikum den Vorwürfen Glauben schenken
könnte, verpufften, zählten nicht mehr.

Die erst fragenden Blicke, die ihren dünnen Körper erschrocken betrachteten, wichen all dem, was
in dem Leben derer passiert war, die vor ihr standen.
Sie sah, dass das Publikum jede Zeile fühlte, genauso
wie sie.

Mal war neben Matthew auf einem der Tribünen-
Balkone, die in dem kleinen Club über dem Publikum hingen.

Das Roxy erlaubte eine Nähe zum Publikum, wie nur
wenige Locations es schafften. Der bevorstehende
Verlust von Mal erstickte Tue beinahe, und doch war

sie dankbar für die Kulisse, die der alte Club diesem bot. Es war die schönste Trennung, die denkbar war, der Abschied von einem Kapitel. In jeder Ansage erzählte sie von allem, was Plenz an ihrer Musik gehasst hatte, auf dem schweißüberströmten Gesicht von Mal brach zügelloses Gelächter aus. Es hatte keine Totenfeier gegeben, Plenz' Familie hatte sich um nichts gekümmert, Mal und Tue hatten keine Energie gehabt. Die Community, welche Plenz so geliebt und kritisiert hatte, hatte den Tod nur zur Notiz genommen. Doch hier, über dreihundert Kilometer entfernt, schien es, dass sie sich endlich angemessen verabschiedeten. Als sie die Bühne für die Zugabe betrat, war Mal gegangen. Sie blickte Matth über die vielen Köpfe hinweg an, überwältigt vom zehrenden Glück der Erkenntnis, dass am Ende jeder Wahl-Familie eine neue stand.

Ihre Muskeln reagierten auf die Snare Drum des Schlagzeugers, die Riffs der Gitarren und die eigenen Worte, die den Takt für all dies angaben. Die Menge sang, schrie und trank. Die Neuronen platzten beinahe unter der schieren Flut an Endorphinen. Alles in ihr war überflutet von der Gewissheit, dass genau dieses Gefühl der Grund war, am Leben zu bleiben, dass es egal wäre, was geschehen würde mit der Band, der Musik oder der Welt. Nach jedem Ende würde sie hinter einem Mikrofon ein Zuhause finden. Einen Ort, der ihr für zwei Stunden die Pflicht auferlegte, am Leben zu bleiben, weil alles andere eine Verachtung dieser Schönheit wäre.

Veränderungen lagen vor ihr, sie wusste das. Doch auch, dass sie vieles ertragen könnte und würde. Die Hände des Arztes hatte sie überlebt. Ebenso die Gewalt der weißen Männer, die ihr die Luft zum Atmen nehmen wollten. Ihr wurde bewusst, dass sie am Ende immer dort stehen und singen würde, so laut, so wütend, dass alles andere verstummte.

Alle Stimmungslagen, die sie je gefühlt hatte, durchlebte sie in diesen Momenten. Alle Erfahrungen besah sie sich aus Tausenden neuen Blickwinkeln, berührte jede Verletzung, jede Grausamkeit, doch ohne an ihnen zu zerbrechen. Sie saugte stattdessen die Schönheit aus der Tiefe der Emotionen, aus jeder Grausamkeit. Feierte den Überlebenswillen und dessen unerreichte Komplexität, ihr eigenes Überleben, ohne sich nur eine Sekunde dafür zu schämen. Es war eine Kette aus Momenten, in denen sie ihre eigene Existenz nicht infrage stellte, in denen die eigenen Kritiker endlich schwiegen.

„Hey Prinzessin, das hier ist der Heten-Raum", schnauzte Betto Matthew entgegen, als dieser nach der Show den verrauchten Backstage betrat. Tue räusperte sich vernehmlich. „Ähm, bitte?!"

Betto ergänzte genervt: „Heten- und Tue-Raum."

„Deswegen hab ich mich nicht geräuspert, Bet", fügte Tue hinzu, während sie unbemerkt einige Schlucke ihres Gin Tonics auf das Sofapolster laufen ließ. Der Alkohol schoss bereits in Wellen der Übelkeit hoch, diese versuchte sie erfolglos mit weiteren

Cocktails zu ertränken. „Ich finde es nur schade, wie du dich selber stigmatisierst", sagte sie.

Die anderen lachten, deren Mundgeruch aus Alkohol und Kippen trieb Tues Übelkeit weiter an.

„Betto? Betto kriegt doch schon Leistungsprobleme, wenn die Olle 'ne Jeans statt 'nem Rock trägt", grölte der Schlagzeuger, der gefährlich im Türrahmen des Klos schwankte.

Bettos Gesichtsfarbe hatte es geschafft, noch mehr zu erblassen.

„Tue, nicht", sagte Matth leise, doch sie war es satt, Betto zu schonen. „Komisch, dafür lässt er sich ja aber gerne mit Matth ein", trumpfte sie auf.

Bettos Gesichtsfarbe hatte zu einem leichten Grün gewechselt.

„'ne Femme als Chefin, eine Femme im Bett, tjoa, so ist der Gute. Aber nach vorne hin straightest boy alive." Sie lächelte immer breiter, der Alkohol und die Wut stiegen ihr zu Kopfe.

„Tue, halt die Klappe, es ist seine Entscheidung, wann ...", murmelte Matth, doch Betto unterbrach ihn: „Tja, dann hab ich die Süße da halt gevögelt, die geht ja wohl eh nicht als Mann durch."

Das Schweigen im Raum war erdrückend, wurde nur unterbrochen von Bettos trockenem, verzweifelten Lachen. „In den Kleidchen ist sie mehr Frau als unsere liebe Tue. Ich hab's nur nie erwähnt, weil die Tatsache, dass ich so einen Wonneproppen als Ausrutscher hatte, ja nicht jede–"

Tues Flasche war schneller als die Faust vom Bassisten gewesen, doch Betto duckte sich und entging somit beidem. Nun, wo sie dort stand, aus dem Gleichgewicht gebracht durch den Wurf, stieg ihr der Alkohol erst so richtig zu Kopfe. Der Raum schwankte. Während sie sich Matth näherte, übersah sie die Abscheu, die in dessen Gesicht geschrieben stand, und umarmte ihn, doch er schob sie weg.

„Was'n los? Ich wollte dir nur helfen!", schnauzte sie ihn an. Matths Reaktion entrüstete sie zutiefst, die Wut verhinderte jedes schlechte Gewissen. Sie wollte seine Dankbarkeit hören, wollte, dass er begriff, dass solche Momente der Grund waren, warum sie weiterhin an solchen Orten spielte, um Teil der Veränderung zu sein. Doch er kam ihr zuvor: „Red dir das ruhig ein, nur fürs Protokoll: Ich finde Zwangsoutings immer scheiße, ganz egal –"

Tue erschrak vor sich selbst, als sie die nächsten Worte brüllte: „Ganz egal, was? Ganz egal, ob der Typ dich drangsaliert? Ganz egal, ob er das nur tut, weil", sie rang um Worte, doch endete ohne eine weitere Erklärung. „Er ist ein Arschloch", ergänzte sie nach einigen Sekunden, so als erkläre dies alles.

Die Enttäuschung und Wut in Matths Gesicht wurden von Ekel abgelöst, er drückte ihr den Wagenschlüssel in die Hand. „Versuch, dich unterwegs nicht umzubringen, fahr erst morgen. Ich denke, uns tut etwas Abstand gerade ganz gut, du kannst meine Wohnung weiter nutzen. Ich bleib einige Tage bei meinem Bruder."

Erst als er die Tür schloss, begriff sie, dass es ihm ernst war. Betto hatte ihr den Anschlag anscheinend bereits verziehen, legte den Arm um sie, nuschelte in ihr Ohr: „Is' schon nich' so schlimm."

Sie schob ihn weg, torkelte Matth hinterher, riss die Tür auf und brüllte seinem Rücken nach: „Siessu, Matthi, IHN stört es nicht, er is' sogar dankbar!"

Doch entgegen ihrer Hoffnung sah er seinen Fehler nicht ein, wischte ihren Einwand mit einer Handbewegung weg, ohne sich auch nur umzudrehen.

9

Vor vier Monaten noch hatte der Schlüssel für die Wohnung, die nicht ihre war, ihr Herz vor Freude fast zerspringen lassen. Sie bot Vertrauen und Rückzug, aber war auch eine Flucht vor Plenz gewesen, gestand sie sich ein. Der Fahrstuhlgeruch in Matths Haus war nun nicht mehr Auslöser für schöne Erinnerungen, sondern rief stattdessen erdrückende Einsamkeit hervor.

Heute stand der Schlüssel für Versagen.

Der Zorn von Matthew hatte keinen Platz, weil ihr Versagen im Leben so allumfassend war, dass er trotzdem den Großmut besitzen musste, ihr die Wohnung zu überlassen. Er hätte sie niemals in die Obdachlosigkeit zurückgeschickt.

Die Mischung aus den Überresten des Alkohols und des Selbsthasses drückte auf ihre Schädeldecke. Die Schritte schienen unendlich schwer. Erst langsam setzte sich aus den Erinnerungen die letzte Nacht zusammen. Wie sie mit ihrer Band zusammengesessen hatte, als wäre nichts gewesen. Die gegenseitige Verachtung überlagert von der Liebe zur Musik, der Lobhudelei auf die eigenen Fähigkeiten jedes Einzelnen.

Die verwaschene türkise Tür schien sie vorwurfsvoll anzuschauen, so als missfiele ihr die Tatsache, dass Tue statt Matth nun vor ihr stand. Beim Betreten der Wohnung sah sie den Essens- und Versorgungsplan, den das Krankenhaus Matth mitgegeben hatte. Im Krisenfall war -jener- Doktor zu kontaktieren. Die Worte schienen zäh durch ihre Gehirnwindungen zu wandern:

„Im Krisenfall ist ...“
Es war Nacht,
es war weiß um sie herum,
die Bettwäsche,
die Wände,
das Plastikgestell, das ihren Kiefer sicherte.
Die Schellen an ihren Armgelenken,
sein Gesicht.
Sein Kittel,
die Haut darunter ...

Alles verblendete weiß vor Schmerz, Verzweiflung und der erdrückenden Kontinuität der Erniedrigungen in ihrem Leben.

Sie strich seinen Namen nicht durch, schaffte es nicht, den Zettel zu zerreißen. Aber nahm Nahrung zu sich, füllte die Kästchen aus, nahm die Tabletten. Verlor weiter an Gewicht, aß mehr, als im Plan stand. Wartete täglich auf das Knacken des Schlosses, doch stattdessen folgte jeder SMS von Matthew nur die nächste mit der Bitte um mehr Zeit.

Ihr Anwalt hatte erfolgreich die Albumproduktion verschieben lassen. Bei den wenigen Konzerten, die nicht zu verschieben waren, stand den Fans der Schrecken ins Gesicht geschrieben. In den sozialen Medien wurde diskutiert, wie ihr zu helfen sei. Die Presse berichtete über vermutlichen Krebs, Aids und Gerüchte über eine zerbrochene Beziehung. Aus den Gerüchten wurden Tatsachen gemacht, ihr Anwalt wurde immer verzweifelter. Letztendlich stand die Entscheidung fest, die geplante unplugged Show in Berlin sollte stattfinden, da sie bereits ausverkauft war und die Gelegenheit bot, die Gerüchte um ihren Zustand zu widerlegen. Alle weiteren Shows wurden abgesagt; die Albumproduktion verschoben in das nächste Jahr.

Sie zweifelte immer stärker an ihrer Band, war noch zu gefangen durch deren technische Genialität. Liebte die Konzerte, hasste es, welche Menschen sie waren und was sie aus ihr machten. Hasste es, dass sie zwischen sie und Matth gekommen waren. Zerbrach fast vor Überwältigung, wenn Betto am Klavier saß. Sie verstanden es, die Schwere ihrer Texte zu perfektionieren ...

Als ihr Anwalt ihr riet, sich einige Monate von den Worten fernzuhalten, konnte sie endlich wieder schreiben. An diesem Tag vergaß sie das Warten auf das Klicken, starrte nicht die Tür an. Diese öffnete sich, der Geruch von Kaffee und langer Zugfahrt schlug ihr entgegen und wider all ihre Pläne und Befürchtungen schlossen sie und Matth sich in die Arme.

* * *

„Mit Ihnen ist es ja so ein bisschen wie beim Frisör", kicherte die Gruppe Dwayne entgegen. Er konnte nicht zuordnen, von wem der Kommentar war. Die vier weißen Frauen sahen sich nicht nur erschreckend ähnlich, sie kannten sich wohl auch schon so lange, dass ihre Sprechweisen sich gänzlich angeglichen hatten. Er wühlte unbehelligt weitere Modelle heraus, setzte sie der eigentlichen Kundin auf.

„Gaaaanz hervorragend", brach die ältere Freundin erneut ins Schwärmen aus, wie schon bei jeder Brille zuvor. Die Trägerin betrachtete sich kritisch im Spiegel, schob das Gestell bis ganz an die Stirn hoch und überlegte: „Aber was, wenn die Brille hochrutscht?"

Die dritte Person im Bunde rollte genervt die Augen, warf den Pferdeschwanz rabiat in den Nacken und sagte:

„Dann schiebst du sie halt wieder runter."

Dwayne setzte gerade zu einem Kommentar an, da folgte schon die vierte Kommentatorin: „Also, eine gute Brille würde ja nicht von selber so weit hochrutschen! Der junge Mann ist klüger, als sein gutes Aussehen erahnen lässt." Nur um dann wieder bei

dem für sie anscheinend relevantesten Punkt zu
enden: „Ich sag ja, wie beim Frisör, nur teurer."

Kritisch betrachtete sie seine Hand, die auf Dwaynes
Hüfte aufgestützt war. „Kein Ring am Finger, hab
ich's doch gewusst." Nun schien ihr der Fall klar zu
sein, schelmisch ergänzte sie: „Vielleicht sollte ich
Sie mal meinem Frisör vorstellen – er ist auch so ein
bisschen ..." Was dieser auch *ein bisschen* war, erklärte
sie mithilfe wedelnder Handgesten.

„Auch ein ... Vogel?", fragte Dwayne trocken, die
vier brachen in schallendes Gelächter aus.

„Nein, Dummerchen, auch *homosexuell*, so wie Sie",
erklärte die Älteste.

„Sophiiieeea", quängelte die Brillenträgerin, „keiner sagt heute mehr homosexuell." Verbrüdernd
rollte sie die Augen: „Es heißt doch jetzt schwul!",
dabei knuffte sie ihn freundschaftlich. Dwaynes
Schweigen wertete sie anscheinend als Bestätigung.
„Oder wenn die ganz doll radikal sind, queer!", endete sie auftrumpfend, beglückwünschte sich selbst zu
ihrem herausragenden Wissensschatz.

Er wandte dem Gespräch den Rücken zu, lud weitere Brillen in die Schüssel, in der Hoffnung, dass
sein Schweigen für Ruhe sorgen würde.

„Kwehr? Aber das versteht doch keiner, und schwul
war zu meiner Zeit", zwischen den beiden lagen ma-
ximal vier Jahre, „eine ganz schlimme Beleidigung.
Aaalso", der höheren Stimmlage war anzumerken,
dass sie nun zu dem eigentlichen Punkt zurückkam,
um den es hier ihrer Meinung ging, „der Stephen,

mein Frisör, also der sagt lieber homosexuell." Zwinkernd fuhr sie fort: „Und *radikal* ist der ja mal so gar nicht. Ich darf ihn sogar meine *Schwuppe* nennen, da kennt der nix, der ist da nicht so'n Pingeliger …" Sie überlegte, wie sie Stephen weiter im Gespräch halten könnte. Dwayne war jetzt schon angeekelt von seinem angepriesenen Zukünftigen.

„Er ist höchstens", sie atmete ein, schob ihren Körper in eine Pose, die wohl dieses *homosexuell* darstellen sollte, „radikal verzuckert!" Es folgte die wedelnde Handbewegung vom Anfang. Dwayne stutzte, antwortete: „Radikal — bitte, was? Radikal verzuckert?"

Die Viererbande feixte nun in sich hinein.

„Er ist wohl doch kein Homo", waren sie sich einig.

„Also, wenn er *das* Wort nicht kennt", schloss seine Kundin und schob die Brille erneut hoch.

„Ich habe nie gesagt, dass ich ein Homo bin", antwortete Dwayne widerwillig. Er ahnte, dass sein Versuch, hieraus ein Verkaufsgespräch zu machen, wohl in Gänze gescheitert war. „Und ich mag es nicht, so genannt zu werden. Außerdem —"

Doch er wurde unterbrochen, die Stimmung war abrupt gekippt. Nun funkelten die vier ihn zornig an. Sie überschlugen sich mit ihren wütenden Nachfragen ob seiner Reaktion, endeten schließlich mit dem zu erwartenden *Hier in diesem Land ist schwul keine Beleidigung*-Satz.

Dwaynes Augenbraue zuckte ungewollt hoch, ob der Widersprüchlichkeit der Aussagen. „Hier in

diesem Land haben wir nichts gegen Schwule?",
wiederholte er fragend. Er hatte da einen ganz anderen Eindruck gewonnen.

Stephens liebste Kundin ignorierte seine Frage und
endete: „Deswegen werden wir hier bei Ihnen, Sie
Homohasser, auch nichts kaufen!"

Chaotisch verließen die drei das Brillengeschäft.
Dwayne räumte seufzend die Gestelle weg. Seine
zukünftige Beziehung mit Stephen war wohl gescheitert, noch bevor sie beginnen konnte. Zu gerne
hätte er die Möglichkeit, solche Gruppen schneller
vor die Tür zu setzen, doch seine Chefin sah dies anders. Seine Verkaufszahlen waren glänzend, doch es
gab Kund*innen, die an einem Gespräch interessier-
ter waren als an einem Kauf. Er erkannte das mittlerweile schon an den ersten Sätzen, sie raubten ihm
jede Energie. Frustriert ging er in die Pause, solange
er nur Angestellter war, würde er wohl noch öfter
solche Gespräche über sich ergehen lassen müssen.

* * *

Der Moment, in dem die Umarmung ihre Impulskraft verlor und beiden klar wurde, dass sie sich nur
hielten, weil sie trotz der vergangenen vier Monate
keine Lösung für ihren Konflikt hatten, war jener,
in dem es anfing, sich falsch anzufühlen. Langsam
lösten sie sich voneinander. Tue suchte seinen Blick,
doch Matth wuselte an ihr vorbei, arrangierte seine
Koffer.

„Ist ja dann doch recht sauber hier", bemerkte er leicht überrascht.

„Du hast mich ja vorgewarnt", bestätigte sie, erleichtert, dass seine ersten Worte nicht nur von Verachtung geprägt waren. Sie ließ sich auf das Sofa sinken, sah ihm zu, wie er die Schränke inspizierte und einräumte.

Als er nach zehn Minuten nichts weiter gesagt hatte, stand sie auf, fragte vorsichtig: „Matth, soll ich lieber gehen? Brauchst du Zeit für –"

Abrupt unterbrach er sie: „Zeit hat nicht geholfen, Tue. Dein Verhalten war einfach so *absurd*. Ich mein, ich weiß, du magst Betto nicht, ich weiß, du wolltest für mich einstehen, aber ..."

Sie versuchte, ihre Wut runterzuschlucken, doch statt des selbst verordneten Schweigens entwich ihr ein wütendes: „Aber WAS? Er ist ein sexistisches, übergriffiges Arschl–"

Matth ließ seine gewohnte Ruhe von sich abfallen. Er fragte: „Aber was? Deswegen hat er es verdient, dass du ihn outest? Deswegen hab ich es verdient, dass jede*r über uns Bescheid weiß? Deswegen ist deine gehässige Abwertung von Sex auf einmal in Ordnung?"

Tue stockte, dann brach es aus ihr heraus: „**Deswegen** bist du sauer? Ernsthaft? Du setzt dich für sein beschissenes Schrankleben ein? Ich hab ihm doch einen Gefallen getan damit, auch wenn er's ..."

„Er es was? Nicht verdient hat, durch die Hohepriesterin Tue endlich geläutert zu sein? Du weißt doch überhaupt nicht, wie er sich positioniert."

Tue lachte: „Ein Cis-Dude, der mit Männern schläft – für mich klingt das eindeutig nach ..." Doch sie beendete ihren Satz nicht, sah, dass etwas in ihm zerbrochen war.

„Was ist los?", fragte sie etwas weicher.

„Tue, so siehst du mich?"

Verwirrt antwortete sie: „Nun, du hast immer gesagt, dass du dich als femmigen Mann beschreibst ..."

„Immer? Wann war das letzte Mal?"

Sie überlegte: „Vor so zwei Jahren vielleicht? Aber was tut das zur Sache?"

„Nun", er ließ sich aufs Sofa sinken, „das tut einiges zur Sache. So etwas ist nie das Einzige, ausschließlich und definitiv kein Anlass, daraus irgendetwas abzuleiten ... Du kannst doch nicht einfach durch die Welt rennen und bestimmen, wer was ist ..."

„Ich ..." Sie begann endlich, zu begreifen. „Shit."

„Ja, Shit."

Das Schweigen zog sich einige Sekunden hin. Matth unterbrach es: „Erinnerst du dich, wie ich damals der Bartresenkraft erzählt habe, dass du 'n Psycho bist?"

Ihre Brust zog sich zusammen. „Ja, allerdings, das war ..."

„Ein Begriff, mit dem du dich zehn Minuten vorher beschrieben hattest."

„Ja, aber dir gegenüber und im Kontext von – oh."
Er bestätigte: „Ja, oh."

In ihrem Kopf raste es. All die Gedanken, die sie sich in den vergangenen vier Monaten des Grübelns gemacht hatte, hatten des Pudels Kern wohl völlig ignoriert.

„Wow. Matth, es tut mir leid"

Er legte ihr eine Hand auf den Rücken. „Ich weiß. Tat's mir damals auch."

Sie sprang auf. „Scheiße, ich muss mich bei Betto entschuldigen." Sie streifte bereits ihre Jacke über, als Matth sie stoppte: „Setz dich mal hin, Kälbchen, ich hab mit ihm gesprochen, ich glaub, der Zug ist abgefahren, in dem Moment, als er ausgenüchtert realisierte, was du getan hattest."

Tue ließ sich auf den Boden sinken.

„Na ja, wenn du damals vier Monate gebraucht hättest, um es zu checken, hätte *sorry* wohl auch nicht mehr bei mir gezogen ..."

Er grinste. „Gut, dass ich so ein gutgläubiges Ding bin. Wir kriegen das hin."

Die Anspannung fiel von ihr ab, sie nieste lautstark, um ihre Tränen zu kaschieren. „Ich hol Wein und Schoki. Ich glaube, das wird eine Bundestagsdebatten-Nacht mit tiefschürfenden Gesprächen."

Er tätschelte ihr die Schulter: „Brauchste nicht, Wein und Schoki findest du im grünen Koffer."

Sie verräumten das Gepäck. Betrachteten irgendeine Debatte über Anträge, die der einen Partei missfielen, während die andere sie verteidigte. Sie wiederum führten Debatten, die in den Entscheidungsämtern sicherlich erst in Jahrhunderten geführt werden würden.

Wann immer der Schmerz über die Ignoranz des Gegenübers zu groß wurde, hörten sie einem der weißen Politiker in Anzügen zu, die ihre unmenschliche Politik gegen Biskaya mit Floskeln legitimierten. Dieser Kontrast half, das Wunderbare im anderen nicht zu übersehen.

* * *

Was auch immer mich trägt

B*tch schrie ich mit vierzehn Jahren
Fühlte mich unschlagbar
Bis die halbgaren Kritiken verdarben
„Zu sexuell", erniedrigend, für dich, als Frau,
untragbar Musik wechselte, nicht die Kritik
Statt Umformung galt in euren Kreisen Krieg
Boykott statt Musik
Und statt dem Beat lausch ich euren liebsten Zeilen
Ließ Stille statt Kompromisse in meinem Gehör
verweilen
Statt Verhandlungen zum Beat
Ließt ihr mir nur Boykott gegen jedes Lied
Feministin oder Heimat
Aus meiner Not entstand Verlust
Der geteilte Frust brachte euch Legitimation
Die Musik in mir aufs Erste besiegt

Die Kritik zerfrisst jede Sekunde
Stunde um Stunde
Jeden Takt und jede Zeile
Brech ich aus deinem heiligen Fake
Brech ich dir auf die Schuhe
So kritisch ich auch bin – die Liebe zur Musik lässt
mir keine Ruhe
Doch dann hatte auch ich begriffen
An dieser Stelle herrscht_____und Erniedrigung
Jede Wiederaneignung zweifelhaft
Voller Stolz fand ich die Heldinnen der Kindheit

nun beschissen
Tanzte unsicher auf unerträglich schlechte
Tekknobeats
Ohne Aussage kein Trouble
Keine Hüfte, die sich too sexual verbiegt
Als ich mir endlich alles verboten hatte

Die Wohnung leer ohne Boxensounds von der
B*tch-Platte
Nahm ich wie Momos graue Herren euch die Klänge
Trieb jede illegitime Liebe in die Enge
Fadheit statt Fade füllte nun endlich auch deine
Gedanken
Liebe „Boykott ist das einzige Mittel"-Aktivist*in-
nen, wir nun Emanzipierten müssen uns bedanken
Statt Bitch und lustvollem Hüfteschwingen
Tiefschürfende Analyse und Altbiertrinken
Die Kritik zerfrisst jede Sekunde
Stunde um Stunde
Jeden Takt und jede Zeile
Brech ich aus deinem heiligen Fake
Brech ich dir auf die Schuhe
So kritisch ich auch bin
Die Liebe zur Musik lässt mir keine Ruhe
Vollgepumpt mit Kritik, den Stift gespitzt
Hör ich diesen einen Song
Ließ ihn leise und dann zu laut laufen
Warf mich in den Beat, von den Tränen benommen
Fühlte und erlaubte ich mir die Liebe zum Text
Ließ Widersprüche mich beschämen,

blieb verbunden Mit den Worten, den Sätzen, der
Liebe – Momentidylle
Dem Wunsch, Lust, Tanz und Beat zu stillen
Warf dem Boykott die Scham über Bord hinterher
Mein Schwarzes Herz übervoll, eure weißen Ge-
sichter zu leer
Als ihr meinen Arsch an der WG-Wand grinden
saht
Verstandet es nicht, ward endlich überfremdet
Musik bleibt mehr als eure Kritikspielwiese
Weil ich mit Schwarzen Beats, lautem B*tch und
Tanz
Überleben
In den Griff kriege
Was auch immer mich trägt
Ich lass es mich tragen
Was auch immer mich bewegt
Ich lass es keinen zerschlagen

zwei

10

Sie rechnete beim Weinen auf der Clubtoilette mit vielem, aber nicht mit einem guten Gespräch. Die Leere in Tues Kopf beruhigte sich etwas. Partytrauer war besonders schmerzhaft, wenn es keine Gedanken mehr gab, die in ihr gewälzt werden konnten, sondern sie nur noch Selbstzweck war. Als sie sich an der einen Seite der Toilettenwand hinabgleiten ließ und an ihrem Oberschenkel eine Flüssigkeit ihre Strumpfhose erklomm, stießen ihre Schuhspitzen auf die eines anderen. Sie starrte die Wand an, hinter der der Besitzer jener Schuhe saß. Die Minuten zogen sich hin, es lag etwas seltsam Zutrauliches darin, dass beide die Füße nicht zurückzogen.

Als das Zittern endlich aufhörte, filterten ihre Ohren aus dem Lärm des Clubs die leise Stimme des Gegenübers:

„Wirklich schicke Schuhe!"

Sie strich die Tränen weg, antwortete: „Danke. Was'n bei dir der Grund?"

„Der Grund für was?", fragte der Schuhmensch zurück.

„Na, dass du hier im Urin hockst und mit mir fü-
ßelst." Ihr Gegenüber schwieg.

„Muss doch 'nen Grund geben ...?", fragte sie erneut. Ein Brummen fand seinen Weg durch den
Lärm des Clubs.

„So funktioniert das nicht." Sie zog die Füße langsam fort, ihr Gegenüber räusperte sich: „Wie gesagt:
Schöne Schuhe."

Langsam nervte sie die fehlende Konversations-
bereitschaft des Gegenübers gewaltig, sie zog die
Knie zu sich heran, blickte auf den Spalt.

„Ich weiß ehrlich gesagt nicht so recht. Da drin ist
es irgendwie ..."

Doch die richtigen Worte fand er nicht. Die Melancholie, welche ihn hierhergetrieben hatte, war ihm
so vertraut, dass er sie kaum noch zu benennen vermochte.

„Is' es einfach zu viel?", fragte Tue.

„Ja, einfach ... zu viel", stimmte er zu.

Beide verfielen in Schweigen, bis er es leise knurren hörte.

„War das dein Magen?", fragte er beeindruckt,
„Mächtig laut."

„Ja", antwortete sie, „ich hab Scheiß-Hunger."

„Hmm", antwortete er, „weswegen bist du hier?"

Tue begann zu schluchzen, eher aus Wut als aus
Traurigkeit. „Ich bin hier, weil ich sonst der nächsten
Person einen einschenken würde."

„Prost", murmelte er.

„Was?", fragte die Wand zurück, schnell antwortete er:

„Nichts, nichts. Manchmal muss mensch halt zuschlagen." Nun hörte er ihre Tränen.

Das war wirklich nicht seine Intention gewesen, er kramte in seiner Hosentasche, fand einen zerdrückten Schokoriegel. „Hier", murmelte er, während er ihn unter der Toilettenwand durchreichte. Eine Hand schnappte danach. Er hörte es knistern, fand die Worte, welche sie gesucht hatte: „Ich glaub, es ist da drin zu glücklich für mich. Hier drin ist meine Emotion irgendwie ..."

„Angemessen?", fragte sie, auch wenn es fast wie ein Beenden seines Satzes klang.

„Ja", seufzte er, „lass uns darauf einigen: angemessen."

„Es gibt zu wenige Orte, an denen grenzenloser Weltschmerz die angemessenste Emotion ist, aber hier zwischen Urin, Lärm und Porzellan ...", antwortete sein Gegenüber. Er lachte, bekräftigte: „Gehört es quasi zum guten Ton." Er sah, dass ihre Füße sich wieder dem Spalt näherten, beide stützten einander erneut.

„Okay", sprach die Wand ihn an, „lass uns ein Spiel daraus machen. Ich sage ein Wort und du sagst etwas, das beschissen ist, dazu, dann bist du dran. Wem zuerst nichts mehr einfällt, der muss dem anderen einen Zehner geben."

„Klingt nach einem absolut vernünftigen Plan", antwortete er.

Von außen hämmerte es an Dwaynes Tür. „Gebärst du da drin oder was?", grölte ihm eine betrunkene Stimme entgegen.

Er antwortete: „Ja, und das braucht seine Zeit."

Das Hämmern stoppte abrupt und von draußen war nur ein verwirrtes „Oh" zu hören.

„Smileys", sagte der Mensch auf der anderen Seite, als hätte es keine Unterbrechung gegeben. Er überlegte.

„Tick, tack", klackerte es hinter der Wand.

„Oh, okay, hm, also Zwinker-Smileys. Richtig unangenehm, das Comic-Äquivalent zum Schnippisch-Sein."

Ein bestätigendes *könnt ich nur abkotzen* kam von der anderen Seite und Dwayne grübelte über ein Wort für sein Gegenüber. Endlich fiel ihm ein Begriff ein. Begeistert rief er *Elfen* über den dröhnenden Bass und richtete sich auf, indem er sich vom Boden abstützte. Seine Begeisterung hatte ihn vergessen lassen, wo er gerade saß. Das, worin er sich abstützte, ignorierte er, in der Hoffnung, dass es nur Bier war.

„Hmmm, Elfen", klang es vom Gegenüber, er war sich seines Sieges sicher. Das Absurdeste für ihn war die Begeisterung der Weißen für kleine fliegende Menschen, die einen beobachteten und sich erst spät zu erkennen gaben, dies diente ihm eher als Horrorgeschichte.

„Koloniale Entwürfe von Weißsein als Optimum, die die Verkörperung darstellen von der Idee der Femme als Subjekt, das zu bedienen hat."

Er schluckte, „Boom", kommentierte es aus dem Wartebereich des Klos.

„Boom", stimmte er zu.

„Süßkartoffel." Da hatte sie ihn kalt erwischt. Es gab vieles, das er schlechtreden konnte, aber es gab Dinge, die Biskayani heilig waren. Er zückte den Zehner, schob ihn unter der Wand durch. „Gut gespielt", sagte er, bevor er die Kabine verließ, ging ohne Verabschiedung seiner Begleitung aus dem Keller und wanderte unter den abschätzigen Blicken jugendlicher Hipster nach Hause.

* * *

Langsam schlich Dwayne am nächsten Morgen in die Teeküche des Brillengeschäfts. Er war wie immer der Erste, seine Chefin war noch unterwegs, um neue Modelle anzusehen, sein Kollege nahm es mit der Zeit nicht so genau. Er genoss die Ruhe, setzte den ersten Kaffee des Tages auf und ließ sich auf das purpurrote Sofa fallen. Dieses hatte früher den Salon geschmückt, bevor es ausrangiert wurde für den Personalraum. Das billige, ausgetrocknete Kunstleder klebte an seinen Armen. Es krümelte bei zu viel Reibung, doch war gemütlicher als die Schulstühle, die in der Mitte des Raumes für jene bereitstanden, die zu spät kamen.

Nachdem die Maschine piepte, ergänzte er seinen Kaffee um einige Löffel Zucker, balancierte die heiße Tasse ohne Griff, während er mit der anderen Hand die neuen Gestelle aufs Sofa beförderte. Diese waren einzeln in edlen Döschen verpackt, nur die wirklich teuren kamen in schlichteren Aufbewahrungen daher. Er schob sie je nach Verpackungsart hier- und dorthin, bis er eine Aufreihung nach Preisklasse hatte. Die preiswertesten waren nicht zu unterscheiden von dem, was bereits im Laden war. Erst das siebte Modell entnahm er aus der Verpackung. Es umfasste den gesamten Glasrand der billigen Plexiglasgläser, die als Platzhalter herhielten. Ein Lächeln huschte über sein Gesicht, als er an seine erste Brille mit sieben Jahren dachte.

Seine Großmutter hatte ein halbes Vermögen dafür hingeblättert und mit breitem Tesa die Brillenbügel bei den Ohren umklebt, zum Schutz des Materials, wie sie sagte. Es war wie in den TV-Serien seiner Zeit, nur dass sie keine Möbel hatten, die sie in der Verpackung ließen, sondern ihre Brillen verklebten.

Als der Tesafilm seine Haut aufrieb, konnte er sich kaum noch in der Schule konzentrieren. Es brannte und juckte, doch seine Oma blieb standhaft und gab seiner Körperhygiene die Schuld. Er sah ihr breites Gesicht vor sich. Viele kleine Falten malten Grübchen und Krähenfüße in ihre fleckige Haut. Die schelmischen Augen verrieten, dass sie genau wusste, woher die Rötungen kamen, aber keine Gelegenheit für eine Lektion ausließ.

Bis heute schrubbte er die Gegend hinter den Ohren täglich mit pedantischster Gründlichkeit. Wohlwissend, dass die dort nun makellosen Haut weniger seinem Waschritual zu verdanken war, sondern vielmehr dem Fehlen chemischen Klebers.

Als eines Tages ein Vater vor ihm gesessen hatte, der darauf beharrte, dass der Ausschlag des Kindes vom Material herrührte und dieses deswegen das Gestell aus Frust zerstört hätte, musste er ein Grinsen unterdrücken. Die kleinen Flusen hinter dem Ohr des Jungen hafteten an Resten von Klebstoff, doch Dwayne hatte gesehen, was die Schuhe des Mannes verrieten. Während sein Sohn akkurat gekleidet war, schien er an sich zu sparen, die ledernen Schuhe fielen ihm beinahe von den Füßen. Diese Sparsamkeit sorgte vermutlich nicht nur für einen gefüllten Kleiderschrank des Kindes, sondern auch für genügend Essen im Kühlschrank.

Letztendlich hatte Dwayne von seinem ersten Honorar vor allem die Brille des Kindes gezahlt. Dem Vater gegenüber hatte er behauptet, dass die Reparatur für Kinder aufs Haus ginge, da er wusste, dieser hätte keine Hilfe von ihm angenommen. Das Gestell wurde im Spiegel begutachtet, während der Junge leise murmelnd erwähnte, dass alle Brillen schrecklich aussähen, tätschelte der Vater dem Jungen die Schultern. „Du kannst aber nur wichtig werden, wenn du so viel siehst, wie es für dich geht."

Dwayne wiederholte die Worte stumm. Diese schafften es, bei dem Sohn des Mannes zu bleiben, nicht durch den Raum zu wandern. Die Worte legten sich nicht über andere Körper und ihre Verschiedenheiten. „Wie es für dich geht", murmelte Dwayne immer wieder, der Vater sah ihn irritiert an, dieser Blick blieb bei ihm. Als Dwayne wieder aus seinen Gedanken auftauchte, entdeckte er seine Hand in den rauen

Händen des Vaters, uneben vor Falten strahlten sie Wärme aus. „Möge es für dich gut gehen, mein Sohn."

Gedankenverloren ließ Dwayne die Brille wieder in die Hülle gleiten und griff nach den nächsten Gestellen.

Die ersten netten Worte, die er seit Langem gehört hatte, hatten jede naive Hoffnung beendet, die er noch in das Festland gesetzt hatte, die noch in ihm überlebt hatte. Er konnte kaum fassen, dass selbst in diesem weißen Land Freundlichkeiten ausschließlich von seinen wenigen Geschwistern kamen. Der weiße Blick schien stärker zu sein, als er es sich hatte eingestehen wollen, sein Ex-Freund hatte ihn gewarnt. Das letzte Band zur Insel waren dessen unterkühlte und doch stets ausführliche Antworten gewesen, sie waren zwar kein Paar mehr, blieben aber die gegenseitige Wahlfamilie.

Wochenlang hatte er nichts von ihm gehört. Seit Spanien die Internetversorgung von Biskaya gekappt hatte, offiziell aus technischen Gründen, war die Insel abgeschnitten vom Festland. Nun gab es eine Schnellversorgung durch Briefpost, doch er kannte seinen Ex-Freund zu gut, um an einen klassischen Brief zu glauben. Andererseits konnte er seine Antworten schon beinahe erahnen, ohne ihn zu fragen.

Sollte er zurückgehen? Nein, hätte sein Ex-Freund geantwortet, nicht bevor du es ernsthaft versucht hast. Erst nach drei Anläufen darfst du von Scheitern statt Faulheit sprechen.

Sollte er aushalten? Das wäre mit einem Nicken beantwortet worden. Aber auch mit dem Hinweis, immer nach mehr Verantwortung zu streben.

„Du langweilst dich, wenn du vertrauen musst." Dieser Satz war der einzige, bei dem er immer noch bitter klang, wenn sie miteinander sprachen. In ihm steckte mehr Wahres, als Dwayne es sich eingestehen wollte. Die Stelle des assistierenden Geschäftsführers war seit Jahren vakant, er hatte ein begonnenes Management-Studium und gute Verkaufszahlen vorzuweisen. Nur an der deutschen Staatsbürgerschaft mangelte es, der länderungebundene EU-Pass verriet jeder Behörde, dass er aus dem zu boykottierenden Biskaya kam. Dies war ein Wagnis für jede Chefperson, doch wog dies hoffentlich nicht mehr als seine Kompetenzen ...

Seine Gedanken wurden unterbrochen vom Eintreffen seiner Chefin, sie räumte das Sofa frei, reihte die Kisten in ebenjener Reihenfolge auf dem Tisch an. Sie ließ sich neben ihm aufs Sofa nieder. „Dwayne, ich würde gerne etwas mit dir besprechen."
Er richtete sich auf. „Worum geht es?", fragte er unsicher.

Sie zückte einen handgeschriebenen Brief. „Das hier sind vier DIN-A4-Seiten gefüllt mit einer Beschwerde – gegen dich."

Er stockte, ließ sie weiter erklären.

„Vier Kundinnen bitten mich darum, dich zu entlassen, weil sie dich für homofeindlich halten."

Dwayne unterdrückte ein Prusten, gleichzeitig kribbelte seine Haut vor Angst.

„Ich habe die Situation damals ein wenig mit angehört.

Ich möchte dich bitten ..."

Er unterbrach sie: „Ich werde nicht kündigen", er blickte sie direkt an, „ich habe mein Bestes getan, aber Streitlustige, die mich beleidigen, werden eh keine ..."

Sie legte die Hand auf seine Schulter. „Ich möchte dich bitten, Schulungen anzubieten. Deine Ruhe und Bestimmtheit sind genau das, was ich lange gesucht habe, letztendlich seitdem ich den Laden alleine leite, überlege es dir."

Er starrte ihr verblüfft hinterher, hörte die Klingel der Tür, als sie ging. Genau jetzt sehnte er sich nach der tiefen Stimme seines Ex, die ihm riet, was zu tun sei.

* * *

Die aufgeschlossene Tür von Tues alter WG quietschte. Die leeren Räume fühlten sich trotz der vergangenen Monate merkwürdig vertraut und zugleich anders an, Staubpartikel flirrten aufgeregt im Abendrot.

Mals Zimmer war bereits leergeräumt, Flusen sammelten sich zwar auf dem Boden, doch ansonsten war die vertraute Reinlichkeit von ihm zu erkennen. Das Zimmer ganz links, das Plenz gehört hatte, war ebenfalls leer, doch in unachtsamer Eile einer Familie, die seit Jahren den Kontakt verweigert hatte, geräumt worden.

Tue dachte an die monatliche Miete, die ihr Konto belastete, weil sie es nicht ertragen hatte, herzukommen.

Die Luft sog sie umsichtig durch Nase statt Mund ein, sie schloss die Augen und trat zu ihrer Zimmertür. Diese stieß sie mit dem rechten Fuß auf, sah, dass nichts verändert worden war. Nur das Geschirr und der Müll waren hinausgetragen worden. Erleichtert atmete sie aus, hatte befürchtet, von Schimmel und Gestank begrüßt zu werden. Sie fummelte nach ihrem Handy, wollte Matth anrufen und ihm erzählen, wo sie gerade war, doch der Akku hatte den Dienst quittiert. Sie ließ sich auf das Bett sinken, in ihrem Körper kämpften Erinnerungen, Vertrautheit und Müdigkeit gegeneinander an. Sie hatte gehofft, es wenigstens zu schaffen, noch eine Nacht in der Wohnung zu verbringen, doch jetzt erdrückte die Leere der angrenzenden Räume sie beinahe. Als sie über die Matratze strich, schoss die Vergangenheit in ihr hoch.

Als die Traurigkeit sich in das Gefühl der Hoffnungslosigkeit der Nächte im Krankenhaus verwandelte, riss sie sich vom Bett hoch, schnappte sich ihren größten Koffer, warf wahllos Dinge hinein. Es ging weniger darum, was sie aus der Wohnung befreite.

Eher darum, nicht mit leeren Händen in Matthews Wohnung zurückzukommen. Als bräuchte sie einen Beweis ihres Mutes, als bräuchte die Lethargie, die dieser Reise in die Vergangenheit mit Sicherheit folgen würde, eine Legitimation.

Auf dem Weg aus der Wohnung legte sie die Hand an Plenz' früheren Türrahmen, blickte auf die verdorrten Blumen in dem leeren Raum. Sie hatte gehofft, in diesem Moment die richtigen Worte zu finden. Doch auch der Tod schien nichts daran zu ändern, dass die Freundschaft, die sie einst verbunden hatte, bereits vor Jahren gestorben war. Ihr Hoffen auf Plenz' Einsicht, dass die eigene Idee von Queerness Bilderbuchweiß und exkludierend war, blieb vergebens. Schweren Herzens gestand sie sich ein: Die Distanzierung war keine Distanzierung auf Zeit gewesen.

Zwischen ihnen lag nun eine Entfernung, die nicht zu überbrücken war. Sie rang sich dazu durch, dem Türrahmen ein flüchtigen Kuss zu geben, und zog dann den Koffer schnell aus der Wohnung, ließ die Tür ins Schloss fallen. In der beginnenden Dunkelheit bewegte sie ihren verschwitzten Körper nun in Richtung der Wohnung, die zwar kein Zuhause, zumindest aber ein Ort zum Überleben war. Die Schlüssel warf sie in den Briefkasten ihres Vermieters, die exorbitante Kaution würde hoffentlich alles abdecken, die bösen Briefe sie nicht finden, die Flucht war Routine in ihrem Leben.

11

In den Räumen hinter der Bühne bewegte sie sich wie ein Gast, griff nur hektisch nach ihren Dingen, verließ unter scheinheiligen Ausreden die angespannte Atmosphäre. Nur heute war es anders gewesen, dabei hatte sie sich vor der Show eine gute Erklärung zurechtgelegt, warum sie gehen müsse. Es schmerzte, aber schien das Mindeste zu sein. Das letzte vorgegaukelte Stückchen Respekt, das die Zusammenarbeit ermöglichte. Doch im Backstage erwartete Kelly, die während der Auftritte die Handys der Bandmitglieder betreute, sie bereits. Die Professionalität des ausgewählten Trauergesichtes zeigte ihr sofort, dass etwas Ernstes passiert sein musste. Wortlos spielte Kelly die Textnachricht an, Tue verstand nur die Hälfte von der abgehackten Computer-Stimme.

Doch dies reichte ihr.

Sie griff schnell nach dem Handy, nahm den Akku heraus, ohne die Nachricht zu Ende zu hören, ließ es in ihrer Tasche verschwinden und drückte die Gedanken in die hinterste Ecke ihres Kopfes. Bräuchte nur ein paar Minuten, nur diesen einen Club, nur dieses kurze Durchatmen, dann würde sie sich der Realität stellen.

Doch wie immer in der letzten Zeit siegte das Verdrängen und fraß mehr und mehr Minuten. Irgendwann war sie betrunken genug, um die Nachricht zu löschen, ohne sie gehört zu haben. Es erschien ihr das Einfachste. Doch nur wenige Minuten später erreichte sie bereits eine neue Textnachricht. Aufgrund der Vorschaufunktion, die sie so oft verdammt hatte, konnte sie der Realität nicht mehr ausweichen.

Nur langsam wurde ihr die Tragweite dessen bewusst, was es bedeuten würde. Sie hatte seit Jahren nicht mehr mit ihrer Großmutter gesprochen, sie hatten geredet, aber nicht wirklich miteinander kommuniziert, miteinander gefühlt. Ihre Großmutter lebte mittlerweile wieder auf juu ya Biskaya. Sie hatte nach der Übertragung der Vormundschaft auf Tues Tante, die mit ihr in Deutschland geblieben war, immer weniger Platz in Tues Leben eingenommen.

Der Tod ihres Sohnes und seines Partners, zu schnell nach dem Tod von Tues Mutter, die Tues Großmutter schon von Kindesbeinen an kannte, hatte nach Jahren ein zu großes Loch in das Herz gerissen. Die Traurigkeit, die die Sechsjährige in sich trug, fand keinen Kontrast, keine Bestärkung zum Heilen wegen der Trauer ihrer Großmutter.

Der Anschlag, bei dem die beiden Väter ums Leben gekommen waren, war bis heute unaufgeklärt. Todesfälle auf der Insel galten nur als relevant, wenn es um Regierungsvertreter*innen oder eine*n der wenigen verbliebenen Weißen auf der Insel ging. Tues Tante hatte für sie gesorgt, doch dieses Land, in dem sie nun lebte, war für sie immer nur eine Rahmenhandlung gewesen. Doch auch die Erinnerungen an die Insel verblassten mit jedem Jahr mehr, wurden übersetzt, überschattet und verdeckt durch die Ideen und Projektionen der früheren Landesbesitzer, in deren Land sie nun lebte.

TuesDay:
„Von nirgends zu sein bedeutet, Familie ist nur noch Leben und Sterben. Aus dem Nirgends zu gehen bedeutet, das Dazwischen zu verpassen. Irgendwann einmal kontaktieren wir uns nur noch bei Geburt und bei Tod."

Hatte sie in einem Interview geantwortet. Doch hatte sie damals vor allem an die vielen Babyfotos in sozialen Medien gedacht, die die einzige Verbindung herstellten zwischen ihr und den weit entfernten Verwandten.

Nun war der Tod das neue Bindeglied geworden.

Die Bushaltestelle des Nachtbusses schützte sie nur notdürftig vor dem eisigen Wind, tauchte sie in grelles Leuchtstofflicht. Der Winter hatte die Stadt ergriffen, Schnee war zu Pappe geworden, die Luft so trocken, dass der Körper für kurze Zeit die Kälte vergaß, nach den Monaten des eiskalten Regens. Tues Haut jedoch spannte, ihre Haare waren noch feucht vom unplugged Konzert oder vom Club, in dem sie danach gewesen waren. Sie züngelte nach dem Kaugummi, das in ihrer Wange versteckt war, gestand sich selbst ein, dass es auch der zweite oder dritte Club gewesen sein könnte. So sicher war sie sich nicht mehr. Ihre Haare kitzelten mittlerweile ihre Schulterblätter. Sie waren schon seit einigen Stunden nass vom Schnee, doch sie scherte sich nicht darum.

Solange sie draußen war, sie einfach nur feierte oder davon auf dem Heimweg war, würde sie sich nicht mit der Realität beschäftigen müssen. Konnte die Reaktion auf die Hiobsbotschaft noch etwas hinauszögern, die vor einigen Stunden als Sprachnachricht auf ihrem Handy gelandet war, die dazu beitrug, dass sie ihren Körper kaum spürte. Das Einfrieren ihrer Haare, ihre schmerzende Kopfhaut und ihre aufplatzenden Lippen verhafteten sie im Moment, halfen dabei, nicht in das Tretrad der Hilflosigkeit zu geraten, das auf sie wartete.

Es hatte einige Wochen gedauert, aber Betto sprach wieder mit ihr. Die anderen hatten sich damit abgefunden, dass sie sie so schnell nicht loswerden würden. Doch die vorher ohnehin schon fragile Verbindung zwischen ihr und den anderen war nun gerissen. Die Gespräche auf der Bühne waren die einzigen, die sie führten, schließlich hatte das Publikum gezahlt, schließlich mussten sie alle ihre Miete zahlen.

Ihre nassen Hände konnten das Display kaum bedienen, doch es reichte, um zu sehen, dass alle Bilder ihrer Großmutter teilten. Das Kinn in die Mitte des Bildes gehalten, ein Lächeln verwehrend. Darunter Wörter, die so süßlich klangen, dass die alte Dame es sicherlich gehasst hätte. Tue hielt ihre andere Hand gegen ihre Stirn gedrückt, weil die Kälte anfing, zusammen mit dem Alkohol rasende Kopfschmerzen vor ihre Gedanken zu schieben. Das Schmelzwasser, vermischt mit Conditioner, tropfte auf das Display. Sie wünschte, es wären Tränen, doch wie immer versiegten diese in den unpassendsten Momenten. So wie sie hier stand, ohne Ablenkung, ohne Zeitdruck, konnte sie sich nur der Realität stellen. Das Band, das vor Jahrzehnten überlastet worden war, war nun zerrissen.

Die Verbindung zu ihrer Großmutter beendet.

Letztendlich hatte die alte Dame gesiegt, ihr nichts mehr verraten, keine ihrer vielen Fragen beantwortet. Die Geschichten und die Kämpfe der Biskayani waren so unterschiedlich, dass sie eine große Rolle spielten. Doch Tue wusste nur wenig über die drei Menschen, die ihr das Leben geschenkt hatten.

Noch weniger über die Kämpfe, die sie ausgefochten hatten, über die Geschichten, die in ihren Körpern manifestiert waren.

Sie erinnerte sich, wie sie mit vier Jahren ihre Großmutter gefragt hatte, wen sie wirklich lieben würde. Diese hatte geantwortet, dass es nur vier Menschen gäbe, die dies verdient hätten. Ihre zwei Väter, ihre Mutter und Tue.

Naiv hatte sie damals gefragt, was denn mit ihr, der Großmutter selbst, sei. Daraufhin hatte diese nur gelächelt, etwas, das selten vorkam und meist eher geschah, wenn sie die Naivität der anderen nicht fassen konnte, weniger aus Erheiterung oder Freude. Sie bedachte Tue mit diesem Lächeln, ging, ohne zu antworten.

Etwas das sich in den nächsten Jahren immer wieder wiederholen sollte. Dieses Lächeln war klarer in seinem Ausdruck als das Zuschlagen einer Tür oder das Beenden eines Gesprächs. Dieser Nebel aus Liebe und Verschwiegenheit, der immer aufzog, wenn Tue Fragen zu ihrer Familie stellte.

Irgendwie schaffte sie es, die Tastatur auf dem Handydisplay zu öffnen, kommentierte ein Bild von irgendeinem weit entfernten Onkel: *„I wish we would have a photo of her NONO smile"*, und drückte auf *Senden*.

Sie hatte dieses Lächeln gehasst, es war einer der Gründe gewesen, warum sie die Distanz gesucht hatte, und doch war es das, was ihr nun schmerzlich fehlte.

Eine weitere Nachricht landete in ihrem Posteingang, doch sie ignorierte sie. Sicherlich war es ihre überambitinierte Cousine, die ihren Flug nach Biskaya gebucht hatte und allen damit bewies, dass sie schlechtere Familienmitglieder waren.

Sie spürte, wie ihre Ohren von der Kälte rot wurden, die Tränen, auf die sie gehofft hatte, ließen wie der Bus auf sich warten. Sie spuckte das Kaugummi unter dem verurteilenden Blick einer älteren Dame auf den Bordstein. Schlich die Straße entlang, ertrug, dass der Alkohol langsam die Nervenbahnen freigab für den Kater. Das Adrenalin der Konzertnacht schien mit einem Mal aus ihr herauszuweichen. Ihre Knie wurden weich, sie lief trotzdem die letzten Kilometer zu Fuß, statt weiter zu verschneien.

Die Ruhe der Straße bot die einzigen Momente des Rückzugs. Seit sie kein eigenes Zimmer mehr hatte, brachen ihre Dissoziationen nicht mehr in den Alltag ein, sondern waren dauerpräsent. So wie der Schnee vor ihren Augen einen Schleier bildete, lag seit Monaten das Wegdriften vor ihren Gefühlen. Alles war zu dumpf, gleichzeitig zu viel, jeder Eindruck nur noch Schmerz und nichts schaffte es, den Frost aufzubrechen, der jeden Quadratzentimeter ihres Körpers bedeckte.

Sie trug sich die letzten Meter in die Wohnung, hier standen Koffer und Schuhe, die eindeutig Matths Bruder gehörten. Genervt seufzte sie, Matths Unfähigkeit, sich abzugrenzen schien ihr trotz allem töricht. Trotz des Todes bereute sie den seltenen Kontakt zu ihrer Oma nicht, nur so konnte sie nun mit Liebe an sie denken.

Matths Bruder wälzte sich schnarchend auf dem Sofa unter ihren Decken. Sie ließ sich neben ihm nieder, schlief in den verschneiten, nassen Klamotten ein, das Handy zur Erinnerung fest gekrallt, um ein Aufwachen in der Hoffnung, dass es nur ein schlechter Traum gewesen war, zu vermeiden.

Geöffnet, doch ungelesen zeigte das Display:
„Per Brief kam der Totenschein, Großmutter ist vor
eineinhalb Wochen von uns gegangen. Für immer.
Wir kümmern uns, fliegen hin. Du brauchst nicht zu
kommen. Kuss, deine Cousine"
Doch Tues Augen waren bereits zugefallen.

Den Januar verbrachte sie wie jedes Jahr an der Küste
in dem kleinen Häuschen des Labels. Sie hoffte, hier
endlich die Ruhe zu finden, um wieder zu schreiben.
Doch die Worte, die Sprache schienen nicht mehr
die ihren zu sein. Der leere Strand, das angefrorene
Meer hatten es in diesem Jahr nicht mehr geschafft,
die Liebe zu ihren alten Liedern aufzufrischen. Sie
sang sie an der Küste der Leere entgegen. Doch das
Meer antwortete nur mit Rauschen statt mit der
gewohnten Liebe zu den Worten. Das salzige Meer
schmeckte nach Wechsel, sie verlor ihre alte Sprache.
Erst aus der Distanz bemerkte sie, wie sehr die
ständige räumliche Nähe zu Matthew sie immer weiter voneinander entfernt hatte. Nach einer Woche
der Funkstille begannen sie sich zu schreiben. Es
ging endlich nicht mehr nur um wöchentliche Ein-
käufe und Alltäglichkeiten, langsam schafften sie
es, die Wunden der Vergangenheit zu kitten, bauten
wieder Nähe zueinander auf. Matth beschwerte sich
über die Angewohnheiten und Marotten seines Bruders, der derzeit bei ihm unterkam. Sie berichtete
von den neuesten kuriosen Geschenken ihrer Fans.
Ihr wurde klar, dass ein Auszug unvermeidlich war,

wenn der Alltag nicht ihre Freundschaft zerfressen sollte.

Als sie in Berlin ankam, betrat sie die Wohnung mit Wein und Schokolade, doch auf dem Küchentisch stand bereits dasselbe. Die beiden blickten sich an, lachten und wussten, dass sie beide denselben Gedanken gehabt hatten.

* * *

Noch in derselben Nacht zog sie um in ein billiges Hotel in Mitte.

Der zerkratzte Hoteltisch war beklebt mit leeren Haftnotizen, bereit, all das Neue geschehen zu lassen. Eine Umgebung, in der sie bereit sein sollte, aus völliger Freiheit heraus zu schreiben, doch es passierte nichts. Es schien fast, als hätte *die Tue des geringsten Widerstandes* einen Schleier über das widerständige Selbst gelegt. Die Luft drang das erste Mal seit einer halben Ewigkeit tiefer in ihre Lunge vor, doch die Erleichterung darüber, dass der Frost sich löste, wurde umgehend erstickt. Alles Geschehene brach über sie herein, löste jede negative Emotion, die der Mensch zu verspüren vermochte, in derselben Sekunde aus, verunmöglichte es, zu verstehen, was mit ihr geschah.

Metaphern klebten wie Lügen zwischen den ungeschriebenen Zeilen.

Der Tod zog jegliche Hoffnung aus ihren Worten, das Gesicht der alten Dame und all die Fragen, die

nun für immer offenblieben, streuten zu viele Fragezeichen in ihre Biografie. Die Notizen aus ihrer Zeit
im Krankenhaus waren geprägt von Leerstellen, der
Schmerz unbearbeitet und vergraben in Kopf und
Körper.

Ihr fehlte die Kraft, einen Rückzugsort zu finden.
Die Suche nach einer Wohnung würde das gut ver-
siegelte Kapitel von Plenz' Tod erneut aufreißen, der
Tod ihrer Großmutter bildete die absurde Kontinuität, einem Schleifstein gleich die Schmerzen ver-
schärfend.

Die Heimatlosigkeit, trotz dessen, dass sie nun das
Geld besaß für Hotels, riss alte Wunden auf. Wie
sie gerade der Schule entkommen war. Ihrer Tante
entflohen, wollte sie ohne Verbindungen durch das
Land reisen, doch schon in Erfurt war sie an das
Ende ihrer Energien gekommen. Eineinhalb Jahre
ohne Perspektive, Mut und Menschen, die es noch
kümmerte, die Bordsteine der Stadt zu ihrem Zuhause gemacht. Sie erinnerte sich daran, wie sie am
Bahnhof genächtigt hatte, und jeden Tag hoffte, dass
am nächsten Tag ihre Reise durch eine glückliche
Fügung weiterging. Bis sie einsehen musste, dass sie
nicht Reisende, sondern Obdachlose geworden war.

Der Unterschied zwischen ihr und den anderen
wurde ihr klar, als sie das Schlafen aufgegeben hatte.
Etwas, das die zarte Seite jedes Geschöpfes offen-
barte, das Träumen vom Bett, von den eigenen vier
Wänden, wenn der Schweiß zu stinken begann und
der Bus auf sich warten ließ. Doch auf sie wartete

nur die Irritation eines neuen Raumes, in dem das Kissen ihre Kopfform nicht kannte und die Decke nach Stärke und Einsamkeit roch.

* * *

Der Umriss von Matths Schulter, den dieser beim Aufdrücken der beschlagenen Tür von *der*die Ecke* hinterlassen hatte, ähnelte einem gigantischen Drachenkopf. Tue schob den Fuß vor die Tür und zeichnete die Linien nach. Sie fügte eine kleine kämpfende Person, ausgestattet mit einem Schwert, hinzu, die jenes im Hals des Drachen versenkte. Als sie gerade begann, das Folgebild in das Kondenswasser zu zeichnen, rempelte sie der Gast hinter ihr an. Als sie sich der Scheibe erneut zuwendete, war die Szenerie zu einer unförmigen Masse verzogen worden.

„Honey, kommst du jetzt?", rief Matth ihr von der Bar aus zu, grinste in die verschwitzte Hitze des nächtlichen Clubgeschehens.

Der Barkeeper hinter ihm rollte bereits genervt die Augen, ihre Gedanken rutschten von dem Drachen in die Realität. Sie schob ihren schweren körperlangen Mantel von den Schultern, achtete darauf, dass seine Enden nicht in der undefinierbaren Masse auf dem Boden Schlieren zogen. An der Bar angekommen ließ sie sich neben Matth auf einem Barhocker nieder, verkeilte ihre Plateaus in seiner Fußstütze.

„Könnt ihr jetzt endlich bestellen?", raunzte der Barkeeper ihnen entgegen.

Matth, leicht angetrunken, gluckste ihm zu: „Ob wir das wohl können." Er begann zu kichern, während er sich an Tues Schulter festkrallte.

„Ich denke, ein Wasser wäre für ihn eine willkommene Abwechslung. Für mich ein Bier", sagte sie, der Barkeeper zog die Augenbraue hoch, während er antwortete: „Sieht so aus, ja."

Matthew gluckste, sagte: „Du siehst auch gut aus", und zwinkerte dem Barkeeper zu.

Dieser wendete sich ohne ein weiteres Wort von den beiden kichernden Kund*innen ab.

„Matthew, ich glaub, du solltest mir das Reden überlassen."

Er richtete sich auf, um zu widersprechen, doch schwankte bei dem Versuch bedrohlich. „Ich denke doch, mit viersig –"

„Mit Pfirsich?", fragte Tue unschuldig nach.

„Ganz recht! Mit Pfirsich Jahren – IN meinen Pfirsich Jahren –", er drehte sich galant in eine Pose, die wohl diese ominöse Pfirsichhaftigkeit unterstreichen sollte, „bin ich alt genug zum", er grübelte, gab es auf und endete:

„das zu tun, über das wir gerade gesprochen haben!"

„Was du bereits vergessen hast", ergänzte sie.

„So ist das in den Pfirsichjahren, du Küken." Tue gab es auf. „Right you are."

Das Glas landete wortlos vor Matth, der es hinunterschüttete und rabiat auf die Bar knallte. Ein Klassiker aus den 2010er-Jahren erschallte, Matth schmiss sich nahezu auf die Pfennigabsätze, sie knirschten auf etwas Undefinierbaren, das sicherlich schon so lange wie dieser Song in dem Club herumgeisterte. Er zog sie mit sich.

Die Tanzfläche war gefüllt mit Mittdreißigern, die sich unrhythmisch und schamhaft von links nach rechts wiegten. Nur eine Gruppe, die in schnellem Biskaya-Kreol miteinander sprach und lachte, tanzte etwas ausgelassener. Matth ging in ihre Richtung.

Er blieb vor ihnen stehen und rief nach Tue. Zögernd näherte sie sich der Gruppe.

„Deine **Geschwister.**"

Entschuldigend schob sie Matth von der Gruppe weg, diese beäugte das Geschehen amüsiert.

Matthew zog sich auf die Bühne hoch, tanzte Teile des alten Musikvideos nach. Sie blieb vor der Bühne stehen, da bereits einige Blicke auf ihnen hafteten und sie nie wusste, ob diese ihrem besten Freund galten oder aber gefolgt werden würden von eilig hervorgezogenen Kameras, die TuesDay beim Feiern erwischen wollten.

Eine der Geschwister blickte unablässig in ihre Richtung, sie betrachtete ihr Gegenüber. Um die zehn, fünfzehn Jahre älter als sie, in gerader Haltung, etwas steif in den Schultern bewegten sich Ober- und Unterkörper unabhängig voneinander, bahnte sie sich einen Weg zu ihr.

Schlagartig wurde ihr bewusst, dass sie in ihrer betrunkenen Langsamkeit ihr Gegenüber minutenlang betrachtet hatte, die Röte schoss ihr in die Wangen.

Nervös ließ sie ihre Hand im Nackenteil ihres Afros verschwinden, schwenkte die Bierflasche und tränkte ihre Leggings somit unfreiwillig. Als sie von dem Fleck auf dem Hellrosa des Stoffes aufblickte, legte sich ein Schleier von Fingercurls vor ihre Augen und in ihr Ohr wurde etwas Unverständliches gebrüllt.

Sie lehnte sich ihrerseits zum Ohr ihres Gegenübers und schrie: „Was?"

„Von wo du auf der Insel kommst!"

Fragend sah sie ihr Gegenüber an.

„Welche Region, welche Generation?"

Sie begriff, antwortete: „Zweite Generation, deutsche Region im Westen."

Ihr Gegenüber hielt ihr umständlich trotz der Nähe die Hand hin:„Wir kommen aus dem französischen Teil", zeigte auf die anderen und endete bei einem schlaksigen Mann in den Zwanzigern, „außer ihm, er ist aus dem Norden".

Tue nickte den anderen zu, die ihr gerade zuwinkten. Beide blickten auf die Bühne, wo Matth immer mehr Blicke auf sich zog. Sie grinste, was ihr Gegenüber negativ einordnete: „Ich finde, er macht das super", hatte wohl Grinsen als Spott eingeordnet.

Tue nickte.

„Ich dachte, du lachst über ihn!"

„Nee, ich freu mich einfach. Weißt du, es war 'ne harte Zeit für uns beide. Es ist schön, ihn so zufrieden zu sehen, so ..."

„Ach, seid ihr zusammen?" Der Körper entfernte sich von ihr.

„Neee", ergänzte Tue schnell, „wir sind", sie stockte, „hm, ich würd sagen, unsere Familie."

„Ach, ihr wohnt zusammen?" Die verloren gegangene Nähe entstand erneut.

„Nee, nicht mehr."

„Aber –"

„Na ja, irgendwann muss mensch das Elternhaus doch verlassen."

Ihr Gegenüber nickte, sagte etwas, das wie ihr Bandname klang.

Tues Magen zog sich zusammen, sie hatte erneut nur ein Gespräch geführt, weil irgendwer sie erkannt hatte und auf etwas hoffte, das sich verkaufen ließ. Sie stellte sich auf eine dämliche Bemerkung ein. „Tue ..." war immer der Anfang für Fragen, die sie nicht gestellt bekommen wollte. Sie drehte sich weg, doch eine Hand auf der Schulter drehte sie um.

„Hey, hab ich was Falsches gesagt?"

„Weißt du", platzte es aus ihr heraus, „ich hab einfach keine Nerven für so unterschwellige Interviews. Ich brauch auch mal Freizeit."

Ihr Gegenüber blickte verwirrt, da machte es bei ihr klick. „Warte", sagte sie, „du hast *true* gesagt, oder?"

Ihr Gegenüber war nun noch verwirrter, nickte aber.

„Äh ja – was hast du denn verstanden?"

„Ich hatte – ", Tue unterbrach sich, „nichts. Magst du'n Schluck?"

Ihr Gegenüber nahm die Erklärung hin und nippte an dem Bier.

Später gab die Situation genug Sicherheit her, sodass Tue sich zu Matth auf die Bühne gesellte. Die Sicherheit, später im Hotel eine Tür hinter sich schließen zu können, ließ es zu, aus der Sicherheit des Wegdriftens zu entkommen und im Moment zu leben. Es genügte, später einen Raum zu haben, in dem sie existieren konnte, jede Verrücktheit unkommentiert Platz finden könnte, um das Wagnis des vollen Erlebnisses der Gegenwart zuzulassen. So sehr die Unsicherheit sie auch berührte, sie genoss die verloren geglaubte Nähe zu ihm sehr. Es war eine dieser Nächte, in der der Club, der sonst nur von weißen Queers besiedelt war, ihnen zu gehören schien.

Die Biskayani und sie tauschten kontinuierlich Blicke aus, webten ein Band durch die staubige, verrauchte Luft. Dies erlaubte ihrem Körper, sich der Musik endlich ungezwungen hinzugeben. All die Projektionen, die ansonsten einhergingen mit ihren Schwarzen queeren Körpern und Musik, schienen in diesen wenigen Nächten an Relevanz zu verlieren. Die Verbindung zwischen Musik und Leidenschaft schien nicht mehr etwas Schamhaftes, das alles bestätigte, was andere über sie dachten, schien greifbar in seiner Widerständigkeit. Der Schweiß rann an ihren Körpern herunter. An den Fenstern bildeten sich Rinnsale, der Bass ließ die Tropfen, die sich den Weg zum Boden bahnten, erschüttern.

Zu voranschreitender Stunde verloren sie das Zeitgefühl, bemerkten nur immer neue Getränke in ihren Händen, Flaschen, die herumgereicht wurden, versteckt vor dem achtsamen Auge des Barkeepers. Matthew schmiegte sich an die Wand der Bühne und Tues vorherige*r Gesprächspartner*in wiederum schmiegte sich an ihn. Entgegen dem schnellen, treibenden Beat wiegten die beiden sich langsam von links nach rechts. Sie nahm es nur am Rande war, genoss, wissend, dass diese wenigen Sekunden des Glücks, der Euphorie und der Sicherheit schnell zerbrechen würden. Zerschmettern an dem Alltag, den das Sonnenlicht in wenigen Stunden mit sich bringen würde. Doch wie die billige Mischung aus Rum und Cola sich heimlich durch den Club bewegte, von Mund zu Mund, so würde auch diese naive Zufriedenheit wider all der Konflikte des Alltags sich Wege bahnen.

* * *

Dwayne wartete an dem kleinen Vehikel, hier gab es den besten Espresso der Stadt, nur eine Ecke von seiner Arbeit entfernt. Das Gespräch mit seiner Chefin hatte er bis ins letzte Detail geplant. Neben den Schulungen wollte er mehr Befugnisse haben, den Laden durch seine eigenen Entwürfe des Ausbaus prägen.

Sein jetziger Beruf lag weit unter seinen Fähigkeiten, aber verlangte auch kein großes Maß an Verantwortlichkeit. Wenn er sich dessen annahm, wollte er auch mitgestalten können, sich selbst beweisen, dass die Jahre des Management-Studiums nicht nur der Versuch gewesen waren, vernünftig zu sein, sondern seiner Leidenschaft entsprachen. Die Antwort seines Ex-Freundes, den er um Hilfe zur Entscheidungsfindung gebeten hatte, ließ auf sich warten. Vermutlich würde dieser sich nicht durchringen, etwas so Zärtliches wie einen handgeschriebenen Brief an ihn zu senden, dachte Dwayne bitter.

Nicht, dass dies jemals sein Traum gewesen war, das Fotografie-Studium hatte ihn eigentlich für anderes vorbereiten sollen, einen Schritt weg von den drögen Träumen seiner Mutter, ihn in einem gut bezahlten Job zu sehen. Trotzdem, der Nebenjob gab ihm die Möglichkeit, in diesem Land Fuß zu fassen. Sein abgeschlossenes Fotografie-Studium galt hier nichts, aber sein abgebrochenes Management-Studium schon. Die Erinnerung daran, wie die Arbeitsberaterin emotionslos einen Strich gezogen hatte, der sein künstlerisches Schaffen auslöschte und aus dem Nebenjob seine Hauptfähigkeit machte. Der gelbe Marker, der die Annonce *Verkäuferische Tätigkeit im Optikerbedarf* dann eingekreist hatte, sollte seine Zukunft bestimmen.

Die Wahrheit war, er hatte Dinge gelernt durch diesen Job. Die Fotografie war nicht für immer aus seinem Leben verschwunden, war nur derzeit auf der Ersatzbank, redete er sich ein. Er konnte nicht zurück in die Hobby-Fotografie. Das würde sein Studium, sein Leben auf Biskaya ad absurdum führen. Deswegen blieb seine Kamera immer öfter zu Hause, scine Umwelt war nicht mehr eine Abfolge guter Motive, sondern verschwamm mehr und mehr in der Ödnis des Alltags.

Er ging um die Ecke, bereit, seine Bewerbung einzureichen. Sein Anliegen war, als Teilhaber einzusteigen, Entscheidungen zu treffen, diesen kleinen Ort mitzugestalten nach seinen Vorstellungen.

Eine Absperrung, die eine lieblose Geschichtsausstellung schmückte, engte den von Haus aus schmalen Gehweg noch stärker ein. Die Menschenmenge drückte sich ihm entgegen, er bewegte seinen großen, hageren Schwarzen Körper unter den Blicken der Menschen hindurch, hoffte, heute dank seines Anzuges Beleidigungen zu entgehen. Unter die gewohnte laute Geräuschkulisse der Touris mischten sich nach und nach gebrüllte Anweisungen und Rauch.

Dwayne blieb am Rande der Szenerie stehen, sein Blick glitt an der Hauswand hoch und betrachtete die Auflösung der Möglichkeiten der Umsetzung seines Entwurfes durch das Ausbrennen des gesamten Gebäudes. Gestern hatte er noch akribisch geplant, wie die Front aussehen sollte, die lange hinausgeschobene Sanierung kalkuliert. Doch ebenjene Hauswand hatten nun leckende Flammen gestaltet, als Überbleibsel nur Ruß, der die Hauswand schmückte.

Seine betrübt dreinblickende Chefin stand vor dem Laden. Schien gerade erst angekommen zu sein und fuhr mit der perfekt manikürten Hand über die verrußten Überreste ihres Geschäftes. Langsam näherte er sich der Szenerie. Er griff aus Gewohnheit an seine rechte Hüfte, doch statt seine Kamera dort zu finden, fand er nur den Ordner, in dem seine Entwürfe gut verpackt auf ihren Einsatz warteten. Vergeblich, denn er machte sich keine Illusionen.

Das Aussehen abgebrannter Häuser war ihm zu bekannt. Mit wenigen Blicken konnte er einschätzen, ob ein Haus bald wieder nutzbar sein oder eher als Ruine die Stadt markieren würde. Für ein ungeübtes Auge hätte dies nur nach ein wenig Reparaturarbeit ausgesehen, doch für ihn war klar, dass dies Jahre in Anspruch nehmen würde. Jahre, die keiner zu investieren bereit wäre, die seine Chefin nicht warten würde.

Er ließ den Dokumentenhalter zu Boden fallen, ging noch einige Schritte in Richtung seiner Chefin. Durch die fehlenden Worte klebte seine Zunge am Gaumen, verhinderte den Zuspruch, den sie gebraucht hätte. Wie festgefroren stand sie dort, ihre perfekt manikürten türkisen Nägel im Dreck der Hauswand vergraben. So, als könnte sie, wenn sie nur genug Kraft aufbringen würde, die Zeit anhalten und durch reine Willenskraft den Alltag zurückholen.

Dwayne wusste, was darauf folgen würde. Auf die Fassungslosigkeit, die Hoffnung, dass alles nicht so schlimm wäre, wie eigene Vermutungen es befürchten ließen, folgte die Verzweiflung. Sein Mitgefühl wurde überdeckt von der kindlichen Neugierde, die ihn befiel. Er hatte diese Emotion so häufig gesehen, doch nie bei einer so kalten, so beherrschten Person wie seiner Chefin. Es schien etwas zutiefst Intimes zu sein, etwas, das zwar in der Öffentlichkeit passierte, doch jene, die dies voraussehen konnten, nicht sehen sollten. Nur jene, die hiervon überrascht waren, könnten angemessen reagieren. Doch bei ihm wäre es purer kalkulierter Voyeurismus.

Er betrachtete die Schultern seiner Chefin, sah, wie sie langsam zu heben anfing, und raffte sich auf, zu gehen. Als er sich umdrehte, erblickte er seine Mappe im Dreck der Straße. Er kniete sich zu ihr nieder, doch seine Hand verharrte, statt nach ihr zu greifen, in der Luft. Sein Gehirn begann die Situation zu begreifen. So, wie die Fingernägel seiner Chefin sich verzweifelt in die Hauswand gruben, würde er sich an diese Mappe klammern.

Mit einem Plan für ein Gebäude, das es so nicht mehr geben würde.

Das metallische Silber der Mappe spiegelte sein Gesicht verzerrt wieder. Seine Lachfalten, die blieben, selbst in Momenten, in denen es an *Freude* fehlte. Das schmale Gesicht umfasst vom Haarband, das seine immer länger werdenden Locks aus dem Gesicht verbannte, die schwere goldene Brille unter seinen breiten Augenbrauen. Ratlosigkeit statt Mitgefühl prägte seine Züge.

So, wie er sich hier betrachtete, sah er alle Teile seiner selbst reflektiert. Der gescheiterte Fotograf, der Migrant, der Brillenhändler. Doch war dies alles, was ihn ausmachte? War dies das Resümee seiner gelebten Jahre? 36 Jahre, und alles, was ihn beschrieb, lag in der Vergangenheit, in der Hand anderer. Sein Selbstverständnis schien sich als aufdringliche Leere in seinen Mundwinkeln zu kräuseln. Es fehlte ihm an Trauer, an Ideen dafür, wie seine Geschichte nun weitergehen sollte.

12

Das Bier hatten Tue und Matthew eingetauscht gegen türkischen Schwarztee, der ihre Hände in der Kalte der Morgenluft wärmte. Soeben hatte es 10 Uhr geschlagen, die letzten Partygäste waren von der Tanzflächc gcschlichen.

Es begann die magische *Verwandlung von der*die Ecke*, bei der die Angestellten in wenigen Minuten aus einem schummrigen Club ein liebreizendes Frühstückscafé machten. Der Dreck der Nacht wurde weggekehrt, die Fenster aufgerissen. Unter lautem Geklapper wurde das Büfett aufgebaut. Tues Magen rumorte bereits beharrlich, Matthew zog an einer Zigarette und lehnte sich an seine neue Bekanntschaft. Auch die anderen der Biskayani saßen draußen mit ihnen, in verschlafenes Schweigen gehüllt.

Sie schraken hoch, als der unhöfliche Kellner ihnen durch das Fenster entgegenblaffte: „Geht los, könnt wieder reinkommen."

Der schmächtige Mann-Biskayani raunzte etwas zu laut „rude boy" in Richtung des Kellners, der dies wortlos mit einer wüsten Geste kommentierte und sich auf den Weg nach Hause machte.

Sie ließen sich an dem Tisch nieder, der bereits abgewischt war, und stapelten nacheinander Brötchen, Aufstriche und Desserts auf Teller.

Schnellen Schrittes kam die Ladeninhaberin zu ihnen, gab Matth einen Kuss auf die Wange und sie unterhielten sich kurz auf Tschechisch. Sie drückte noch schnell Tues verschwitzte Schultern, bevor sie in der Küche verschwand.

Sie stopften sich das Essen in die leergetanzten Mägen und redeten kaum. Der schmächtige Biskayani war seufzend an Tues Schulter eingenickt und wurde abrupt wach, als sie sich auf den Weg machte, ihren leergeputzten Teller zu befüllen.

Als die Ladenbesitzerin zurückkam, hatte sie für die Tischgemeinschaft einen riesigen Krug frisch gepressten Orangensaft dabei und fragte Matth nach seinem Bruder.

„Ich mein, don't get me wrong, ich lieb ihn", antwortete Matth.

„Wir alle lieben ihn", beschwichtigte die Ladenbesitzerin ihn.

„Aber ... ich ertrage sein Gerede nicht mehr. Wie kann er sich nur in dieser Partei organisieren?"

Tue setzte sich möglichst geräuschlos auf. Matthews Bruder war Mitglied jener Partei, die traurige Berühmtheit erlangt hatte, weil sie für eine umfassende Einschränkung der Rechte von Biskaya stand. Sein Bruder, der der Legitimations-Schwarze für diese latent rassistische Forderung war, schien das ungünstigste Gesprächsthema für diese Tischgemeinschaft zu sein.

Die anderen setzten sich auf und warfen sich Blicke zu, doch Tue beruhigte sie: „Keine Sorge, Matthew ist eher sein Gegenentwurf. Wenn es nach ihm gehen würde, wären wir die Besitzer der gesamten EU."

Matth nickte dankbar.

Seine Sitznachbarin sagte: „Das wären wenigstens angemessene Reparationsleistungen."

„True", sagte die nächtliche Bekanntschaft, sah Tue an und schlug sich die flache Hand gegen die Stirn. „Tue, jetzt versteh ich, warum du vorhin so – reserviert warst." Sie richtete sich auf: „Aber mach dir mal keinen Kopf, wir finden die Bandgeschichte eh zum Teil – problematisch."

Der schlafende schmächtige Körper, der sich wieder an Tues Schulter gelehnt hatte, brummte mit geschlossenen Augen: „How charming du wieder bist."

Doch Tue blickte nicht aus Brüskierung in die Leere.

„Nein", sagte sie „ihr habt recht." Sie seufzte: „Gerade mag ich sie auch nicht. Es ... Na ja. Es ist halt irgendwie weniger Passion und nur noch Job."

Doch bevor Tue weiter darüber nachdenken konnte, was die Kritik in ihr hatte anklingen lassen, unterbrach ein Räusperer ihre Gedanken. Matths Gesprächspartnerin schien eine Antwort gefunden zu haben, richtete das Wort an die Gruppe: „Versteht mich nicht falsch, Matths Eltern haben bei dem Bengel definitiv was verbockt, aber er ist und bleibt sein Bruder ... Kannst du nicht ...?"

Doch er unterbrach sie: „Nein. Ich hab schon mit ihm geredet, ergebnislos."

„Weißt du was?", unterbrach Tue das Gespräch, „Es wurde besser zwischen uns, als wir auseinanderzogen, hat selbst er gesagt, sag ihm das. Er findet doch sicherlich schnell 'ne Zwischenmiete."

Matthew verlor sich grübelnd in seinem Teeglas, die Ladenbesitzerin drückte Tue einen Kuss auf und verließ das Geschäft. Die anderen begannen Diskussionen über Politiker aus ihrer alten Heimat, die sie kennen sollte, aber nicht kannte. Diese Gespräche ließen bei ihr eine Anspannung zurück, die die Ambivalenz zwischen Vertrautem und Wissenslücken in Menschen der Diaspora unweigerlich erzeugte.

* * *

Dwayne ließ die Mappe zurück, schritt die Straße entlang und hob geistesabwesend sein klingelndes Handy ans Ohr. Es war seine Chefin, sie erklärte die Situation, er schwieg zustimmend. Sie beendete das Gespräch mit seiner Kündigung.

„Natürlich, ich verstehe das.", antwortete er verständnisvoll, war doch mit den Gedanken bei seinen Schritten, bei dem Weg, den er sich bahnte.

Seine Füße trugen ihn die Stufen zur U-Bahn hinunter. Der Geruch, der aus der türkischen

Bäckerei strömte, ließ seinen Magen wohlwollend knurren, die Streitgespräche die aus dem danebenliegenden Kiosk schallten, ließen seinen Körper in die Habachtstellung gehen. Menschen hetzten durch den Schacht, um ihre Anschluss-U-Bahn zu erreichen. Doch seine Gefühle schienen vom Körper abgeschnitten, sie blieben ruhig, während sein Puls hämmerte. Er blieb stehen vor dem leicht verdreckten Wandbild, das niemand beachtete. Auf dem Schwarz-Weiß-Druck waren mehrere Lokführer zu sehen, ein Waggon, Personal und Passagiere.

Eines der Gesichter war sein Spiegel in die Vergangenheit.

Gab ihm die Haftung, um nicht durch die Erschütterung der Verunsicherung aus diesem Land zu fallen. Er stellte sich, so nah es ging, vor das Gesicht des einzigen Schwarzen Mannes auf dem Bild. Unter der Schlappmütze blickte sein Urgroßvater ihn an. Sein Blick mit der größten Selbstverständlichkeit geradlinig in die Kamera gerichtet. Die straff geschnürten Lederschuhe seines Urgroßvaters schienen Halt zu geben, seine weichen Chucks hingegen trieften vor Verunsicherung.

Die Geschichte seines Urgroßvaters glich der Geschichte von so vielen Schwarzen Menschen in den Zwanzigerjahren des zwanzigsten Jahrhunderts. Als Sohn eines Diplomaten wuchs er in dieser jungen Republik auf, gefesselt an die Stadt Berlin, mit zu viel

Prestige für viele Jobs, doch zu Schwarz für den gewöhnlichen Arbeitsmarkt.

Während seines Kunststudiums hatte Dwayne sich mit der Verwendung von historischer Fotografie im öffentlichen Raum beschäftigt. Als er auf dieses Bild gestoßen war, fiel ihm sofort auf, dass es wie aus seinen Erinnerungen herausgeschnitten wirkte. Der Hausbrand in seinen Kindertagen hatte jeglichen Beweis vernichtet, doch er erinnerte sich daran, wie er immer wieder dieses Bild betrachtet hatte. Für ihn waren die weißen Gesichter das Besondere gewesen, es fehlte ihm der regionale Kontext, das Verständnis dafür, was das Bild sagen wollte. Seine Mutter erzählte ihm die Geschichte hinter dem Gesicht. Dass dieses Bild markieren sollte, wie anders und seltsam die Anwesenheit eines Schwarzen Mannes in Deutschland, ja Europa doch wäre. Erzählte davon, wie wenig ihr Großvater von der Zeit in Deutschland berichtet hatte. Zu Beginn der Nazi-Zeit hatte sein Urgroßvater beschlossen, das Land zu verlassen, zurückzugehen in das Land seines eigenen Vaters. Aus der Ferne betrachtete er dann, was seinen Geschwistern passierte. Konnte nicht eingreifen, nicht helfen. Fand kaum Worte, um der Familie zu erklären, was passiert war. Dwayne war ihm nie begegnet, er hatte nur die Verbindung durch Erzählungen und Bilder.

Ausgerechnet in diesem Land, das sein Ur-Opa so verachtet hatte, war ihm ein unfreiwilliges Denkmal gesetzt worden. Weder gewürdigt durch eine Tafel noch erwähnt in Geschichtsbüchern verfiel es mit jedem Tag mehr.

An eines erinnerte sich Dwayne zu genau: Die Stimme seiner Mutter, noch tiefer als gewöhnlich, beim Versuch, die Stimme ihres Großvaters nachzuahmen. Generationen, die einander Moral lehrten, zum Bewältigen des Lebens. „Nur wenn der Verlust einer Gelegenheit dich zerreißt, wäre ihre Wahl die richtige gewesen. Um dich zu entscheiden, sollst du nicht überlegen, wie viel Glück dir etwas bringen würde, denn dies kann dir keine*r garantieren, sondern du solltest bedenken, welcher Schmerz dich überkommen würde beim Verpassen der Gelegenheit. Wenn dieser Schmerz dich fast erstickt, dann geh den Weg."

An dieser Stelle begann seine Mutter immer, verschmitzt zu grinsen, er stellte sich vor, wie sehr dieser alte Mann es geliebt hätte, seine Mimik in seiner Enkelin gespiegelt zu sehen. „Denn wenn du scheiterst, weißt du wenigstens, was auf dich zukommt. Wenn du es trotzdem schaffst, kannst du aus voller Überzeugung sagen, dass du dir dies nie erhofft hättest!"

Langsam ließ er den Blick von der Wand gleiten, ging zu dem Späti und bestellte sich einen starken Schwarztee. Der Zucker kratzte an der Pappwand des Bechers, der bittere Geruch kitzelte seine Nase. Die Frage eines anderen Kunden riss ihn aus seinen Gedanken, verwirrt blickte er auf.

„Entschuldigung, könnten Sie das kurz wieder-holen?" Der ältere Mann setzte erneut an: „Wonach suchen Sie? Wonach suchen Sie!", bei der zweiten Wiederholung schnellte seine Stimme nach oben, er fuhr fort: „Ich kann dir helfen, ich kann –"

Dwayne unterbrach den Mann, bevor er auch dies wiederholte: „Ich suche nichts. Einfach ein schwerer Tag. Alles unvorhergesehen. Manchmal ..."

Sein Gegenüber sah ihn verwirrt an. Der Verkäufer und der Kunde brachen in Gelächter aus.

„Manchmal ist scheiße, ist so. Da kannst du nichts machen, kannst du nur anders machen. Kannst du nur Neues machen!", erklärte ihm der Mann.

Der Verkäufer widersprach ihm: „Ne, kannst du auch Altes fertig machen, gibt doch immer etwas, das du mal begonnen hast, und dachtest, du machst es nie fertig. Jetzt ist die Zeit dafür."

Der Kunde pflichtete ihm bei. Dwayne antwortete verdutzt: „Das ... Es ist tatsächlich ein Ansatz."

Wieder brachen die beiden in Gelächter aus. „Wie überrascht er ist. Denkt, er ist der Einzige. Geht doch allen so in Berlin. Krise hier, Krise da. Is' für jeden immer der richtige Tipp."

Der ältere Herr pflichtete dem Verkäufer bei: „Sag ich mir selbst", und lachte erneut, „jeden Tag nach dem Aufstehen."

Die beiden verloren sich in weiteren Weisheiten, Dwayne verließ schweigend das Geschäft. Er blick-te auf seine Schuhspitzen, überlegte, was er be-gonnen und doch nie beendet hatte, dachte an all die Hürden, die vor ihm liegen würden. In seinem Alter sein künstlerisches Studium zum nächsten Abschluss fortführen, es schien zwecklos. Wenn seine Mutter noch leben würde, sie würde ihn einen Träumer schelten.

Im stummen Zwiegespräch rechtfertigte er die Idee vor seiner Mutter damit, dass die vernünftige Option soeben abgebrannt war. Erinnerte sich daran, was ihr Lebensweg gewesen war nach dem Brand des Hauses, in dem ihr Geschäft gewesen war. Auch sie hatte nach dem Ruin und dem Feuer einen unwahrscheinlichen Weg gewählt, auch sie war der Kunst verfallen. Trotz ihres Erfolges war ihre Hoffnung immer gewesen, dass ihre Kinder etwas *Sichereres* tun würden.

Dwayne legte zum Abschied die Hand auf die Schulter seines Urgroßvaters und schlich dann die Treppe zum Platz hinauf. Letztendlich schien alles ihn immer wieder dorthin zu lenken, wo weder Geld noch Sicherheit wartete. Etwas in ihm akzeptierte die Realität, dass er sein Studium weiterführen würde. Die Kraft, an die er nicht mehr zu glauben gewagt hatte, war an dieser vermoderten Wand unvermeidlich als Gegenbeweis hervorgetreten. So sehr er es auch verleugnen wollte, Fotografie war mehr als seine Liebe zur Kunst. Sie barg für ihn die Chance, über Zeiten hinweg Geschichten von Menschen an Orte und Bewegungen zu binden.

⚘ ⚘ ⚘

Der Schlüssel fühlte sich kalt an, zugleich gab er Tue das Gefühl von Wärme. Der Nachteil an einem einzigen Generalschlüssel war, dass dieser nicht mit vielen anderen zusammen klingelte. Dieses Klingeln, das einem das Gefühl gab, dass die Sicherheit nur noch wenige Schritte entfernt war. Aber auch die Möglichkeit, die Finger zwischen die Schlüssel zu stecken und aus ihnen einen Schlagring zu formen, gab es somit nicht mehr. Diesen Schlüsselschlagring fest an den Oberschenkel zu drücken, wenn die Nacht die Sicherheit nahm.

Sie spielte mit den Fingern Varianten durch, aus dem Schlüssel ein halbwegs brauchbares Instrument zur Augenentfernung zu entwickeln. Jedoch musste sie sich eingestehen, dass dieser Schlüssel nichts taugte für die Einbildung, wehrhaft zu sein.

Als sie um die Ecke im Flur des Neubaus bog, hörte sie Stimmen am Ende des Ganges. Sie bewegte sich in Unsicherheit, war es zu gewohnt, Gast zu sein, nirgends anzukommen. Hinter der nächsten Ecke sah sie eine grüne und eine blaue Uniform im Gang stehen, vor der Tür der Wohnung, die ihr endlich ein Heim bieten sollte. Selten hatte sie so sehr gehofft, dass ihre Erinnerung sie trügen würde, sicher war es nicht ihre Wohnungstür, nicht schon wieder würde ihr ein Zuhause genommen werden ... Es fiel ihr schwer, die Bilder von Plenz' Leichnam nicht die Oberhand gewinnen zu lassen.

Vorsichtig drückte sie sich an den beiden Beamten vorbei, hoffte, dass erst die nächste Apartmenttür die ihre war. Doch an dem Klingelschild prangte der Name Millow, es war unverkennbar ihre neue Wohnung. Unsicher blieb sie neben den Beamten stehen, diese bemerkten sie nicht. Die Tür zu ihrer Wohnung war offen, der magische Moment des Aufschließens war ihr verwehrt worden. Vorsichtig räusperte sie sich. „Entschuldigung, diese Wohnung ist …"

Sie wusste nicht, wie sie, ohne jemals in der Wohnung gewesen zu sein, von *ihrer* Wohnung sprechen könnte. Doch der Polizist nahm ihr dies ab. „Is' das ihre Bleibe?", fragte er, blickte knapp an ihr vorbei.

Sie nickte.

Der erste Polizist hustete abfällig, doch seinem Kollegen fiel eine Antwort ein: „Is' ja dann wohl eher was für Freigeister, nech?", er kicherte über seine eigenen Witz, den Tue unbeeindruckt ignorierte.

„Da ham Se aber viel Platz noch frei in der Wohnung", er betrachtete kritisch Tues kleinen Rucksack. „Kommt da noch mehr?", fragte er neugierig nach.

Tue nickte erneut. Sie erkannte sich selbst kaum wieder, ließ sich hier so infrage stellen, vor ihrer eigenen Wohnung. Sie räusperte sich erneut, hoffnungsvoll, dass dadurch der Mut zurückkehren würde. „Würden Sie mir bitte erklären, was Sie in meiner Wohnung tun?"

Der erste Kommissar nickte, schaute sie ernst an. Sie begann zu hoffen, mit ihm ein vernünftiges Gespräch führen zu können.

„Nun, wir wollten hier nur ein wenig die Ferne genießen, hier kann man ja gut ins Ferne starren." Die beiden glucksten.

„Ins *Weite*", entfuhr es ihr, „oder in die Ferne, aber nicht ins Ferne. Außerdem beantwortet dies auch nicht meine Frage. Wenn Sie keinen Grund haben, hier zu sein, freue ich mich darauf, Ihren Namen aufzuschreiben und Sie meiner wirklich sympathischen Anwältin ..." Sie geriet in Rage, brüskiert von der Überflüssigkeit der Polizisten.

Die lang erwartete Ankunft in ihrer neuen Wohnung hatte in ihrer Vorstellung anders ausgesehen. Sie hatte sie sich in den letzten Monaten häufig vorgestellt, auf jeder Couch, in jedem Hotel, das sie zur Not bewohnt hatte. Sie drängte sich an den Polizisten vorbei, warf ihren Rucksack in die Ecke.

„Also eigentlich", erklang eine andere Stimme hinter ihr, „sind die beiden Polizisten nur hier, um festzustellen, ob Sie wirklich Tue Millow sind."

Sie wandte sich um, sah in das Gesicht einer Mittfünfzigerin, die lautlos aus der Küche gekommen war. Diese hielt eine kleine Holzschatulle in den Händen.

„Vor zwei Tagen ist jemand eingedrungen und hat sich als Sie ausgegeben, sich Zugang zur Wohnung verschafft und versucht, Ihr Erbe anzutreten." Sie musterte Tue kritisch, verglich sie mit einem Bild, das auf der Holzschatulle lag, und schlussfolgerte dann: „Offenkundig liegt hier kein Irrtum vor. Ihre Vermieterin war so freundlich, mir mitzuteilen, wann Sie heute ankommen. Ich möchte Ihnen mein Beileid aussprechen, für Ihren Trauerfall."

Tue nickte, auch wenn es sie weiterhin schauderte, wenn Leute von *ihrem* Trauerfall sprachen, so als könnte der Tod für andere ein Glücksfall gewesen sein, als wäre es eine Frage des Blickwinkels.

„Hier nun das verspätete Erbe. Es musste erst durch den Zoll und ich benötige noch eine Unterschrift von Ihnen."

Schnell kritzelte sie ihre Initialen auf das Formular und nahm die Kiste an. Die beiden Beamten standen weiterhin ohne Auftrag in ihrer Wohnungstür. Doch als sowohl die Anwältin wie auch Tue sie fragend anstarrten, verabschiedeten sie sich unter Gemurmel und gaben endlich die Wohnungstür frei.

Umgehend komplimentierte Tue die Überbringerin aus der Tür, überfordert von der geänderten Dramaturgie dieses Momentes wollte sie möglichst schnell zu dem Protokoll zurückkehren, das nur in ihrem Kopf existierte. Sie begann zu zittern, doch das kannte sie bereits. Es war dieser Moment, in dem die Anspannung vergangener Monate, die Ratlosigkeit, die Gedankenkreise und das Gefühl der Hilflosigkeit keinen Anknüpfungspunkt mehr fanden, von der Seele rutschten, unter lautem Gepolter den Körper verließen.

Alles, was sie hielt, ließ sie unbeachtet in die Ecke fallen, in der bereits der Rucksack lag. Sie streifte die Schuhe ab, schüttelte die Socken von den Füßen und schloss die Augen. Die kalten Fliesen ihrer neuen Wohnung brachten ihr Ruhe. Ihre Zehen ertasteten die Fugen, und langsam, mit weiterhin geschlossenen Augen, durchwanderte sie das Zimmer. Ihr entwich ein kleiner Schrei, als sie sich den großen Zeh stieß. Nach dem Auftreten der Tür öffnete sie die Augen und schaute in den einzigen Raum, der bereits eingerichtet war. Eine zum Weinen scheußliche knallgrüne Küchenzeile blickte ihr entgegen, sauber geschrubbt von den Vormietenden, mit dem herben Geruch von Chlor und giftigen Markenprodukten besetzt.

Sie schlüpfte aus den Klamotten und schmiss sie beherzt in die Waschmaschine, sprang in ihr neues Badezimmer, das schlicht daherkam, ließ zuletzt ihren frisch geduschten Körper noch nass auf der Küchenzeile liegen.

Sie hatte weder Matratze noch Bett noch sonstige Möbel aus ihrer alten Wohnung mitgenommen. An allem klebte der Schmerz, an allem klebte der Tod. Während sie spürte, wie das Plastik, das sich als Arbeitsplatte ausgab, an ihrem nassen Körper zu kleben begann, zog sie sich hoch, schlüpfte in ihren Schlafsack und schlief stundenlang in der neuen leeren Wohnung, bis ihre Muskeln erschöpft vom Liegen waren.

13

Er blickte erstaunt in seinen Briefkasten, dort warteten zwei Briefe auf ihn. Der eine war, entgegen seiner Vermutung, die Antwort von seinem Ex-Freund. Das, wonach Dwayne sich in der Beziehung gesehnt hatte, Gesten der Nähe, so wie handgeschriebene Briefe, wurden erst Teil ihrer Beziehung, als die Liebe Geschichte war.

Es hätte etwas Romantisches gehabt, wäre nicht ihr Tonfall so reserviert gewesen. Sie nutzten beide einander für eine bessere Lebensgestaltung aus, sie waren eine halbe Ewigkeit zusammen gewesen und kannten einander, wie sonst keine*r sie kannte. Es war eine Kosten-Nutzen-Freundschaft geworden, die die frühere Liebe bis zum Erbrechen ausnutzte und karikierte.

Es schien fast ein Zeichen zu sein. In vielen Worten hatte sein Ex ihm erklärt, warum er den Schritt zur Teilhaberschaft wagen sollte und weshalb ein erneutes Studium absolut nicht zielführend wäre.

Zu spät.

In dem zweiten, dünneren Umschlag lag das Dokument, auf das er nicht mehr zu hoffen gewagt hatte. Diese über ein Jahr lang auf sich warten lassende Anerkennung seines Bachelors in Fotografie von der Insel hielt er endlich in den Händen.

Er ließ die Briefe in seiner Tasche verschwinden, machte sich leichten Fußes auf in seine derzeitige Zwischenmietwohnung, um sich an die Uni-Bewerbungen zu setzen.

* * *

Vorsichtig balancierte Tue ihren Körper, der schwer vom Alkohol war, durch die engen Gänge ihrer neuen Wohnung. Einige Kisten hatten ihren Inhalt entleert, andere hatte Tue in der Eile im Raum verteilt. Etwas knirschte unter ihrem Fuß, der Schmerz schoss ihr ins Knie. Ungewollt sackte ihr Körper zusammen, sie ließ es geschehen, streckte vorsichtig das Bein aus. Die Perle, die den Schmerz ausgelöst hatte, kullerte langsam über das Laminat. Sie betrachtete ihren Oberschenkel, bemerkte, dass die Poren immer größer wurden, der Haut war anzumerken, dass sie alterte. Noch immer schimmerte die Narbe aus ihrer Kindheit heller als das sonstige Gewebe, die Pigmente weigerten sich, sie verschwinden zu lassen.

Sie flüsterte: „Herzlichen Glückwunsch, Tollpatsch", das einzige Ritual, das sie an diesem Tag ertrug. Es verstimmte sie, doch dies war wohl das erste Jahr, an dem ihre Unzufriedenheit mit dem

Geburtstag nicht nur daher rührte, dass sie sich einsam fühlte. Ihr unerschütterlicher Glauben daran, aus jeder Krise mit neuer Stärke hervorzugehen, hatte einige Kratzer erlitten. Sie war sich sicher gewesen, dass es einen Sinn in jedem weiteren Bruch geben würde.

Etwas in ihr wollte, dass die an sie gestellte Erwartung, auf ewig dem Klischee der rebellischen Gegenden-Strom-Schwimmerin zu folgen, enttäuscht werden würde. Jetzt saß sie hier, war sich nicht mal sicher, ob es ihr 35. oder 36. Geburtstag war. Sicherlich würde nichts mehr passieren, das sie überraschen würde, sie würde auch sich selbst nicht mehr überraschen.

Lakonisch dachte sie:

Ab einem gewissen Alter
gilt jedes Verhalten
als zu *erwarten*.
Eine späte Ehe?
Typisch.
Weiterhin unverheiratet?
Das war zu erwarten.

Sie zibbelte weiterhin an der Stelle ihres Oberschenkels, an dem ihre Narbe begann. Musste sich eingestehen, dass sie es doch geschafft hatte, ihre Erwartungen zu enttäuschen. Mit einem wirklich gut gefüllten Konto, einer erfolgreichen Karriere und dem, was als *sicheres soziales Netz* bezeichnet wurde, erneut ohne Wohnung dazustehen.

Der Begriff *Obdachlosigkeit* schien nicht zu passen. Schließlich hatte sie ein Obdach gehabt, in jeder dieser Nächte. Ihr jüngeres Ich hätte sie gehasst dafür, die Situationen gleichzusetzen. Doch jetzt, in diesem Alter, erschienen ihr die Gefühle gleich, die sie damals und heute gehabt hatte. Die ständig präsente Erwartung, dass die gerade sichere Situation zerbrechen würde. Die Ruhe, die sie verspürte in den Momenten der absoluten Hilflosigkeit. Krise, Unsicherheit, das waren wenigstens vertraute Momente. Dies schien irgendwann die einzige Sicherheit zu sein, der einzige Zustand, in dem ihr Körper, ihre Seele und ihr Geist gemeinsam wussten, was zu tun war.

Während sich bereits ihre Botenstoffe auf den Weg machten, um den Körper in Panik zu versetzen, kümmerte sich ihr Geist darum, neues Futter zu geben für die nächste Flut der Angst. Doch jetzt saß sie hier, der Körper vollgepumpt mit ruheloser Ziellosigkeit. Es schien ihr, als würde sie nach Varianten suchen, sich in die gesicherte Unsicherheit zu katapultieren. Ihre linke Hand fuhr zur Ablenkung durch den umgekippten Karton, doch stieß auf den ungünstigsten Gegenstand. Sie zog ein Messer heraus. Das Metall fühlte sich zu vertraut an. Die Erinnerung trotz einiger Jahre kaum vergangen. Dies war ein Cocktail, an den nichts anderes herankam. Die Mischung aus Selbstverachtung, Erleichterung,

Schmerz und die nicht zu verachtende Zufriedenheit, die eigene Innenwelt auf den Körper gemalt zu haben.

Eigentlich war's nicht sehr viel anders als ein Tattoo, sagte sie sich. Eigentlich ... Sie fuhr mit der stumpfen Seite über die Narbe. Zählte durch, wie alt sie genau war. Zählte durch, wie lange es her war, dass sie solche Bilder auf den eigenen Körper geritzt hatte. Gerade, als sie ansetzen wollte für die 7, spurte sie, dass der Reiz, der früher Erleichterung gebracht hatte, nur noch Schmerz war. Erschrocken zuckte die Klinge zurück. Sie nahm ihre Wohnung, ihre Umgebung erneut war.

Gedankenverloren reinigte sie die Klinge an ihrem anderen Oberschenkel und ließ das Messer zurück in den Karton verschwinden. Sie blickte an ihren Beinen entlang, bis zu den Fußspitzen. Noch immer war ein Rest Nagellack zu sehen, sie konnte sich kaum noch an das Lackieren erinnern. Es schien in einem anderen Leben gewesen zu sein. Dahinter sah sie die Holzkiste. In den letzten Tagen hatte sie diese erfolgreich verdrängt, wollte nicht an dieses letzte Geheimnis denken, das sie mit ihrer Großmutter verband. Sie hob die Box langsam nach oben, ihr trunkener Kopf lobte die beeindruckende Eleganz nach solch einer Nacht. Es war kaum festzustellen, ob die Kiste wirklich alt war oder eher günstiger Schnickschnack aus einem Möbelgeschäft. In jedem Fall hätte es zu ihrer Grandma gepasst.

Sie lächelte, als sie sich vorstellte, wie ihre Großmutter reagiert hätte. Sicherlich hatte sie extra eine
Kiste ausgewählt, die besonders symbolträchtig
wirkte. Hatte sich vorgestellt, dass Tue bei Erhalt sofort in Tränen ausbrechen und den Inhalt umgehend
entschlüsseln würde.

Die Wahrheit war sehr viel pragmatischer gewesen.
Sicherlich hätte Oma sie angerufen, gefragt nach dem
Moment, in dem sie die Kiste geöffnet hatte. Wenn
Tue es berichtet hätte, hätte sie zischend ausgeatmet,
um ihr dann zu erklären, dass die Traurigkeit vor
allem daher komme, dass dieses Land ihr die Fähig-
keit nahm, magische Momente zu erkennen, wenn
sie passierten.

Sie schob die Gedanken fort und öffnete die Kiste,
diese war mit Briefen gefüllt. Bereits der erste ließ
die bekannte Handschrift erkennen. Klar und hart.
Die Zeit, in der ihre Oma in der Politik gearbeitet
hatte, war immer in ihrem Schriftbild zu erkennen
gewesen. Die Sprache ihrer Oma war alles andere als
magisch gewesen. Sehr fest, ohne jegliche Ausflüchte
hatte sie ihre Meinung geäußert. Die diebische Freude ihrer Oma gerade in solchen Momenten, in denen
andere Scham verspürten, einfach in den Raum zu
starren, fast so, als wäre nichts passiert, war, was in
Tues Welt schmerzhaft fehlte.

Das Innen und das Außen waren bei ihrer Oma
so getrennt wie nur vorstellbar. Es war Teil ihrer
Überlebensstrategie gewesen. In ihrer Klarheit gab

es keinen Raum, um sie als emotional zu bezeichnen oder ihre Fähigkeiten anzuzweifeln. Nicht, dass es nicht trotzdem passiert wäre. Doch konnte sie zu jedem Zeitpunkt diese Vorwürfe widerlegen, war nie einen Widerspruch schuldig geblieben.

Tues Melancholie war zu schnell vergangen, um sie als Trauerphase zu bezeichnen. Ihre Finger hatten den Brief geöffnet, Reste vom Blut drückten sich vom Oberschenkel von hinten gegen die Schrift. Sie begann zu lesen:

Hallo Oma,

Tue hickste vor Lachen, etwas Magensäure schoss die Speiseröhre hoch, sie schluckte.

ich schreibe das, weil so viel zu wenige Briefe in dieser Welt begonnen haben. Oder anders gesagt: Zu wenige Briefe, die an mich gerichtet waren, haben so begonnen.

Tue, ich bin mir relativ sicher, dass du am Ende dieses Briefes, egal wie tragisch mein Tod auch gewesen sein mag, mit Wut dort sitzen wirst, wo du gerade bist.

Solche Briefe, quasi aus dem Jenseits, sollten recht ausführlich sein. Ich weiß das, ich habe mich beraten lassen. Jedoch widerspricht dies meiner Natur. Aber das weißt du ja sicherlich.

Ich versuche mich trotzdem in etwas emotionalem Bezug. Ich vermute, dass du mir fehlst.

Mit Sicherheit kann ich das nicht wissen, schließlich gibt es lediglich Theorien zum Leben danach. Trotz allem, jetzt, wo ich noch lebe, stelle ich mir das so vor. Halten wir also fest: In einem hypothetischen Leben danach, bin ich mir recht sicher, dass ich dich vermisse.

Ich werde auch jegliche Witze unterlassen, die sich darauf beziehen, dass du mein einziges Enkelkind bist und deswegen mein liebstes. Ich weiß, dass das einzig verbindende Element, das dieser Satz bringen würde, wäre, dass wir gemeinsam darüber die Augen verdrehen würden.

Deswegen lass es mich so sagen: Mir wurde immer beigebracht, dass Dankbarkeit der Familie gegenüber das Wichtigste ist. Leider ist unsere Familie gestraft mit fürchterlichen Charakteren. Bevor du auf die Welt kamst, hatte ich schon aufgegeben. Leider hast du meine These nicht gestützt, zu dir habe ich wirklich eine Verbindung gespürt.

In Liebe

Deine Großmutter

PS: Nun, dir wird sicherlich aufgefallen sein, dass daran nichts weiter Schreckliches war. Der schreckliche Teil soll nun folgen: Du hast mir oft Fragen gestellt, die ich nur unzureichend beantwortet habe. Fragen bezüglich deiner Familie, unserer Familie. Diese Briefe sollten dir Aufschluss geben. Sie werden aber auch neue Fragen aufwerfen. Ich habe lange an verschiedenen Varianten geschrieben, in denen ich mich rechtfertigen wollte. Die schlichte Wahrheit ist: Mein Egoismus hat mich dahin getrieben, mir einzureden, dass es fairer wäre, den Schmerz, der nun folgen wird, nicht mit dir zu teilen. Wie absolut beeindruckend unzulänglich von mir, dies in diesem Brief zu schreiben, statt es dir in derselben Zeit einfach zu sagen.

Aber ich sollte aufhören, hier so schlecht von mir zu schreiben, denn wie du weißt:

Über die Toten nur Gutes.

Die einzigen Worte, die sich trotz der Flut an erdrückenden Emotionen in ihr klar äußerten, waren: Wenn ihre Oma sich so viel Zeit genommen hatte, würde sie dies auch tun.

Gerade in diesem Moment war der Alkohol noch zu wirksam in ihr.

Sie drückte sich vom Boden hoch, mit dem Brief ihrer Großmutter zwischen den Zähnen, und klebte ihn an ihre neue, grässliche Tapete, murmelte sich selbst zu: Die erste Deko, und begann damit, ihre Wohnung einzuräumen. Denn sie war sich sicher, dass, wenn es ein Leben danach gab, ihre Oma durch den Brief blickend ihr verurteilende Blicke zukommen lassen würde, ob des Zustandes ihrer Behausung.

Statt sich mit den Worten ihrer Großmutter zu beschäftigen, beschloss sie, in ihre eigenen Geschichten zu tauchen. Mit Kaffee bewaffnet suchte sie nach dem großen blauen Müllsack, dieser war bis oben hin gefüllt mit gefalteten, zerknüllten und losen Klebezetteln. Sie ließ sich in ihrem Flur auf den Boden sinken, riss den Müllbeutel linksseitig auf und breitete das Wörter-Meer vor sich aus. Für jeden Monat des Jahres hatte sie eine Stiftfarbe, für jedes Jahr einen eigenen Müllsack. Sie ignorierte die drückenden Kopfschmerzen, ließ sich stundenlang auf das Papier-Meer ein. Die Wörter schwappten aus den nur zum Teil leserlichen Notizen in ihre Wahrnehmung. Sie schob die Zettel hier- und dorthin, ließ einzelne Wörter auf sich wirken. Manche Zettel markierte sie auf der Rückseite mit der Farbe Weiß. Weil sie es nicht ertrug, selbst beim Sortieren, die Erinnerungen zu lesen, die auf ihnen notiert waren.

Ihre Beine waren der Länge nach ausgestreckt, dienten als Trennung zwischen den verschiedenen Zettelbergen. Oben an ihrem linken Bein begann das Jahr mit Türkis im Januar. Ihr Körper hatte endlich genug Masse, ihre Seele genug Ruhe, um die Berührung der Papiere erdulden zu können. Deren spitzen Enden bohrten sich in die Haut, wie die zum Ersticken intensiven Momente, die sich einen Weg in Tues Erinnerungen bahnten.

Ein weiterer blauer Sack wartete darauf, sortiert zu werden. Das letzte Jahr hatte zu viel Schmerz mit sich gebracht, zu viel Unruhe verursacht und die Silvesternacht war an ihr vorbeigegangen als eine von vielen Nächten. Sonst hatte sie sich immer zu dieser Jahreszeit in den eigenen vier Wänden verkrochen, die Zeit mit dem blauen Sack verbracht und Neues daraus kreiert.

Ihre Idee, alles zu verbrennen, hatte Matth dazu gebracht, ihr anzudrohen, dass er den kompletten Inhalt kopieren und unzensiert veröffentlichen würde. Auch wenn ihr klar war, dass dies mehr Drohung als Realität war, wollte sie doch das Risiko meiden. Vor allem jenes, es später zu bereuen.

„Denn, wenn du's nicht durch deine Texte erzählst, landeste doch nur wieder auf der Therapeutencouch, honey, and you know", sie erinnerte sich, wie er die Augenbraue hochgezogen hatte, als würde allein diese Mimik ihre Erinnerung auffrischen, „ich kann dich nicht alle zwei Jahre aus dieser Hölle puhlen und ich weiß auch nicht, wie lange du weiterhin das Glück hast, dass alle dichthalten."

Vorsichtig befreite sie sich aus den Schichten von Papier, griff sich den anderen Sack und ließ seinen Inhalt über die in stundenlanger Kleinarbeit sortierten Zettelberge rieseln. Sie ließ sich auf ihren Bauch sinken, lag flach vor der jetzt noch beeindruckenderen Anhäufung an Ideen, Erinnerungen und Taktvorschlägen. Wieder begann das Schieben, Januar zu Januar Februar zu Februar ... ein Zettel nach dem anderen. Notizen, die in einer anderen Zeit entstanden zu sein schienen.

Sie sah Ränder von Kaffeetassen, die sie im Coffeeshop zubereitet hatte. Betrachtete undefinierbare Flecken von Krankenhauskost, die manche Ecken der Zettel dekorierten. Düstere Zeichnungen, die die Nächte in Erinnerung riefen, ellenlange Beschreibungen von Konzerten, in denen die Musik die Nerven entlastete, weil sie die Notwendigkeit der zwischenmenschlichen Kommunikation aufhob. Wieder und wieder der Name des Arztes, daneben die Worte:

SCHWARZRUND

Es ist passiert.
Es ist wahr.
Und du?
Du wirst es überleben.

14

Als Dwayne die Hochschule betrat, konnte er die Freude seiner Mutter nachfühlen, Orte zu betreten, die Schwarzen Leuten meist verschlossen blieben. Immer beim Betrachten ihres Passes hatte sie dieselbe Geschichte erzählt. Jene des Tages im Jahr 1992, als sie endlich ihre Ausweise in der Hand hielten. Das Jahr, das für sie so viel mehr Symbolkraft besaß als für die EU-Festländer.

Nach Jahrzehnten des Schwebens zwischen Fremdzuschreibungen wie Gastarbeiter, Vertragsarbeiter, Gast, Migrant etc. war sie endlich offiziell das, als was sie sich begriff, sich die ganze Insel verstand: Schwarze Europäerin.

Seine Gefühle gegenüber seiner Mutter waren bittersüß, zwischen Liebe und Schmerz, sie fehlte ihm. Seit dem Tag vor seinem siebten Geburtstag, als sie gegangen war, um sich selbst nicht beim Sterben betrachten zu müssen.

Wie er diesen Ort der heiligen Bildung und Kunst betrat, mit seinem anerkannten ersten Abschluss, mit einer Selbstverständlichkeit als Schwarzer Europäer, als Biskayani, überkam ihn ein Schauer der

Genugtuung. Er sah, wie die kleinen Bausteine des Widerstandes seiner Vorfahren unter seinen Füßen einen Weg ebneten, aufgrund dessen er diesen Ort betreten konnte.

Er glaubte fest daran, dass dieser Moment vielen Generationen seiner Vorfahren Tränen in die Augen getrieben hätte vor Rührung. Er hier, nicht als Gast, Hofbelustiger, sondern einfach als Künstler, der nach Höherem strebte.

Jahrhunderte hatte es gedauert, doch seine Schritte auf dem tiefschwarzen Boden zeigten, dass sich all die Tränen und der Schweiß seiner Vorfahren gelohnt hatten. Er war hier gelandet und würde Neues schaffen, als selbstverständlicher Teil eines Ortes, der Jahrhunderte gebraucht hatte, die Existenz seiner Vorfahren zu akzeptieren.

Als er seine Bilder ausgebreitet hatte, setzte er sich vor die Prüfungskommission.

„Sie haben einen sehr", die Prüferin blickte auf seine eng anliegende Hose statt auf seine Arbeiten, starrte ihm zu lange auf die Unterschenkel, *„femininen* Stil."

Dwayne ließ zustimmend seine Finger über den Daumen schnalzen, wenn ihm auch nicht bewusst war, was sein Gender mit seinen groben Schwarz-Weiß-Ablichtungen zu tun haben sollte. Die verärgerten Blicke, die er dafür erntete, verwirrten ihn nur noch mehr.

„Nun", schaltete sich der alte Herr mit der Kranzglatze energisch ein, „der Umgang mit Kritik ist
ein essenzieller Bestandteil der fotografisch-künst-
lerischen Ausbildung."

„Wodurch hatten Sie das Gefühl, dass ich ...?", setzte Dwayne zur Nachfrage an. Was daran war überhaupt eine Kritik gewesen?, fragte er sich. Feminines
als Negatives zu werten war doch viel eher eine Ma-
rotte der 2000er-Jahre gewesen, sollte doch mit der
Generation seiner Eltern ausgestorben sein.

„Wodurch? Das Androhen von körperlicher Gewalt", der alte Herr zeigte theatralisch auf Dwaynes
Hand, „ist wohl nicht gerade ein erwachsener Umgang."

Dwayne brach in Lachen aus. „Es widerspricht mir,
mit Gewalt zu drohen. Das Schnalzen ist doch ein
Zeichen der Zustimmung!" Für ihn schien es offenkundig, bis ihm klar wurde, dass er dieser Geste seit
seinem Umzug aufs Festland nicht mehr begegnet
war. „Bei uns", ergänzte er perplex.

Verständnislos sahen die Doktor/innen ihn an.
„Hier wird die deutsche Sprache gesprochen!",
schäumte die Stirnglatze, er antwortete: „JAWOLL",
woraufhin sein Gegenüber verdutzt innehielt.

Dwayne nutzte die Gelegenheit. „Gestik ist ja nun
streng genommen keine Sprache, außerdem ist es
eine wunderschöne Geste."

Nun schaltete sich die spärliche Figur am Rande
ein:

„Wenn man diese Impulshaftigkeit gewohnt ist, sicherlich, hier in unserer Akademie legen wir aber einen hohen Wert auf Klasse, auf ...“ Ihre Worte verebbten angesichts Dwaynes, der die von ihr erwähnte Klasse in Anbetracht der Klamotten der anderen bei Weitem ausstach. Sein tiefschwarzer Anzug mit der zart graublauen Krawatte war so glatt und adrett, dass der Blick unfreiwillig nach Fehlern suchte, die weder die glänzenden Schuhe noch die schnurgeraden Locks boten.

Ratlos blickte Dwayne auf seine Bilder, die unbeachtet auf dem Tisch der Prüfer*innen lagen. Irritiert davon, dass das Gespräch sich ausschließlich um eine kleine Geste drehte, um seine Hose und um vage Erklärungen dessen, wofür diese Akademie stehen würde. Die Prüfer*innen blickten sich gegenseitig an, schienen bereits ein Urteil fällen zu wollen. Er zuckte vor, griff über den Tisch in die Mappe und ließ die letzten Fotos aus ihr herausfallen, breitete die Bilder weiter aus und setzte sich galant.

„Ich freue mich, Ihre Fragen beantworten zu dürfen“, sprach er in das aufgebrachte geflüsterte Gespräch, das die Prüfer*innen hinter vorgehaltener Hand führten. „Das Fotoprojekt entstand in den Straßen von Amo im vorletzten Sommer, aber auch zu Beginn des letzten Jahres hier vor Ort. Ich habe versucht, Momente der Trauer einzufangen, jedoch nicht aus der Perspektive der Familien, sondern aus der derer, die das Unglück der anderen sehen und zerrissen sind zwischen Mitgefühl und Voyeurismus.“

Die Kranzglatze hob unterbrechend die Hand, doch die kalte Wut darüber, dass die Arbeit der letzten Jahre an der Form seiner Hose und dem Ausdruck seiner Zustimmung scheitern sollte, brachte Dwayne gerade erst in Fahrt.

„Das ist ein sehr interessanter Einwand!", sagte Dwayne, entschlossen, das Gespräch zu beginnen, auf das er sich vorbereitet hatte. Die Kranzglatze ließ verdutzt die Hand sinken und setzte an, um sich zu erklären. Doch Dwayne war schneller. „Nein, wirklich. *Natürlich* hatte auch ich Angst, dass es zum klassischen Straßen-dokumentarischen Wirrwarr wird. Doch ich freue mich, dass Sie betont haben, dass ich dem entgangen bin. Sicherlich haben Sie recht damit, dass in diesem Projekt noch Potenzial steckt, um es zu verbessern. Gerade deswegen bin ich froh", er nutzte die Gelegenheit, aufzustehen und seine Sachen zusammenzuräumen, „dass Sie mich nicht aburteilen, sondern Ihr professionelles Fachwissen mit mir teilen, um mich zu verbessern und meinen Weg weiter zu beschreiten".

Nun begannen seine Gegenüber, ihrem Frust murmelnd Ausdruck zu verleihen, doch Dwayne übertönte sie: „Es wäre ja ganz grässlich, wenn Sie mich zum Beispiel nur aufgrund meiner Herkunft oder meiner *Hosenform* nicht ernst nehmen würden."

Er schritt zur Tür, nachdem der Stuhl lautstark auf den Boden aufgeschlagen war. Bevor er der Tür half, es dem Stuhl gleichzutun, warf er den dreien entgegen: „Dafür wäre diese Akademie schließlich viel zu – zivilisiert."

Liebe Tue, diesen Brief schrieb mir mein Vater im Jahr 1992. Deine ersten Fragen werden hier beantwortet. In Liebe, deine Oma

Liebe Tochter,

wie ist es dir ergangen? Ich weiß, ich habe mir viel Zeit genommen, um dir zu antworten. Doch bitte denke nicht, dass deine Fragen nicht erhört wurden. Sie graben einfach tiefer, als ich zu befürchten mir erlaubt hatte.

Ich weiß selber nicht viel über den Mann, den du so treffend unseren Ursprung nanntest.

Er kam zu Beginn des 19. Jahrhunderts nach Deutschland, versklavt als Hofdiener. Er diente jahrzehntelang direkt dem Prinzen Friedrich Carl Alexander von Preußen. Die Geschichtsbücher negieren seine Geschichte, es gibt wenige Gemälde, auf denen er auftauchte. Doch der Mann, wie er in den Aufzeichnungen unserer Familie zu finden ist, scheint dem zu entspringen. In den Jahren, nachdem er „aus den Diensten entlassen" wurde, hatte er das Glück, dass der Prinz ihn zu sehr schätzte für eine Rücksendung oder Ermordung. Er heiratete eine jüngere Frau. Sie bekamen zwei Kinder, ich weiß nichts über die Schwester meine Uroma, nur dass sie in jungen Jahren verstarb.

Er lebte weiterhin in Charlottenburg, die Stadt wuchs rasant, war kaum verfestigt in ihrer Struktur und dies gab ihm die Gelegenheit, Teil dessen zu werden. Das Einzige, was meine Oma mir von meiner Uroma erzählte, waren deren Kindergeschichten. Wie sie in ihren Kinderjahren im immer größer werdenden Charlottenburg groß wurde. In einem Stadtteil, der erst zwischen Gestrüpp und Feldern Abenteuer ermöglichte und schon am nächsten Tag gerodet werden konnte, um Baufläche zu gewinnen.

Wie ihnen wohl das heutige Charlottenburg schmecken würde?

Achmed war wohl ein ruhiger Mann. Die Jahre des zwanghaften Amüsements hatten ihre Spuren hinterlassen, seine größte Freude war es, die Ruhe des Hauses zu genießen. Doch konnte er die Traurigkeit seiner Kinder kaum auffangen, die doch in ihren frischen Leben gerade erst lernten, mit dem Hass und der Verwunderung der Deutschen oder, wie du sie nennst, Weißen umzugehen.

Vielleicht hat gerade dies meine Oma dazu gebracht, meine Mutter so zu erziehen, dass sie nichts hinnahm. Sicherlich kommt unser geteilter Widerwille, Ausgrenzungen hinzunehmen, durch die Generationen hindurch.

Du fragtest, ob deine Familie gedient hätte unter Hitler.

Ich kann dich beruhigen, keiner von uns hat dies getan. Unsere krausen Haare brachten uns nur den einjährigen Ausbildungsdienst ein, danach war die Erleichterung in ihren Gesichtern zu sehen, dass keines unserer braunen Gesichter für den Führer einstehen würde.

Doch der unterschwellige Widerstand, den ich damals leistete, ist mit dem, was du geleistet hast, nicht zu vergleichen.

Ich bin berührt und mit Stolz erfüllt, weil du den Weg auf dich genommen hast. Dorthin, wo durch die Idee der Geschwister auf dieser kleinen verlorenen Insel sich ein hoffnungsvoller Widerstand zwischen den kolonialen Ländern darstellt. Ich verstehe deine Angst, dass deine Geschichte denen der anderen dort nicht gleicht.

Doch in diesem einen Punkt kann ich dich beruhigen, unsere Familie hat mit Sicherheit viel Schuld auf sich geladen, doch nicht jene, im Zweiten Weltkrieg gedient zu haben.

Ob dies nur an unserer Einstellung lag? Ich wage das zu bezweifeln. Ich glaube, die Stärke, dem zu widerstehen, lag auch darin begründet, dass wir nicht gewollt waren.

Auf einem Klebezettel der Oma:

> *Die Wahrheit, Tue, ist, dass er meine Mutter heiratete, um dem Wehrdienst nach einem Jahr der Grundausbildung zu entgehen. Er wusste nicht, dass mir dies mein Uronkel berichtet hatte. Wir alle brauchen Geheimnisse, um unsere Vergangenheit zu ertragen.*

Fühlte es sich für dich so an, als wärst du emigriert?, fragtest du mich.

Als ich das las, musste ich herzlich lachen. So häufig war mir diese Frage gestellt worden, so häufig hatte ich geantwortet, dass ich in deutschen Landen geboren worden war, dass ich dies meiner Tochter als Information wohl verwehrt hatte.

Du bist, ob es dir nun gefällt oder nicht, die deutsche Tochter eines deutschen Mannes. Eine Tochter, die, ich muss es erneut erwähnen, zu jung schwanger wurde. Es ist mir bis heute ein Rätsel, wie du mit 14 Jahren diesen Sohn auf die Welt bringen konntest.

Ich habe mit Spannung verfolgt, was in den Nachrichten berichtet worden ist bei den EU-Verhandlungen in Maastricht.

Gerade euer Vertreter ließ mich beinahe meinen morgendlichen Kaffee verschlucken, wie er dort stand vor all diesen Diplomaten, voller Inbrunst für die Unionsbürgerschaft für die Biskayani sprach, dies ließ mich erzittern.

Mir war nicht bewusst, dass die Staatsbürgerschaft der Menschen der neuen Heimat so sehr in der Schwebe ist. Ich bin erleichtert, dass du trotz deiner so nachvollziehbaren Wut auf deine Heimat Deutschland nicht der Naivität erlegen bist und deine Staatsbürgerschaft nicht vor Euphorie abgelegt hast. So sehr es mich auch erfreut, dass es nun andere Möglichkeiten für dich gibt, bitte ich dich doch, vor lauter Optimismus nicht zu viel Vertrauen in dieses neue Gebilde zu legen.

Achmeds Tochter hat sie mit so viel Schweiß und Tränen erkämpft, wirf sie nicht leichtfertig fort.

Da hast du's also doch geschafft, deinen alten Herrn dazu zu bringen, etwas zu erzählen aus der Zeit vor dir. Bitte verstehe, dass ich nicht über alles gesprochen habe, liegt darin begründet, dass der Schmerz über das Geschehen in diesem Land, doch auch in unserer Familie mit dem Verlust deiner Mutter, nur erträglich wird durch das Verdrängen.

In Liebe, dein Vater aus Berlin

Sie las den Brief wieder und wieder, in einzelnen Abschnitten, laut vor wie ein Gedicht. Wiederholte einzelne Zeilen, in der Hoffnung, ihn in der Gänze zu begreifen. Doch die Antworten ihrer Großmutter hatten nur weitere Fragen aufgeworfen.

Gerade die Verbundenheit mit ihr durch den geteilten Drang, zu erfahren, was ihre Vergangenheit war, berührte sie zutiefst. Sie konnte sich kaum vorstellen, wie diese verschwiegene, reservierte Frau als junges Mädchen und auch noch als erwachsene Frau wieder und wieder dieselben Nachfragen stellte. Die Fragen, die ihr Vater schon so häufig angebracht hatte, aber auch dieselben Fragen, die sie, Tue, als junges Mädchen immer wieder gestellt hatte.

Der Brief erklärte nicht die größte aller Fragen, die mit den Jahren entstanden und gewachsen war. Was war der Grund ihrer Familie dafür gewesen, über Generationen die eigene Vergangenheit mit Schweigen zu füllen?

Der Rand des Briefes war aufgequollen, ihre Hände schwitzten. Sie legte ihn in die Kiste, die sie offen ließ, und ging langsam in die Küche. In Gedanken versunken zog sie zwei Bier aus dem Kühlschrank, während sie sie öffnete, schritt sie umsichtig um die Kisten in ihrer Wohnung herum. Auf die Minute genau klingelte es. Matthew stand in der Tür, mit der versprochenen Ladung Fast Food und mit samtenen schwarzen Handschuhen, die für den Zweck des Kisten-Ausräumens mit Sicherheit unnütz waren.

Er balancierte die Gerichte in die Wohnung, drückte Tue kurz an sich, stemmte die Hände in die Hüften. „Let's go – würd ich dann mal behaupten, nech?"

Durch die Tür bugsierte sich Matthews Bruder, der entgegen Matths Bestrebungen weiterhin bei ihm wohnte. „Hey", begrüßte Tue ihn. „Ein bisschen Dankbarkeit wäre angebrachter, hab immerhin die alte Tourlaube hergekarrt", rotzte er ihr entgegen.

„Du meinst: Matthew hat den Tourbus hierhergefahren", antwortete Tue genervt. Sie kam noch immer nicht dahinter, wie er sich so schnell so tief greifend geändert hatte. Aus dem liebevollen, zärtlichen Mann, der er gewesen war, war ein rastloser, unruhiger und trauriger Haufen Festländer-Stolz geworden. Während Tue eine dritte Flasche Bier aus dem Kühlschrank beförderte, machten die anderen beiden sich daran, die ersten Kisten zu entleeren.

Matth saß auf dem Boden, hatte ihr den Rücken zugewandt. „Hon?", fragte sie verwirrt, „Schlafen ist erst später dran, erst mal wird geräumt."

Doch als keine Antwort folgte, ergänzte sie unsicher:

„Dachte ich so bei mir", und schritt auf ihn zu.

Als sie sich einen Weg gebahnt hatte, um ihn von vorne zu sehen, begriff sie, dass er den Brief ihres Uropas geöffnet hatte. Sie setzte sich auf den Stuhl, der schon von Kisten befreit war, wartete, bis er fertig gelesen hatte. Er blickte sie an, seine Mimik strotzte vor Fragezeichen.

„So schlimm, dass meine Familie aus Charlottenburg kommt?", fragte sie unsicher, doch er stieg nicht auf ihre Albernheit ein.

„Du hättest mir davon ...", fing er an, doch sie unterbrach ihn. „Ich habe das selber gerade eben erst gelesen."

Im Hintergrund rödelte Matths Bruder lärmend beim Auspacken einiger Bücherkisten im Flur, die er unter lautstarkem Gemurmel und abschätzigen Seufzern in das Bücherregal einräumte. Sie waren ausschließlich gefüllt mit Schwarzer Widerstandsliteratur, die er als *ideologischen* Mist beschimpfte.

Ausweichend antwortete Matth Tue: „Kluger Schachzug. Da hast du dir eine schöne Aufgabe für ihn ausgesucht."

Doch sie winkte ab. „Das hat er ganz allein hingekriegt."

„Vielleicht ist das sein unterschwelliges Schwarzsein, das versucht, ihn zur Vernunft zu bewegen", flüsterte Matth hoffnungsvoll, ergänzte ernster: „Wie geht es dir damit, hon?!"

Diese Frage zu beantworten schien ihr schier unmöglich. Sie hatte selbst nach der Antwort zwischen den Zeilen des Briefes gesucht. Es machte etwas mit ihr, das war alles, was sie mit Gewissheit wusste.

Es bewegte sie, dass ihre Geschichte so weit zurückreichte, doch aus Wut misstraute sie der eigenen Begeisterung. Warum hatte das niemensch vorher gesagt? Wie viel Kraft sie daraus hätte schöpfen können, dass ihre Verortung in diesem Land so weit zurückreichte. Wie viele Kämpfe sie nicht hätte kämpfen müssen, wie viel mehr sie auch vor sich selbst wert gewesen wäre.

Doch auch die erdrückende Wahrheit, dass die Jahrhunderte nichts an ihrer Rolle in der Gesellschaft geändert hatten, hemmte ihre Freude. Was Achmed davon halten würde, dass seine Nachfahren weiterhin in diesem Land waren, nicht den Weg zurück geschafft hatten und weiterhin nur dem, wie ihr Uropa zutreffend geschrieben hatte, „Amüsement" dienten?

Die Details, dass sie sich die Karriere selbst erarbeitet hatte, dass sie als einzige Schwarze Künstlerin in der alten Hamburger Schule unterwegs, erfolgreich und bekannt war, verblassten. Es war nur eine neue Rahmung: Alles Erreichte war so geschehen, wie es König Karl von irgendwas gefallen hätte. Sie erinnerte sich an die alten Revolutions-Lieder, die zu Beginn der Befreiung der Insel gesungen worden waren, in einem hieß es: „indem sie VWL, BWL, Jura zur Berufung machen".*

Das war es wohl gewesen, bei dem sie hätte zuhören sollen. Wie ein Kartenhaus stürzten all die Argumente zusammen, mit denen sie sich ihre Entscheidung schöngeredet hatte, weiterhin Künstlerin zu sein, trotz ihrer Politisierung. Für Achmed war dies der unerträgliche Schmerz gewesen, durch den er sein Leben lang gegangen war. Sie hatte sich dieselben Fesseln ausgesucht, die er überlebt hatte, um

---

* Zitat aus dem Song „Adriano (Letzte Warnung)" der Band Brothers Keepers aus dem Album „Lightkultur", das 2001 auf dem Label „Downbeat Records" erschien.

ihr durch die Generationen hinweg die Chance, am Leben zu sein, zu geben. Die Wut gegen sich selbst, die Wut, dass sie diese Schuld auf sich geladen hatte, weil sie um ihre Vergangenheit nicht gewusst hatte, erstickte sie. Sie verstand, warum er fragte, wie es ihr damit ging. Die Wahrheit war: Sie wusste kaum, wie es weitergehen sollte. Der Stapel der durchsortierten Ideen für Lieder lag unberührt in der Ecke, war ein Monument der Scham geworden. Sie hatte sich dies aufgeladen, mit ihrer naiven Entscheidung, all dem zu folgen, was andere in ihr sahen, tanzte, klatschte, sang und sah dabei gefällig aus.

Matthew las ihr Gesicht, schien auch ohne Worte zu verstehen, welche Dämonen in ihr gegeneinander ankämpften.

Vorsichtig berührte er ihr Knie, um sie in die Jetztzeit zurückzuholen: „Honey, du weißt aber schon, dass du nicht die Hofmusikerin von Alexander von irgendwas bist?!"

„Bin ich nicht? Bis du dir da sicher? Du weißt aber schon noch, dass ich von einem Festival zum nächsten gereicht worden bin für die Diversity-Quote?"

Er verkniff sich das Prusten, doch Tue wedelte mit der Hand, als Zeichen, dass sie ihn verstand. „Alles, was ich schreibe, was von Relevanz ist, landet nicht auf der Bühne. In den wenigen Momente, in denen ich mein Schwarzsein mal wieder spüre, höre ich im Anschlag der Gitarre, wie widerwillig die anderen sind. Ich habe das Gefühl, nur noch für die vier

Leute aufzutreten, die ganz vorne stehen. Doch ich sehe die weißen Hände, die sich an ihren Afros vergehen, ich sehe diese eifersüchtige Wut der anderen weißen Konzertbesucher*innen, weil ich sie nicht beachte. Aber was soll ich tun? Die letzten Monate haben mich immer weiter von meinem Publikum entfernt. Ich ertrage es nicht mehr, nur in der Metapher der Metapher über die Dinge zu schreiben, die mir wichtig sind. Doch selbst wenn ich über die Dinge schreibe, die mir wichtig sind, bin ich doch nur ...", sie stockte, „Achmed."

„Ich bezweifle, dass du Achmed bist", antwortete Matth pragmatisch, „Ich bezweifle sogar, dass Achmed *Achmed* war, ich glaube, für ihn war es ein Job. Er hatte keine andere Wahl, die Alternative wäre sterben gewesen. Aber in einem Punkt gebe ich dir recht ..." Tue blickte überrascht auf, es war nicht Matths Art, ihren Selbstzweifeln auch nur in irgendeiner Form zuzustimmen. Doch Matth beendete den Satz nicht, schien etwas zu überdenken.

„Ob wohl Achmed der ...?", Tue sah ihn fragend an.

„Der was ist?" Er blickte sie an, schien erst jetzt zu realisieren, dass er anderen Gedanken gefolgt war. Er räusperte sich, überging ihre Frage und endete: „Ich denke, du solltest etwas ändern. Ich kenne die Lieder, die du für dich, die du für uns schreibst. Und ich kenne den Mist, den du auf der Bühne an Ansagen verbrichst ... I'm sorry, aber jetzt, wo du es so ausgesprochen hast ... Warum ist es dir wichtig, ein großes Publikum zu haben? Ich mein, klar, Geld und so. Aber ansonsten, abgesehen davon? Sei doch mal ehrlich, die eine Hälfte verachtest du und den Rest erträgst du. Nur bei Wenigen bist du dir nicht sicher. Ist das der Raum, in dem deine Kunst passieren sollte? Klar, wenn die Presse auf dich herabsieht und über deine Haare lacht, dann bist du schon irgendwie ..." Er stockte, doch Tue beendete seinen Satz: „Achmed. Es ist schon irgendwie unfair, ihn so schlechtzureden. Ich mein ... hättest du das ausgehalten? Jahrelang angestarrt, nur Besitz zu sein und am Ende froh zu sein, überlebt zu haben, um wenigstens ein paar Jahre in den eigenen vier Wänden leben zu dürfen?"

Er wiegelte ab. „Nun, ich denke, dass ist keine Frage, die sich uns stellt. Oder die sich dir stellen sollte, Tatsache ist, er hat es überlebt ... Und nun, hon, kannst du versuchen, das Beste daraus zu machen. Das Beste aus dem zu machen, was er dir geschenkt hat, zu leben ..."

Sie prustete los, wegen des Pathos in seinen letzten Worten: „Ich glaub, du hast recht, ich sollte einfach Menschen Briefe zeigen und ihre gefühlsduseligen Worte als Grundlage für neue Lieder nutzen."

Er verfehlte sie beim Versuch, sie mit dem Sitzkissen, auf dem er gesessen hatte, zu treffen. Doch Tue betrachtete den Berg an Ideen nun etwas weniger als Mahnmal ihres Versagens, sondern als Gelegenheit, der Geschichte Achmeds ein Ende zu geben, das ohne Scham auskommen würde.

15

Ein *Achim* meint: Minderheit der Mehrheit

Beim gestrigen Konzert der „Künstlerin" TuesDay überraschte nicht nur die Tatsache, dass die Musiker, die sie sonst unterstützten und die Schwächen in der Stimme der Frontsängerin durch Virtuosität ausglichen, ab der Hälfte der Show die Bühne verließen. Doch ihre Beweggründe scheinen glasklar. Tue ist seit Jahren zu einer Art Ikone der schwulen (Erklärung: Der Autor nutzt schwul als Sammelbegriff für das unzureichende LGBTQAI*, das die Kämpfe der am stärksten stigmatisierten Gruppe, der cis-Schwulen, aus dem Fokus rückt) Szenen geworden, ihre damals publik gewordenen Affären mit Personen beider Geschlechter sorgten hierfür. Doch nach dem gestrigen Auftritt sollten wir überdenken, ob sie weiterhin ein Teil unserer Communitys sein sollte.

Die gewohnten Songs, die durch ihre Metaphern glänzten, wurden auf einmal unterbrochen. Die unplugged

Atmosphäre schien die „Künstlerin" nicht zu interessieren. Beinahe klamaukartig hüpfte sie von einem Bühnenrand zum anderen und begann, sich über den, wie sie es nennt, „weißen Feminismus" und „weiße Schwule" zu amüsieren, in ihrem, wie sie es mutigerweise nennt, neuen „Lied" „Achim".

Wie sie wohl reagieren würde, wenn wir hier von Schwarzem Feminismus reden würden? Man kann es sich nur allzu gut vorstellen. Wir dachten, gegen solchen Schwarzen Unsinn hätte Pierre 2011 damals den Hahn abgedreht, anscheinend erfolglos.

Danach verließen die Musiker die Bühne, bis auf eine kleine Gruppe anderer Ausländer mit ähnlich unangebrachten Turmfrisuren (nostalgisch denken wir in der Redaktion zurück an ihre elfengleiche Frisur auf dem vorletzten Album!), die begeistert zu klatschen begannen. Natürlich ist uns klar, dass dort Homofeindlichkeit weiterhin ...

Die Übelkeit stieg in Dwayne hoch. Die saloppe Anspielung auf den Attentäter, der im Jahr 2011 453 Menschen erstickt hatte, die Teil der Schwarzen Unabhängigkeitsbewegung gewesen waren, trieb seine Magensäure in die falsche Richtung. Auch sein Vater war dort, auf dem verdammten Kongress in der Berghöhle, gestorben.

Dwayne ließ den Artikel in den nächsten Mülleimer verschwinden, doch vorher hatte er sich den Namen des Songs und der Künstlerin umständlich herausgerissen. Wer so vom „*Brandenburger Tor*" gehasst wurde, könnte interessant sein.

Achim

Achims Geschichte begeistert ihn selbst am meisten
er berichtet ungefragt von all seinen kolonialen Trips
nennt sie selbst Erfahrungsreisen
hat auch schon mal statt Maggie Fufu aus der Tüte gekocht

Das eine Mal hatte er grade dem Busfahrer in Nigeria
warte mal – oder war es doch Sri Lanka
5 Cent mehr gegeben als unbedingt nötig
sein Abgewixe auf sich selbst ist herzlich töricht

Er sagt: „Darauf schwör ich"
nickt begeistert über die eigene fake Kanak-Attitüde
da wär ihm aber fast das Herz zerbrochen
als die Schwarzen Kinder auf der Straße
ihn Scheiß-Weißer nannten

Das, findet er, is' dann auch Rassismus
weist darauf hin, dass das mitgedacht werden muss
während wir über tote Schwarze Körper
in den Straßen sprechen
willst du, dass wir nun über dich debattieren
für deine weiße Trauer eine Lanze brechen
um dann zusammen gegen
u call it Fremdenfeindlichkeit anzugehen
weil wir ja ohne deine Zustimmung, dein Geld und dein
tolles Wissen
bestimmt eh auf verlorenem Posten stehen

Urbi et orbi
hiermit bist du offiziell weißer Antira-Profi

Das wurde Achim halt so in die Wiege gelegt
dieser Glaube daran, dass seine Meinung zählen kann
in diesem Gespräch, das auch ohne dich, dear Achim,
als Konstante geht

Achim predigt mir
sagt an, wo die Welt gerade steht
und er bestätigt mir
dass sich ja nicht alles um Rassismus dreht

Versteck mich hinter meinen Gefühlen
emanzipier mich zum Individuum
yup – ich hab nur gewartet auf dich Achim hilft auch dir
damit deine linke credibility
nicht an deinem Gemecker zerbricht
Puppe, hör mir mal zu und auf damit
Zicki, lass jetzt ma gut sein
weißt du, so'n netter Kerl wie ich
kann dir in deinem komplizierten Alltag
doch echt 'ne praktische Hilfe sein

Versteck doch dein objektives Köpfchen nicht
es geht doch hier mehr um das Faktische
so'n smartes Herzchen wie ich
mahnt, dass du mit dem Feminismus brichst

SCHWARZRUND

Dieses Privilegiendingens is' doch nicht so das Praktischste
denn dein favorite white activist
fühlt's halt einfach nicht

Ich werd nicht weiter kompliziert erfragen
„können wir Widerspruch gegen white feminists wagen?"

Stattdessen lern ich von dir
wie das so richtig geht
weil dieser Schwarze Mensch
ja nichts von Widerstand versteht

Und du predigst mir
sagst an, wo die Welt gerade steht
und du bestätigst mir
dass sich ja nicht alles um Rassismus dreht

Versteck mich hinter meinen Gefühlen
emanzipier mich zum Individuum
yup – ich hab nur gewartet auf dich
Achim hilft auch dir
damit deine linke credibility
nicht zerbricht

Achim, jibbet zu
selbst beim Häkeln bin ich mehr
21st Feminist
als wie du

Als einige Wochen später die Ablehnung seinen Briefkasten erreichte, war Dwayne nicht überrascht. Die letzten Tage hatte er damit zugebracht, einem schier endlosen Gedankenkreis erlegen zu sein. Es begann mit der Frustration darüber, dass alles in diesem Land nur davon abzuhängen schien, was er aus Sicht anderer war. Seine Leistungen, Entscheidungen, die er in seinem Leben traf, seine Arbeiten und alles, was in seiner Hand lag, hingegen schienen irrelevant. Es fühlte sich an, als wäre es unerheblich, womit er seine Zeit verbrachte. Am Ende des Tages blieb er im Auge des Gegenübers ein großer, hagerer Schwarzer Körper in zu enger Kleidung, der es irgendwie schaffte, die Verkörperung des unüberwindbaren Widerspruchs zu sein. Sowohl zu feminin wie auch zu bedrohlich in seiner Maskulinität. Spannend und willkommen, weil angeblich anders als die anderen, zugleich beängstigend und falsch mit derselben Begründung. Zu integriert für die Schwarzen Communitys, die sich an kolonialen Länderstrukturen festbissen, und doch zu Schwarz, um seiner EU-Staatsangehörigkeit entsprechend als Europäer zu gelten. Wirkliche EU-Bürger waren nicht jene, die ausschließlich den EU-Pass besaßen, sondern jene mit alten Länderpässen.

Sobald seine Gedanken diesen Punkt zur Genüge zerkaut hatten, folgte das Feiern des widerständigen Selbst. Er betrachtete sich wie durch eine Kamera, und die Szenerie in der Universität wurde mit

jeder Wiederholung gewagter, kraftvoller und beein-
druckender. Doch dies hielt nie lange an.

Dem folgten sofort die Selbstvorwürfe, er hätte
doch an seine Karriere denken, sich seine Kämpfe
besser aussuchen sollen. Was war ein kleiner Uni-
Bewerber schon? Eine kleine Fußnote im Ablauf
des Tages. Verbrauchte kaum mehr Energie, als eine
etwas längere Kaffeepause bringen würde.

Wenn er sich weiterhin
so der eigenen Wut hingab,
würde er
nie
etwas in diesem Land erreichen.
Er würde genau dem in die Hände spielen,
dem er versuchte zu widerstehen.
Er hätte doch einfach ...

Warum kam überhaupt er in die Situation, solche
Entscheidungen treffen zu müssen? Es lag nur daran,
dass die Gesellschaft ihn ausschließlich als das Andere betrachtete. Irgendwann waren diese Gedanken
zum lästigen Hintergrundrauschen in seinem Alltag geworden, der geprägt war von Bewerbungs-
schreiben und Spaziergängen. Bei denen er unin-
spiriert seine Kamera hier und dort herausholte und
sich doch nicht traute abzudrücken.

Das Bild am Halleschen Tor, das seinen Urgroßvater zeigte, hatte er in den letzten Tagen nicht mehr
besucht. Fast so, als wäre er an der Entscheidung für

die Bewerbung schuld gewesen, wie er ihn so naiv aus der Vergangenheit anblickte. Seine Geschichte war, wie der Beginn seiner Geschichte auf dem Kontinent, verbunden mit dem Ausschluss.

Als jedoch dem ersten Brief nur zwei Wochen später dank des Losverfahrens eine Aufnahme folgte, grinste er verschmitzt seiner Zukunft entgegen. Er hätte sich den Beginn dieses neuen Abschnitts anders gewünscht, doch sicherlich würden diese alten drei Herrschaften des Prüfungsgesprächs nicht mehr Teil der Studiengestaltung sein. Allein diese Hoffnung ließ es zu, dass er sich überwand, sein Erspartes in die Hochschulgebühren zu investieren.

drei

16

Liebe Tue,
dies erreichte mich im Jahr 2000, ein weiterer Brief
meines Vaters.
In Liebe, deine Oma

Hallo meine Liebe,

es war schön, dich und deinen Sohn diesen Sommer zu
sehen. Es ist wirklich erstaunlich, wie viele derzeit nach Biskaya ziehen. Oder sollte ich eher sagen: Wie viele es auf die
Insel zieht? Wie viele letztendlich bleiben werden, wird sicher erst die Zeit beantworten können. Ich muss gestehen, so
langsam begreife ich, warum die Sicherheit auf dem Festland
abgelöst wird von der Sicherheit bei euch. Die Geschehnisse
vom Juni, der Tod des Bruders, aber vor allem die Demons-
trationen danach in Deutschland und Frankreich liegen mir
weiterhin schwer im Magen. Es half, mit euch darüber zu
sprechen. Es tat gut, vertraute Gesichter zu sehen, die nach-
vollziehen können, wie es sich anfühlt, wenn das Land zer
rissen wird von all dem Frust, der sich über die Jahrhunderte
angestaut hat.

Wie sehr würde es mich freuen, Enkel zu haben, mit denen ich diese Zeit teilen kann. Die meinen altersbedingten Pessimismus berichtigen, mich daran erinnern, dass solch schmerzhafte Veränderungen auch immer Neues mit sich bringen.

Doch die Hoffnung darauf habe ich bei deinem Sohn schon lange aufgegeben.

Es war nie meine Absicht, ihn zu verletzen, und doch muss ich auf meine alten Tage eingestehen, dass meine Sturheit, und sicherlich auch die Prägung meiner Zeit, genau dies zur Konsequenz hatte. Ich werde seinen Lebensstil, seine Lebensentscheidung nie gutheißen können, aber ich verstehe nun, dass meine Gewichtung dessen bei Weitem nicht zu rechtfertigen ist. Als wir bei ihnen zum Essen waren, war mein Schweigen kein Zeugnis von Widerspruch. Ich spürte und verstand, dass das, was ihn und diese zwei anderen Menschen verband, dem, was mich und deine Mutter verband, sehr ähnlich war. Ich verstehe nur nicht, warum er, wenn er doch anscheinend die Liebe zu einer Frau empfinden kann, sich trotzdem dem Mann so verbunden fühlt. Doch ich denke, dein Sohn ist so klug, wie ich in meinen Jugendjahren war. Sein Appell an mich, doch Unverständnis nicht zwischen die Familie treten zu lassen, hat mich wahrlich mundtot gemacht.

Vielleicht bietet ja diese junge Frau doch noch die Chance auf ein Enkelkind. Sie mailte mir später noch das Lied, von dem sie berichtete. Bitte richte ihr doch aus, dass mich die Zeile „Ich habe einen blauen Pass mit 'nem goldenen Sternenkranz drauf, dies bedingt, dass ich mir oft die Haare rauf" so sehr brüskierte (wenn sie doch nur zu schätzen wüssten, was wir ihnen erkämpft haben!), wie sie mich amüsierte. Und was erst dieser Spross uns alles beibringen würde! Ich sehe das Kind schon vor mir, keck mit seinen acht oder neun Jahren dem Urgroßvater erklärend, wie die Welt funktioniert. Und das ist doch der Grund, warum wir uns Generation für Generation abschuften, manche von uns den Teil der Welt wechseln, in dem sie leben, Häuser niederreißen und neue errichten. Damit am Ende dort klügere und schönere Wesen entstehen, die uns all unsere Unzulänglichkeiten vor Augen führen, während sie zugleich bestätigen, dass alle unsere Kämpfe sich gelohnt haben.

Wie dieses Kind wohl seine Welt begreifen würde?

Du, dein Sohn und ich sind schließlich so viele Generationen, die so viele Abschnitte miterlebt haben. Das Kind, das uns alles spiegeln würde, dessen Entscheidungen immer das Gewicht der Generationen auf den Schultern tragen würden. Erinnerst du dich noch daran, wie es dir nach meinem Brief im Jahr 1992 ging? In diesem Jahr trat Achmed in dein Leben, du stelltest alles infrage. Doch jetzt, nur wenige Jahre später, scheint es fast so, als hättest du schon immer von ihm gewusst. Mit welcher Selbstverständlichkeit du dort auf der Insel sprichst, von den Generationen Schwarzer Deutscher, die vor dir kamen, dein Stolz brachte meine Brust beinahe zum Platzen. Doch ich möchte noch auf die Frage eingehen, die du mir wieder und wieder gestellt hast.

Es tut mir leid, auch ich kann dir nicht sagen, woher er kam. Ich weiß, dass mein Bruder lange Jahre nach der

---

* Basierend auf einem Zitat aus dem Song „Fremd im eigenen Land" der Band Advanced Chemistry, der 1992 als Single auf dem Label „MZEE" erschien.

Antwort auf diese Frage suchte. Wir hören nicht mehr voneinander, doch ich bin mir gewiss, dass, wenn er eine Antwort gefunden hätte, er sie mir gesagt hätte.

Dennoch eine Frage, die uns begleitete, vor allem in der Zeit des Nationalsozialismus. Je häufiger die Außenwelt infrage stellt, wer du bist, desto relevanter wird es, dies herauszufinden. Doch die Antwort ist wohl verschollen, nur Mutmaßungen können wir anstellen, der Name, die Beschreibung, die Region ... Doch das wirklich Wichtige, die Frage nach dem, wie er sich verortet hätte, bleibt verloren. Ob er sich wohl nach den Jahrzehnten als Charlottenburger gefühlt hat? Vielleicht ist das die Antwort, die ihm am meisten gefallen hätte. Woher seine Nachfahren stammen? Aus Charlottenburg.

Ich freue mich schon auf den nächsten gemeinsamen Sommer. Hier in Deutschland zerreißt mich die Resignation der Geschwister, bei euch zu sein gibt jedes Mal Ansporn, mich selbst infrage zu stellen. Ich erkenne auch meine Grenzen, meine Sturheit, aber vor allem habe ich das Gefühl, dass die Luft den Weg in meine Lungen so viel einfacher findet.

Mit Gruß aus Berlin
Dein Papa

Auf einem der gewohnten Zettelchen stand:

Wenige Wochen nach diesem Brief ist er, dein Uropa, verstorben. Ich hatte nicht die Gelegenheit ergriffen, ihm zu antworten.

Tue ließ die handbeschriebenen Seiten zurück in die Kiste verschwinden. Es hatte sie nach dem letzten Brief ein Jahr gekostet, diesen zu lesen. Stoisch strich sie immer wieder über ihren linken Arm, spürte, wie die Härchen sich aufrichteten. Der Kloß in ihrem Hals schien mit jeder Sekunde zu wachsen.

Sie begriff, dass die ersten Worte, die sie beschrieben, nicht nur vor ihrer Geburt, sondern bevor ihre Eltern sich überhaupt getroffen hatten, gedacht worden waren. Bevor sie sich eingestanden hatten, noch in ihrem damaligen Alter ein Kind zu dritt in die Welt setzen zu wollen. Bereits damals schrieb ihr Uropa ihre Rolle in der Gesellschaft fest, beschrieb Konflikte, die sie erst viele Jahrzehnte später durchlebte.

Es beruhigte sie, dass das Wissen um Achmed nicht nur bei ihr diese Zweifel ausgelöst hatte, und doch nahm es ihr die Sicherheit, wirklich über das eigene Leben zu entscheiden. Es schien fast so, als wären alle ihre Bestrebungen, alle ihre Wünsche und Verhandlungen über das Selbst innerhalb dieser

Gesellschaft nur Konsequenzen dessen, was die Generationen vor ihr geleistet hatten.

Gedankenverloren griff sie zu Stift und Papier, notierte:

Die Verortung in der Revolution macht dich zum Teil
Von uns, der unindividuellen Generation
Unsere Elders lehrten:
Aufmucken, verändern und bewegen
Doch sie nahmen uns die Luft
Um unser Selbst in unseren Entscheidungen zu erleben

Innerhalb des letzten Jahres hatte sie es geschafft, die Umzugskisten aus der Wohnung zu verbannen. Der Boden war frei, fünfzig Quadratmeter, die dazu dienten, das Geschriebene der letzten drei Jahre zu betrachten und neu zu ordnen. Lieder zu entwerfen, deren Zukunft ungewiss war, denn sie hatte sich von der Band getrennt.

Der Artikel, der im letzten Jahr erschienen war, hatte den finalen Anstoß gegeben. Aber auch die Reaktion auf Tue Millow an diesem Abend, die Tochter des Charlottenburger Achmeds. Sie war nicht mehr die glattgebügelte TuesDay, die vor allem dazu diente, der alten Hamburger Schule, die seit Jahrzehnten damit kämpfte, als ausschließlich weiß gesehen zu werden, ein Alibi zu geben. Sie war die lang ersehnte Ausrede gewesen, warum weiterhin nur weiße Typen ihr Leid klagten und das Publikum die eigenen Perspektiven hineindenken musste.

Doch sie war dieser Rolle müde geworden, die Verkniffenheit des Genres frustrierte sie, der Schritt weg vom Label, weg von der finanziellen Sicherheit war der einzig richtige gewesen. Der Artikel aus dem *Brandenburger Tor* hing wie ein Mahnmal eingerahmt an der Wand. Denn all das, was der anonyme Journalist an ihr gehasst hatte, war das, was sie werden wollte. War die einzige Möglichkeit, weiterhin das zu tun, was ihr Denken beherrschte, die Musik. Es gab ihr die Möglichkeit, ohne Scham daran zu denken, was Achmed davon gehalten hätte.

Die Worte ihres Uropas hätte sie so viel früher lesen sollen, viele Selbstzweifel hätte sie nicht durchleben müssen. Sie streckte ihre Beine aus, betrachtete die nackten Füße. Zwischen den Zehen sammelte sich der Staub der letzten Tage. Die Außenwelt, geschweige denn die Dusche, hatte sie zu lange nicht gesehen, war verloren gewesen in ihren alten Worten, bei der Suche nach einer neuen Sprache.

Neue Worte, die es schaffen würden, ihren Geschichten und Gefühlen innerhalb dieser kolonialen Welt Ausdruck zu verleihen.

*Ich werde seinen Lebensstil, seine Lebensentscheidung nicht
gutheißen können ...*

Was hätte sie auch erwarten sollen? Die Erlebnisse ihres Urgroßvaters, die Jahrzehnte zwischen seinen Ausgrenzungserfahrungen und denen seiner Enkel verunmöglichten es, die Gemeinsamkeiten darin zu erkennen.

Ob ihr Urgroßvater sie geliebt hätte? Ausgerechnet diese Frage hatte sie sich nie gestellt, gerade jene war jetzt beantwortet. Sicherlich, sie hätten sich gestritten, doch am Ende wäre sie das Kind gewesen, auf das er gehofft hatte. Die Urenkelin, mit der er sich hätte streiten können.

Sie nahm seinen Brief erneut aus der Kiste, legte ihn zu den anderen Textbausteinen, die den Boden bedeckten. Unter ihnen auch Artikel, Kommentare und Anmerkungen, die sie nach ihrem letztjährigen Auftritt im Internet gefunden hatte. Seitdem war sie nicht mehr auf der Bühne gewesen. Doch im Internet hatte es viele Kritiken gegeben, sie hatte sich jede von Geschwistern ausgedruckt. Versuchte mit deren Blickwinkel, sich den Weg zu einer neuen Sprache zu erkämpfen.

Sie griff nach einer Notiz:

Achmed = Ware

Gastarbeiter + Vertragsarbeiter = ?

---> Nicht auch nur Arbeitsware?

Sie schob ihr Weinglas zur Seite, ignorierte das Rumoren ihres Magens und den Staub zwischen den Zehen. Sie begann den nächsten Versuch, etwas Neues zu erzählen, mit einer Sprache, die all dem gerecht werden müsste. Oder zumindest versuchen

sollte, nicht in der Bequemlichkeit der Mehrheits-
meinungen zu verblassen.

Herr Achmed kann nun gehen

Wurdest versklavt
Deiner Heimat enthoben
Setztest den Fuß auf weißen Boden
Dein erster Schritt im neuen Königreich
Verschleppten dich, behandelten dich tieresgleich
Kleideten dich in spotthafte Gewänder
Tanztest und klatschtest, die Weißen lachten wie Kinder
Nach Jahrzehnten gab es schmalen Lohn
Da ist es doch gleich, ob verschleppt oder angestellt
– Details!
Seht in den Abgründen der Geschichte
nur historisches Weiß
Achmed, der Hof-M, überlebte Jahrzehnt nach Jahrzehnt
Sein Durchhalten jetzt mein unnachgiebiger Selbstanspruch
Der jede Schwäche vernebelt
Neu verortet in der Revolution?
Bin nun Teil von euch
I better get used to it!
Werde die wahrgewordene Hoffnung meiner Urahnen
Die für mein Leben in Freiheit
Wieder und wieder alle Bequemlichkeit aufgaben
Doch ihre Opfer nahmen mir auch die Luft zum Atmen
Verwehrten, mich selbst in meinen Entscheidungen
zu erahnen

Nanntet ihn Freund – Mensch aber sicher nicht
Verschleppt, entrechtet, tanzte bitterlich
Verlernte fast, sein wahres Ich zu sehen

Doch euer Rassismus konnte es nie übermalen
Wusste ohne Rückhalt der Geschichte zu bestehen
Herr Achmed? Hat seine Schuldigkeit getan
Herr Achmed – kann nun gehen

Jeden Baustein, den wir stapeln
Um uns unsere Verortung zu bewahren
Könnt ihr wohl nur als zu aggressiv verklagen
Dürfen die Grashalme, die uns am Leben erhalten
Stets nur nach eurem Gutdünken gestalten
Alles über uns ohne uns
War, blieb und wird bitterer Alltag
Wenn wir für den Wunsch nach Selbstdefinition
Unsere Leben zerzerren
Plädiert ihr in euren alten Zeilen:

Never change a winning team!
Wie 1884 Kongokonferenz
When it's about oppressing black excellence
Trust only in white colonial intelligence

Nanntet ihn Freund – Mensch aber sicher nicht
Verschleppt, entrechtet, tanzte bitterlich
Verlernte fast, sein wahres Ich zu sehen
Doch euer Rassismus konnte es nie übermalen
Wusste ohne Rückhalt der Geschichte zu bestehen
Herr Achmed? Hat seine Schuldigkeit getan
Herr Achmed – kann nun gehen

Es war Mitte April, Dwayne ignorierte gekonnt den Inhalt des Seminars. Seine Vorstellung vom Studieren auf dem Festland war von der Realität zerschlagen worden, war geprägt gewesen vom Lernen auf der Insel. Doch hier schien er sich zu verlieren zwischen Rollen, die ihm zugeschrieben wurden, und jenen, in die er sich freiwillig begab. Das Unwissen der anderen Studierenden, die Ignoranz der Dozent*innen und die allumfassende Arroganz dieses Ortes zerfraßen seine Kreativität, zerstörten seinen bisher nicht zu stillenden Wissensdurst und ließen ihn nach jeder Vorlesung etwas unvollständiger zurück.

In der ersten Woche seines ersten Semesters hatte er noch einen Semesterplan gehabt, der überfüllt war von zu vielen Vorlesungen, die alle sein Interesse weckten. Doch dies bekam Risse nach der ersten Diskussion, in der ein Studierender begeistert von seiner Idee sprach, Obdachlose als lebende Kunstobjekte auszustellen. Dwaynes Entsetzen wurde nur überboten von seiner späteren Frustration darüber, dass er dies als Einziger für eine widerliche Idee hielt. Der Versuch, dies der Klasse zu erklären, endete mit dem Auftrag des Professors, zu diesem spannenden Thema ein Referat zu halten.

Er erinnerte sich daran, wie positiv ihn dies gestimmt hatte. Wie sehr er darauf gehofft hatte, dass dies ein Zeichen von Einsicht wäre. Heute wusste er, dass dies eine fortlaufende Strategie war, um mit Kritik umzugehen, ohne Konsequenzen umzusetzen.

Nach dem Äußern dieser Kritik war der Raum so gestaltet worden, dass er es dort nicht mehr ausgehalten hatte, wieder und wieder hatte er Seminare verlassen.

Jetzt, nach einem weiteren Semester, wusste er, dass dies nicht sein Weg sein würde. Er hatte sich für eine andere Strategie entschieden: schweigen, ertragen und merken, wie die Selbstachtung mit jedem Mal von ihm abbröckelte.

Er zog den Stift über das Papier, je nachdem, wie schwer der Inhalt des Vorgetragenen zu ertragen war, waren die Kreise rund und bleich oder eingeritzt in sein Notizbuch. Seine Locks waren mittlerweile so lang, dass sie den gesamten Rücken bedeckten, etwas, das ihm sehr zum Vorteil genügte. Er hatte sich Kopfhörer gekauft, die dunkelbraun waren und somit unter seinen Haaren im Ohr verschwanden. Regelmäßig musste er es meistern, einen wissenden Eindruck zu machen, obwohl er nicht die geringste Ahnung hatte, was im Seminar passiert war, wenn weiße Studierende nach der Vorlesung zu ihm kamen und von ihm die ultimative Schwarze Meinung hören wollten. Wenn er abends im Bett lag und endlich wieder Schlaf statt Panik fand, wusste er, dass das Studium die richtige Entscheidung war.

Er zog die gewohnten Kreise über sein Papier; sobald ihm Ideen in den Kopf schossen, notierte er sie zwischen den Windungen und Biegungen, die das Blatt nach und nach füllten. In gewohnter Regelmäßigkeit blickte er auf und betrachtete den Raum und die Dozierenden. Für den Fall, dass jemand eine Frage an ihn richtete, wäre er dazu bereit, durch eine Antwort Teilnahme an der Veranstaltung zu simulieren. Beim nächsten Blick nach oben, über seine Kopfhörer lief gerade der Soundtrack eines vor Kurzem erschienenen Films, sah er die Umrisse seiner Heimat an die Wand projiziert. Auf ihr ploppten immer wieder einzelne Fotos auf, ein eifriger junger Student, bestenfalls in seinen frühen Zwanzigern, zeigte auf sie. Die Augen des Studierenden leuchteten vor Begeisterung, während er ausschweifende Erklärungen zu den Bildern lieferte. Entgegen besseren Wissens zog Dwayne seinen Kopfhörer aus dem Ohr und wickelte ihn um eine Strähne.

„... ja, und genau deswegen habe ich mich hierfür entschieden. Es ist vor allem diese – Unberührtheit", die koloniale Euphorie führte dazu, dass er seine Augen noch weiter aufriss, „die die Leute dort so besonders macht. Also wir hier sehen ja immer nur ihre Vertreter, wie sie vor der EU sprechen, aber so die richtigen von Biskaya, die sind da ganz anders. Viel ruhiger im Alltag, genießen ihre Pausen und sind auch alle so wunderschön. Das sind wir hier gar nicht gewöhnt. Sind wirklich ganz wunderbare Objekte zum Fotografieren. Und sie sind auch alle so EX–"

„–TROVIERT?", beendete Dwayne hoffnungsvoll den Satz des begeisterten Kolumbus des 21. Jahrhunderts.

Dieser sah ihn verwirrt an. „Ahm, nein, ich meinte eigentlich –"

„Exponiert?", Dwayne setzte sein naivstes Gesicht auf, blickte das Jungchen direkt an, nicht einen Wimpernschlag Ruhe gönnte er seinem Gegenüber.

„Ich wüsste nicht, warum ich nicht benennen darf, wie ich sie sehe. Ist ja nicht so, als hätte ich irgendwas gegen die. Aber so für uns", er zeigte dramatisch in den Raum, „ist das halt schon was Neues."

Eine andere Studierende schaltete sich ein, sie schien ihre Sprache kaum zu finden vor Wut. „Könntest du bitte damit aufhören, deine Naivität dem ganzen Raum zu unterstellen? Immerhin gibt es doch sogar auf dem deutschen Bild, was wir uns letzte Woche angeschaut haben, schon einen Schwarzen, und zwar im 18. Jahrhundert!"

Nun begann der ganze Raum zu diskutieren, nachdem die weiße Studentin in dieselbe Kerbe geschlagen hatte wie Dwayne, schien auf einmal eine Diskussion notwendig. Er kannte dies bereits, ließ den Kopfhörer wieder in sein Ohr verschwinden und blätterte durch die Unterlagen der letzten Woche. Die Bitterkeit darüber, einen weißen Fürsprecher zu brauchen, belegte seine Zunge. Er war auch letzte Woche dem Unterricht nicht gefolgt, es war um Könige und Prinzen und allerlei Personen gegangen, deren prachtvolle Häuser sie bestaunen sollten. Als er jetzt das Handout der letzten Woche betrachtete, sah er die grässliche exotisierende Darstellung eines

Schwarzen Mannes inmitten von Weißen, die Pferde ritten.

Er strich langsam über die Fotokopie. Ein wenig hoffte er, eine Verbindung zu diesem Mann in der orientalistischen Kleidung zu verspüren. Was dieser wohl dazu gesagt hätte, dass gerade er nun als Beispiel für Repräsentation in Deutschland herhielt, so viele Jahrhunderte nach seinem Ableben? Ob er das Bild, das ihn darstellte, jemals selbst gesehen hatte? Ob vielleicht sogar ein überaus motivierter Künstler ihn hoffnungsvoll angeschaut hatte und er gezwungen gegrinst und ihm bestätigt hatte, wie würdevoll diese Darstellung wäre? Ob das vielleicht auch die Hoffnung des Studenten gewesen war? Dass Dwyne, als einziger Biskayani im Raum, begeistert aufspringen, ihn umarmen und dafür danken würde, endlich seinen Landsleuten eine Stimme gegeben zu haben? Ihm endlich erklärt zu haben, wie sein eigenes Leben wirklich ausgesehen hätte?

Er spürte ein Tippen auf seiner Schulter. Schnell strich er den Kopfhörer aus seinem Ohr, um sich von der Abschottung von der Welt zu befreien. Als er sich umblickte, sah er, dass alle ihn anstarrten.

250

17

Tue hatte aufgegeben, herausfinden zu wollen, wie sich ein Frühstück anfühlte, das nicht zwischen Bergen von Notizen verschlungen wurde, während die freie Hand fahrig verschiedene Rhythmen auf der Gitarre zupfte. Sie hatte es wenigstens geschafft, sich eine Routine anzugewöhnen. Aufstehen, schreiben, essen, schreiben, Takte notieren. Statt zwischen Tages- und Nachtzeit zu unterscheiden, schlief sie alle sieben Stunden für zwei Stunden. Dann begann der Ablauf erneut. Alle paar Tage schneite Matthew rein, erinnerte sie an das sogenannte Draußen.

Doch wie sie nun hier saß, hinter sich den Stapel an Briefen, der mit jedem Tag wuchs, war sie das erste Mal seit Jahren ganz verloren in der Suche nach Sprache, Gefühl und ihrem jetzigen Selbst. Sie hatte begonnen, ihre Gedanken in kurzen Sätzen zu veröffentlichen, schrieb sie in das soziale Netzwerk, bemerkte erst nach Wochen, welch großen Anklang diese erfuhren.

Die Geschichte unserer Vorfahren wird nicht nur
nicht erzählt,
sie wird
nicht gewusst.
Wenn du weiterhin deinem König im Geiste treu bist,
siehst du in uns,
in unserem Auftreten,
nur eine andere Kuriositätenshow
statt den Beginn einer gemeinsamen Geschichte.

Versunken in Bilder und Kommentare, die ihr geschickt worden waren, bemerkte sie nicht, wie sich die Tür hinter ihr öffnete. Leise Schritte tapsten durch die Zettelberge, erreichten sie unbemerkt. Eine kleine Hand legte sich auf ihre Schulter, Tue schrak hoch. Als sie sich umwandte, sah sie einen jungen Menschen, höchstens elf Jahre alt, die Haare zur Hälfte rasiert, zur anderen Hälfte zu kleinen Locks verdichtet, die in knalligen Farben gefärbt waren. Sie standen noch ab, schienen gerade erst entstanden zu sein. Die Mütze, die sie wohl verdecken sollte, war auf den Hinterkopf gerutscht. Eine kleine Hand fuhr hoch, richtete die Mütze routiniert.

Verwirrt blickte Tue zu der kleinen Person auf. Diese wackelte vom linken auf den rechten Fuß, zwirbelte an den Kordeln ihres Pullovers und blickte auf das Meer von Zetteln.

„Ich ... Ich habe mich ausgesperrt. Deine Klingel scheint irgendwie deaktiviert zu sein, ich kenne aber niemanden im Haus. Könnte ich vielleicht ..."

Kalter Schweiß brach auf Tues Stirn aus bei der Aussicht, soziale Interaktion mit einem jungen Menschen zu haben. In ihrer Welt kamen Kinder nur in Form absurder Anekdoten vor, als Erinnerung an das Zuhause fernab der Tour.

„Ich ... kann dir mein Handy leihen, wenn du wen anrufen willst."

Ihre letzte Hoffnung war, durch eine kleine Nettigkeit der Situation zu entgehen. Hier war es zwar bei Weitem nicht mehr so zugemüllt wie noch in der alten WG, trotzdem würde sie die Wohnung nicht als Aufenthaltsort für ein Kind wählen.

Doch ihr Plan scheiterte, denn ihr Gegenüber wedelte mit dem eigenen Telefon und sagte: „Habe ich bereits versucht, keiner zu erreichen. Sie kommen sicherlich in zwei, drei Stunden wieder nach Hause. Ich habe gehört, du machst Musik?"

Ihr Gegenüber schien endlich bei dem Thema angelangt zu sein, das der Anlass dafür gewesen war, ungefragt die Wohnung zu betreten. Während das Kind sich umständlich die Schuhe abstreifte und mit atemberaubender Geschwindigkeit die Zettel durcheinanderbrachte, legte Tue das Handy an eine Stelle, an der sie es sicher nicht in den nächsten Wochen wiederfinden würde.

„Ja, ich ... Ich hatte ein paar Jahre lang eine Band, aber jetzt ..." Sie stockte. Ihr fiel auf, dass sie seit einem Jahr nicht mehr darüber gesprochen hatte, wie es mit der Band zu Ende gegangen war. Schluckend versuchte sie, die Erinnerung loszuwerden. Statt sich weiter zu erklären, antwortete sie:

„Wenn du hierbleiben willst, geht das schon in Ordnung. Aber du musst aufhören mit den Fragen und meine Zettel in Ruhe lassen!"

Sie vermutete, dass dies als angemessene pädagogische Verhaltenskorrektur durchging.

Care-Arbeit war immer etwas gewesen, das an ihr geleistet wurde, nicht etwas, das sie für andere tat. Das letzte Mal, dass sie sich um andere gekümmert hatte, lag so weit zurück wie ihre ungewollte Migration aufs Festland, Plenz hatten sie nur am Leben gehalten, aber nie so recht umsorgt. Tue gestand sich ein, dass ihre Angst vor dem Tod in der eigenen Wohnung ein größerer Antrieb gewesen war als die Sorge um Plenz. Mit Sicherheit hatte sie aber als junges Mädchen mal einer Freundin geholfen oder so, zumindest stellte sie sich so die intakte Vergangenheit vor, von der ihre Oma so oft berichtet hatte.

Das Kind hatte sich durch den Raum gekämpft bis hin zu der Wand, an der der Zeitungsartikel aus dem *Brandenburger Tor* eingerahmt war.

„Geht es da um dich?" Tuenickte.

„Is' ja nicht besonders nett. Ich mein – ist ja nicht so, als hättest du da Unwahres gesagt." Die Mütze fiel zu Boden, das Kind stopfte sie schnell in die rechte Hosentasche. „Also, mein Mama sagt das auch immer!"

Tue korrigierte automatisch: „Du meinst: meinE Mama, es heißt meine Mama, nicht mein."

Ihrem oberlehrerinnenhaften Moment folgte ein angemessenes Augenrollen seitens des Kindes. „Es heißt mein Mama, wenn es um mein Mama geht, weil sie das schöner findet. Oder halt meine Papa. Halt irgendwie nicht so: Mann, Frau, fertig."

Tue stockte. Gerade sie sollte es doch besser wissen. Manchmal vergaß sie, dass die Familie, die das Unglück ihr genommen hatte, auch in den Berichten auf dem Festland trotz der Ehe nicht als Familie beschrieben worden war.

Zwei gute Freunde
Ein Vater und sein langjähriger Freund
Ein Vater und sein langjähriger Mitbewohner
Ein Mann hinterließ …

Fast so, als wäre ihr anderer Vater höchstens eine flüchtige Bekanntschaft, nicht auch Bezugsperson gewesen. Sie erinnerte sich, wie nach dem Tod ihrer Mutter ihr Papa in Trauer versunken war und nur wegen der übriggebliebenen Beziehung überlebt hatte. Nur deswegen hatte Tue einen Raum gehabt, in dem sie Fragen stellen konnte. Ihre Väter erhielten das Nach-Hause-Kommen, nachdem die glückliche Drei-Eltern-Familie zerrissen worden war.

Jetzt saß sie hier, Jahrzehnte später, und erklärte einem Kind, wie es die eigenen Eltern zu nennen hatte.

„Bist du … bist du jetzt sauer?", fragte ihr Gegenüber unsicher.

„Was?", schrak Tue auf, die sich ganz in ihren Erinnerungen verloren hatte. „Ich ... Nein. Eher im Gegenteil, ich bin ... verstört von mir. Weil ..."

Erst jetzt bemerkte sie, dass sie bei der Suche nach neuen Worten, nach einer neuen Sprache, die ihre Lebensrealität beschreiben würde, ihre Vergangenheit, die Geschichte ihrer Familie und den Tod, der diese bestimmte, gänzlich ausgelassen hatte. Sie beschloss, einen neuen Versuch zu starten: „Weil ich mit zwei Vätern und einer Mutter groß geworden bin. Ich hab nur lange mit niemand mehr drüber gesprochen. Ist schon seltsam irgendwie, wie sehr ..."

Stockend klaubte sie einige Zettel zusammen, die das Thema Sprachnutzung behandelten, mit einem Stift machte sie einige Notizen. Dann fuhr sie fort: „Also, wie sehr mich die Jahre hier prägen. Dass ich schon ernsthaft dachte, dass du nicht weißt, wie du deine Eltern nennen sollst." Ihr Gegenüber zuckte mit den Schultern und wandte sich ab. „Is' schon okay. Bin ich ja gewohnt. Weißt du, ich mochte deinen Song. Ich fand dich richtig cool, meine Eltern hatten mich mitgenommen zu deiner Show ... Du wirktest so: Is' mir doch egal, ich ziehe mein Ding durch."

Tue blickte überrascht auf: „Also ist es kein Zufall, dass du in meine Wohnung geplatzt bist?"

Doch ihr Gegenüber wich der Frage aus, blickte auf den Bildschirm des geöffneten Laptops und sagte: „Wow, ist das Bild von dir? Das ist ganz schön

... beeindruckend. Also malst du zuerst die Themen und schreibst dann das Lied?"

„Ich – was?!" Tue krabbelte auf allen vieren zum Laptop und blickte auf den Bildschirm. „Nein ... Das ist nicht von mir."

Eine Benachrichtigung war angezeigt worden: Jemensch hatte ihr eine Nachricht gesendet, mit dem Hinweis auf das Bild. Sie betrachtete das Foto, das fast wie ein Gemälde aussah. Ihr Lied *Achmed kann gehen*, das sie vor wenigen Tagen online veröffentlicht hatte, war durch Schatten, Silhouetten und Spiegel perfekt in dieses eine Bild eingefroren worden. Es schien, dass ihre Befürchtung hiermit widerlegt war. Viele ihrer Fans hatten das Lied nicht verstanden. Doch dieses Foto zeigte ihr, dass zumindest eine Person jede Zeile, jedes Wort genauso gespürt hatte wie sie beim Zusammensuchen der Schnipsel und Rhythmen. Sie bot der jungen Person ihren Sessel an, erfuhr, dass ihr Name Sarah, Pronomen: sie, war.

Nach wenigen Minuten der Stille setzte Sarah sich zu Tue auf den Boden und begann ohne Erlaubnis, einzelne Zettel zu lesen.

„Oh, wer ist denn diese Utopie, kanntest du sie persönlich?", fragte Sarah mitfühlend.

Tue wendete sich ihr zu und sah, dass Sarah eine Serviette in den Händen hielt, auf der stand: Der unendliche Tod der Utopie.

„Oh!", lachte Tue. „Nein, Utopie ist kein Name, sondern ..."

Sarah sah sie fragend an, während sie strauchelte.

„Nun, Utopie ist ... so eine Idee von einer Zeit oder einem Ort, an dem alles perfekt ist ... etwas, das gar nicht schlecht sein kann, aber eben auch nicht real. Wenn es ein Raum oder so ist, nennt mensch das ‚Utopia'.“

Sarah klatschte sich mit ihrer Handfläche gegen die Stirn. „Ach sooo, wenn die in den Nachrichten also sagen, dass die Utopie in meiner Heimat tot ist, meinen die das!“

„Wo ist denn deine Heimat?“

Sarah antwortete: „Berlin“, und lachte dann verlegen.

„Sorry ... Reflex.“

Tue nickte verständnisvoll.

„Nein, also, ich meine, Amo.“ Tue stutzte: „Amo auf Biskaya?“

„Ja. Sag mal“, Sarah sprang auf und balancierte zwischen den Zetteln hindurch, „weeenn mensch so einen Raum hat und sich da drin dann vorstellt, dass dort alles perfekt ist, ist das dann auch eine Utopie?“

Tue überlegte. „Hm ich glaube, es braucht Staatsformen und ganz viele Menschen, die dazugehören und ... so“, endete sie etwas schwach.

Enttäuscht ließ sich Sarah wieder auf den Boden sinken.

„Ach, das ist doch Mist. Dann kann es das ja gar nicht geben, weil ja viele Menschen immer ...“ Ihre Augen fingen an zu leuchten, sie wiederholte: „... *aber eben auch nicht real* ... ja.“

„Hast du denn so ein unreales Utopia?", fragte Tue.

Sarah nickte, antwortete: „Ja, ich und Mama stellen uns immer vor, wie es wäre, wenn uns dieser kleine verfallene Laden gehören würde an der S-Bahn. Wir würden alles herrichten, es wäre trotzdem irgendwie unaufgeräumt. Und da darf nur rein, wen wir mögen, und die mögen sich auch alle, und wenn Mama dort drin ist, dann ...", sie stoppte, „na ja, so halt."

„Also wäre dein zweite Mama auch immer dort?" Tue hatte das Gefühl, endlich zu lernen, wie mit Kindern zu reden war, doch entgegen ihrer Hoffnung strahlte Sarah nicht bei dieser Aussicht.

„Nein", entgegnete diese hart, „es wäre doch Utopia."

Tue fiel nichts ein, was sie darauf erwidern könnte. Die beiden wandten sich dem Zettelgewirr zu. Tue nahm die gestorbene Utopie, legte sie auf ihren aktuellen Stapel.

Dwayne blickte in den Raum, hoffend, dass irgendwer die Frage wiederholen würde, die zu beantworten er anscheinend aufgefordert worden war.

„Oder ist es nicht so?" Sein Gegenüber schien bereits alle Energien in der Diskussion verbraucht zu haben und blickte ihn erschöpft an.

„Könntest du ... noch mal genau fragen, was so ist?"

„Es ist doch so: Ihr braucht uns nicht, um eure Geschichte zu erzählen, wir sollten euch nur zuhören, statt unsere Lebensläufe damit voranzutreiben, euch als Bildmaterial auszubeuten, oder?"

„Nun ... ja, ich denke, das bringt es auf den Punkt. Ich mein, ich mach ja auch Fotos hier ... aber mir geht es eher darum, zu zeigen, wie ich aus meiner Perspektive das hier wahrnehme. Ich würde mir niemals anmaßen, das authentische Deutschland zu zeigen, weil ... na ja. Daran sind schon Leute gescheitert, die hier geboren sind."

Es herrschte ein perplexes Schweigen im Raum. Alle blickten ihn an, als hätte er gerade ein neues, absolut bahnbrechendes Farbschemata erfunden. Für ihn war es so offensichtlich, bei der Bildlehre in seiner Grundschule hatten sie das bereits gelernt. Später in seinem ersten Studium war das Teil der Grundregeln des dokumentarischen Fotografierens gewesen. Er konnte nicht glauben, dass an diesem Ort noch immer die Idee von Objektivität und dem unbeteiligten Betrachter vorherrschte. Seit über 60 Jahren war dieses Konzept doch philosophisch überholt. Die Eltern einiger seiner Mitschüler*innen waren wegen der Grundschulen auf die Insel gezogen. Damals hatte er nicht begriffen, wie sie zu dieser Entscheidung gekommen waren. Doch diese zwei Semester, die hinter ihm lagen, gaben ihm einen Einblick in das Bildungssystem, das er solange glorifiziert hatte. Die Wahrheit war, dass das Alter der Dozierenden das Maß des aktuellen Wissensstandes war.

Er gab sich wieder ganz seinen Kreisen hin, versank in der Musik, ließ seine Gedanken zu dem kleinen Mann, der unter den Linden tanzte, schweifen und zu seiner Jugendfreundin, die noch vor der Einschulung in die andere Richtung emigriert war. Absurderweise gab es dafür keine schöne Geschichte, die Wahrheit war gewesen, dass nach dem Tod von deren Mutter auch ihre beiden Väter gestorben waren in einem der größten Unglücke der Insel. Seine Mutter hatte ihm gesagt, dass dieses Unglück zu viele Väter genommen hatte. Einer davon war seiner gewesen. Doch er hatte auf der Insel bleiben können, anders als das junge Mädchen. Dessen einzige Verwandte war ihre Großmutter gewesen, die als Vertreterin der Insel in Berlin arbeitete. Wie wohl der Schulalltag für sie dann ausgesehen hatte? Ob sie auch Fotoprojekte entwickelte über ferne Länder und ihre eigene Objektivität ins Zentrum von allem stellte? Vielleicht war sie aber auch einige Jahre später zurückgekehrt und hatte einfach an einem anderen Ort dieselben Erlebnisse gehabt wie er. Vielleicht hatte sich ihre Hoffnung bewahrheitet und neben der Großmutter war eine weitere Verwandtschaft aufgetaucht, hatte sie aufgenommen.

Seine Überlegungen wurden unterbrochen von dem Geräusch einer Benachrichtigung. Ein weiteres Mal war sein Foto geteilt worden. Er hatte es durch mehrfache Belichtung und scharfen Kontrast geformt. Es war entstanden, nachdem er einen neuen Song dieser Musikerin gehört hatte, auf die er gestoßen war durch den Verriss im *Brandenburger Tor*. Das meiste, was er hier auf dem Festland hörte, bewegte nichts in ihm. Obwohl sie dieselbe Sprache sprachen, schienen die Jahrzehnte der geografischen Trennung die Verwendung von Wörtern verschoben zu haben. Doch in der Bitterkeit der Sängerin hatte er sich wiedergefunden.

Als er erneut das Bild aus der letzten Unterrichtsstunde betrachtete und den Titel las, *Parade unter den Linden in Berlin*, fragte er sich, wie wohl dieser kleine Mann geheißen hatte. Ob es ihn überhaupt gegeben hatte? Seine Gedanken drifteten wieder ab, verloren sich in der Musik, den Kreisen und der Ablenkung unter den Linden.

Als endlich die Personen um ihn herum aufstanden, klaubte er seine Zettel zusammen und versuchte, als Erster aus dem vollen Raum zu verschwinden. Auf seinem Notizbuch machte er ein weiteres Kreuz, für eine weitere Stunde, die er überstanden hatte. Einatmen, ausatmen und die Zeit an diesem Ort überstehen, nach dem er sich so sehr gesehnt hatte. Manchmal fragte er sich, warum er blieb. Doch es schien sein unzerbrechlicher Trotz zu sein, der ihn daran festhalten ließ, auch auf Papier bestätigt haben zu wollen, was seine Kunst wert war. Noch fünf Termine, dann hätte er die Sommerklasse hinter sich. Als er seine Mitstudierenden an sich vorbeilaufen sah, begriff er, dass nicht nur seine Geschichte, sondern auch sein Alter ihm dabei diente, an diesem Ort trotzdem etwas zu lernen. Doch die

Freude war geprägt von Bitterkeit und Sorgen um jene Schwarzen Studierenden, die keine anderen Varianten des Lernens kannten.

* * *

Es klopfte an ihrer Tür, Tue schrak hoch und zog sich schnell eine Hose, die im Weg lag, an. Sie zuppelte an ihrem T-Shirt, rief: „Bin gleich da", nachdem sie es geschafft hatte, das T-Shirt so zu knoten, dass alle Flecken kaschiert wurden. Als sie die Tür öffnete, stand Sarah ihr gegenüber. Sie trug ein ausgeleiertes lila-türkises Shirt und schwarze Hosenträger, die eine kurze Hose hielten. Die Mütze war wieder auf den hinteren Teil des Kopfes gerutscht, entblößte die lockigen Ansätze und die feinen Strähnen, die an ihnen hingen.

„Hey", Sarah sprach schnell, blickte auf ihre Füße, „kann ich –" Doch sie wurde vom Gebrüll hinter sich unterbrochen, eine weiße Mittfünfzigerin lehnte sich über das Geländer der oberen Etage und schrie: „Verschwinde! Ich habe genug von dir! Ich will dich hier nicht mehr sehen, bevor deine ach so perfekte Mutter wiederkommt!"

Sarah zuckte zusammen, drückte sich an die Wand, sodass sie von oben nicht zu sehen war, und flüsterte: „– nur für ein paar Stunden bei dir rumhängen?"

Wortlos schob Tue die Kleine in ihre Wohnung und schloss leise die Tür, während das Geschrei im Flur weiterging.

„Magst du ...", Tue ging zu ihrem Kühlschrank, in dem mehrere Flaschen Bier und Fertigessen aus der letzten Woche warteten, „ein Glas Wasser mit einem Schokoriegel?"

Doch bevor Sarah ihr vorsichtiges Nein äußern konnte, klopfte es erneut an der Tür, das Häuflein Elend neben Tue schrak zusammen. Tue legte ihren Finger auf die eigenen Lippen und zog die Augenbrauen hoch, während sie zur Tür schlich.

Als sie durch den Türschlitz spähte, atmete sie erleichtert auf. „Keine Angst", sagte sie zu Sarah. Sie öffnete die Tür und Matthew kam hereingeschritten, bewaffnet mit Tüten voller Essen und einigem, das sie als Gemüse erkannte. Als er Sarah erblickte, nickte er ihr zu und sagte:

„Guten Tag, ich bin Matth, er, und du?"

Entrüstet stemmte Tue ihre Arme auf ihren Seiten auf.

„So einfach hätte es sein können?!", sagte sie frustriert.

Matth blickte sie fragend an. Sarah erklärte: „Tue war etwas ... überforderter mit der Situation, hi, ich bin Sarah, sie oder gar nichts."

Matthew verräusperte sein Lachen unter Tues genervtem Blick. Er drückte den beiden die Tüten auf, griff nach dem Türrahmen, um seine Schuhe auszuziehen. Als Matthew ihr einen fragenden Blick zuwarf, antwortete Tue nur leise flüsternd: „Später."

Während die beiden die Tüten in die Küche verfrachteten, lief Matthew durch den Raum und sammelte Müll zusammen, verräumte Geschirr auf ein Tablett und redete gerade so laut mit sich selbst, dass mensch es bis in die Küche hören konnte.

„... Digitalisierung, Tue, ich sag's dir, Digitalisierung. Du bist sicher die Letzte in dieser Stadt, die Papier zum Schreiben nutzt!"

„Klar", antwortete sie, ohne zuzuhören.

„Klar, sagt sie, klar! Weißt du, was das Schöne an der Technik ist? An Bildschirmen? Sie kleben nicht an den Essensresten deiner Teller fest."

„Klar", antwortete Sarah für sie, bevor sie dazu ansetzen konnte, die beiden stoppten mit dem Auspacken der Tüten und warteten Matthews Reaktion ab.

„Klar, sagt sie schon wieder, aber ändern wird sich das nie ... Warte – war das gerade die Kleine?"

Sarah und Tue blickten sich verschmitzt an, riefen zeitgleich *Nein* in Matthews Richtung.

„Monster", grummelte Matthew zurück.

„Du erwartest nicht wirklich, dass ich mir morgen Sellerie koche, oder?", fragte Tue mit ebenjenem aus der Küche wedelnd.

Beim Ausräumen erzählte Tue Sarah, dass sie ebenfalls von Biskaya kam, nur schon mit zehn Jahren migriert war. Nachdem die Wohnung wieder einigermaßen wohnlich aussah, balancierte Sarah das leergeräumte Tablett mit einigen Pappschachteln, die gefüllt mit Fertigessen waren, in das Zimmer.

Sie aßen auf dem Boden. Nachdem ihre Mägen vollgeschlagen waren mit Essen aus aller Welt, das ihnen ein schlechtes Gewissen machte, weil es so wenig mit dem zu tun hatte, was auf dem Etikett stand, traute sich Tue, Sarah zu fragen: „Magst du mir nur kurz sagen, ob ich damit zu rechnen habe, dass die Polizei mich hochnimmt, weil du bei mir sein darfst?"

Sarah blickte sie nicht an, schob mit ihrer Gabel in dem Pappkarton Essensreste von links nach rechts. „Eher nicht. Mein Mama ist nur gerade ... sagen wir, beschäftigt. Deswegen ist nur meine Mutter da. Ich hab nur, ich habe nur gesagt, dass ich meine Haare nicht nachglätten möchte. Sie findet, das sieht irgendwie komisch aus. Mein Mama trägt ihre Haare kurz, aber sie hat gesagt, früher, als die beiden zusammen waren, als ich noch ganz klein war, hätte mein Mama extra für sie die Haare auch immer glatt gemacht." Tue legte ihre Hand auf den Oberschenkel von Matthew, der bereits Luft holte, um darauf zu antworten.

„Oh, das ... das meinte sie sicherlich nicht so. Vielleicht versteht sie das einfach nicht, aber sicherlich ..." Sie merkte, wie unehrlich ihre Worte klangen, wie wenig sie sich selbst glaubte. Das Gesicht, das hassverzerrt über dem Geländer gehangen hatte, ihre eigenen Erfahrungen in früheren Beziehungen mit Weißen ... Alles schien diese Lüge zu demaskieren. Die Erfahrungen, als sie in Deutschland ankam und die Lehrenden ihr verboten, die Haare in Locks zu tragen. Wie die anderen sie hänselten, als ihre eigenen Haare herauswuchsen. Wie sie sich bei ihrer

Lehrerin beschwerte, die sagte, dass sie selbst daran schuld sei, wenn andere sich über sie lustig machten, wer solch eine Frise trug ... Es wäre doch ihre eigene Schuld, sie müsse das doch verstehen. Sie schluckte, als sie merkte, dass ihre eigene Rhetorik der der Lehrerin nicht so entfernt war.

Matthew sagte mit überraschend ruhiger Stimme: „Ich finde das ganz schön gemein. Also, wenn es nach mir geht, kannst du jederzeit hier vorbeikommen. Mi casa es su casa." Tue antwortete: „Nur dass das hier nicht su casa ist, sondern meines."

Sarah sah sie fragend an. Tue seufzte, ergänzte: „Aber, ja klar, mi casa es su casa."

Sarah ergriff sofort die Gelegenheit, begann erneut zu berichten von dem kleinen Laden, der Baracke, in der sie all die Ideen mit ihr Mama verwirklichen wollte. Erst jetzt begriff Tue, dass es dabei auch darum ging, endlich keine Verbindung mehr zu der Person zu haben, die Sarah so distanziert als *Mutter* bezeichnete. Sie betrachtete, wie selbstverständlich Matthew mit dem jungen Menschen umging, etwas, das ihr nie gelegen hatte. Die beiden begannen, auf dem eben noch verteufelten Papier die vermuteten Ladenumrisse nachzuzeichnen. Sie ließ sich zu Boden sinken, konzentrierte sich weiter auf ihre Zettelchen, Reime und Ideen für neue Liedtexte. Neben das Wort *Utopie* schrieb sie *Jugend*.

18

Liebe Tue,
diesen Brief verfasste ich an deinen Vater, kurz nach
dem Tod von deiner Mama. Bei der Auflösung eurere
Wohnung fand ich ihn und sende ihn nun dir.
In Liebe,
deine Oma

Lieber Abbo,

wie geht es Tue? Schläft sie wieder einige Nächte durch? Ihre Rastlosigkeit an den Tagen der Beerdigung machte mir Sorgen.

Danke für das Foto von ihrem ersten Versuch zu stehen.

Ich werde bald wieder nach Amo fahren, dann werde ich euch helfen, ihre Dokumente zu ordnen. Ich bin froh, dass ihr einander habt, auch wenn der Tod eurer Frau Leere mit sich bringt, könnt ihr einander stärken, um Tue aufzufangen. Sie wird ihren Tod bald vergessen haben, kümmert euch auch um eure Wunden, die tiefer sein werden.

Nun bin ich doch erleichtert über eure Eheschließung, sosehr ich dieses Ritual auch ablehne. Dass ihr ihre letzten

Monate mit dem Krebs beide begleiten konntet, als ihre Ehemänner, hat ihr viel bedeutet. In meinem letzten Telefonat mit ihr erzählte sie, wie sehr sie die Gewissheit beruhigte, dass nach ihrem Tod nicht nur Tue, sondern auch ihr versorgt seid. Eure Familie macht mich so stolz, zeigt mir, wofür ich mit dir dort hingezogen bin und warum ich mir die Mühlen der europäischen Politik antue. Für den Tag, an dem du und Sannika ihn kennengelernt habt, bin ich bis heute dankbar. Es tut mir leid, dass ich es ihm am Anfang so schwer gemacht habe. Du hattest recht, seine konservativen Einstellungen waren wohl Reste seines fürchterlichen Elternhauses. Sag es ihm nicht, aber ihr habt wirklich das Beste aus dem Jungen herausgelockt.

Ihr seid der Grund, warum sich das Erträumen eines Schwarzen Utopias auf dieser warmen Insel vor Europa rechnet.

Ich melde mich, sobald ich in Amo bin.

Deine Mutter
Brüssel 2011

Der August näherte sich dem Ende und damit der letzte Termin der Sommerklasse von Dwayne. Als sie auf dem Bahnsteig der S-Bahn warteten, begann es zu regnen. Die anderen stellten sich dicht gedrängt unter die Abdeckung, doch er wählte lieber die nasse Distanz als die unangenehme Nähe zu ihnen, die ebenso fremd schien. Nur ein älterer Herr stand ebenfalls im Regen. In dessen Brusttasche saugte ein Stadtplan die Feuchtigkeit auf, es schien fast so, als bräuchte er eine Ausrede, warum er in Richtung Potsdam fuhr. Für wahre Berliner ziemte es sich nicht, in Richtung des konservativen Potsdams unterwegs zu sein. Der starke Berliner Akzent, mit dem er in sein Telefon brüllte, verriet ihn aber. Vermutlich wollte er nur in die Richtung von Potsdam fahren, doch allein dies war vielen schon sehr unangenehm, ein Stadtplan in der Brusttasche genügte, um als naiver Tourist durchzugehen. Vielleicht wollte er sich auch wirklich einige der neu erbauten, auf alt getrimmten Schlösser anschauen.

Er betrachtete Dwayne, schnalzte abwertend, ohne es zu bemerken, der gräuliche Schnurrbart bebte dabei. Wie sehr die Verachtung seinen Körper im Griff hatte, tat Dwayne beinahe leid. Der Dackel des Herren schien jenem selbst nicht zu gefallen, doch sicherzustellen, dass das, was für ihn wohl die Kultur des weißen deutschen Mannes darstellte, weiterhin einen relevanten Teil des Landes ausmachte. Als müsse er sich auf stereotype Darstellungen weißer Deutscher konzentrieren, um die diverse Realität

erdulden zu können. Statt guter Küche zur Selbst-
verortung hatte er nur das geteilte Leben mit dem
Vierbeiner, der desinteressiert und zitternd neben
ihm auf dem regennassen Gleissteig saß.

Als die S-Bahn einfuhr, begann der Regen zu einem
strömenden Vorhang zu werden, seine Lautstärke
vermischte sich mit dem Geräusch der kreischenden
S-Bahn-Schienen. Dwayne und seine 20 Kommiliton*innen quetschten sich in die S-Bahn in Richtung
des Stadtteils Potsdam. Dieser war zwar vor Jahren
bereits eingegliedert worden, doch noch immer weit
entfernt vom Rest Berlins. Ihr Lehrer, der sie als Ver-
tretung für die Dozentin begleitete, hatte wenig zum
eigentlichen Thema des Seminars *Fotografische Malerei
vor der Kamera* zu sagen. Er kompensierte dies mit
Anekdoten zu den einzelnen S-Bahn-Stationen. „Der
Feuerbach, der galt lange als überholt ... aber heut-
zutage ...“
Entnervt stopfte Dwayne seine Kopfhörer tiefer in
seine Ohren, drehte die Musik auf, um nichts mehr
zu hören. Er grinste verhalten, weil passenderweise
gerade Sam Cooke *Wonderful World* sang. Der Lehrer
versuchte weiter, mit veraltetem Wissen die Studierenden, die gelangweilt aus den Fenstern blickten, zu
beeindrucken.
Schon allein die S-Bahn-Stationen der Stadt schienen den Stolz der Weißen darüber kommunizieren
zu wollen, dass ihre Geschichte von Genoziden und
Diebstählen geprägt war.

M-Strasse ... Afrikanische
Straße ... Onkel Toms Hütte ...
All die Kolonialherren, denen bis heute so gedankt
wurde ...

Dwayne skippte zum nächsten Lied, das die Absurdität seiner Situation präzise zusammenzufassen schien. *Look at these eyes, they never seen what matters,* sang er leise vor sich hin. Sein Notizbuch war nicht nur gefüllt mit Kreisen, sondern auch mit den Namen der S-Bahn-Stationen, mit Ausschnitten der Lieder, die ihm in den Sinn kamen. Vermutlich würde die S-Bahn-Fahrt ihm wie immer mehr Anreiz bieten als das Betrachten von irgendwelchen alten Bildern und Tellern in dem Schloss, zu dem sie fuhren. Den Namen hatte er vergessen, ein weiterer Besitz von irgendeinem Karl Alexander Prinzen von und Ehemann von. Als sie an der Station Wannsee ankamen, drängte eine ältere Frau sich vor ihm aus der S-Bahn und murmelte lautstark etwas. Dies hätte ihn sicher verletzt, wenn nicht auf seinen Ohren weiterhin das Mixtape gelaufen wäre, auf dem von Liebe und dieser wunderbaren Welt gesungen wurde. Der lange dunkle Gang, der die Gleise verband, löste Erinnerungen in ihm aus. Vor allem an jene Bilder, die er im Geschichtsunterricht gesehen hatte, von dem Mord, der damals eine weitere Migrationswelle nach Biskaya gebracht hatte. Der Mord der Nazis an dem Schwarzen Familienvater hatte viele dazu bewegt, das Land zu verlassen. Die Bilder von dem Ort, an dem er gestorben war, diesem dunklen Betonschacht, umgriffen jedes Mal sein Herz, verhinderten eine ruhige Atmung. So wie Friedhöfe das Gefühl von Sterblichkeit auslösten, so lösten diese dunklen Schächte in ihm das Gefühl von absoluter Unsicherheit aus. Als er endlich die Treppen hinaufstieg, war er unbemerkt an die Spitze der Gruppe gestoßen, drosselte sein Tempo, trottete den anderen hinterher auf dem Weg zum Bus, der sie zum Schloss bringen sollte.

Während die anderen warteten, wanderte er über die Rasenfläche hinter der Busstation. Die Schiffe der reicheren Berliner bedeckten die Wasserfläche so dicht, dass diese kaum Gelegenheit hatte, mit den Regentropfen zu spielen. Reichtum erstickte selbst jenes, was ohne Geld die Schönheit ins Leben bringen könnte. Langsam ging er wieder in Richtung des Busses, wartete mit den anderen auf die nächste Gelegenheit, weitere frivole Geschichten über Könige und ihre Neigung zu teuren Bildern zu erfahren.

* * *

Der Hochsommer hatte nicht nur viel Regen und enttäuschende Temperaturen mit sich gebracht, sondern hatte ihr Leben vervollständigt. Der letzte Brief, den sie geöffnet hatte, war ernüchternd gewesen. Wieder war umgangen worden, den Namen ihres zweiten Vaters auszuschreiben. In allen Dokumenten war dieser geschwärzt, es frustrierte sie zutiefst, wie alle ihr diese Information vorenthielten. Sie begriff nicht, was die Hoffnung dahinter war.

Sarah und Tue waren zusammengewachsen. Mittlerweile machte Sarah jeden Tag ihre Hausaufgaben zwischen den Zetteln auf Tues Boden. Sie, die Musikerin, fand sich in einer Rolle wieder, die sie so nie für ihr Leben vorgesehen hatte.

Die beiden sprachen nie darüber, Sarahs Mutter hatte nie gefragt, wo ihre Tochter tagsüber war. Allein in den Nächten blieb sie in der Wohnung der Mutter. Seit der Mitte des Julis hatte sie begonnen, selbst fürs Frühstück das Stockwerk hinunterzulaufen und zwischen den Schnipseln mit Tue zu frühstücken, für die dies meist das Abendbrot war. Am Abend spazierten die beiden oft an dem S-Bahnhof entlang, wo der verlassene Laden wartete.

Tue wurde aufgeweckt von der Wohnungsklingel, deren Existenz sie mittlerweile beinahe vergessen hatte. Sie rollte sich von der Matratze auf den Boden, warf ein Tuch um ihren Körper, welches sie fest verknotete, streckte sich, während sie zur Tür ging. Als sie diese öffnete, stand ihr eine drahtige vierzigjährige Person gegenüber, deren Haare so kurz waren, dass die Struktur kaum zu erkennen war. Sie hatte den Arm um Sarah gelegt, die sich leicht an sie lehnte. Die beiden waren eindeutig verwandt. Auch in ihren Augen lag die Deutlichkeit, die klarmachte, dass jegliche Bitte, die sie stellte, trotz eines enormen Stolzes geäußert wurde, also kaum abzulehnen war.

„Sarah hat mir erzählt, dass Sie sich um sie gekümmert haben." Tues Gegenüber flüsterte, warf hektische Blicke das Treppenhaus hinauf. „Ich würde Ihnen gerne zahlen, was Sie für Sarah verbraucht haben an Essen. Es tut mir leid, dass wir Ihnen Umstände gemacht haben. Ich bin gerade erst wiedergekommen und habe von meiner Ex erfahren, dass Sarah den ganzen Tag ...", sie sah entschuldigend zu ihrer Tochter hinab und entschied sich offensichtlich für eine mildere Wiedergabe der Wahrheit, „nun bei Ihnen gelernt hat." Sie kramte nach ihrem Portmonee, Tue winkte ab und bat beide in die Wohnung hinein. Doch die Frau lehnte ab, schob lediglich ihre Tochter in die Wohnung. Sie drückte Tuc einen Zettel in die Hand, auf dem ihre Nummer stand. Außerdem eine EC-Karte, die Tue trotz ihres Widerwillens auf das Schränkchen im Flureingang legte.

Am Anfang des Augusts stand Sarahs Mama erneut vor Tues Tür. Sarah lag gerade auf dem Bett und las in ihrem Schulbuch etwas über Mathematik nach, bei dem ihr Tue unter Garantie keine Hilfe gewesen wäre.

„Hey Kleines", sagte die hagere Frau zärtlich, Sarah sprang so hektisch auf, dass ihr Schulbuch durch das gesamte Zimmer segelte und einige von den Post-its durcheinanderwirbelte. Sie warf sich in die geöffneten Arme, Tränen liefen über das sonst so reservierte Kindergesicht.

„Ich bin für zwei Wochen in Berlin, wenn du magst, kannst du bei mir wohnen", grinste die Frau Sarah entgegen, während sie ihr durch die Haare fuhr. „Ich habe auch mit deiner Mutter gesprochen, sie hat zugestimmt, du musst dir die Haare nicht mehr glätten."

Sarah löste sich aus der Umarmung und schob verlegen die Mütze vom Kopf, unter der die Locks bereits fleißig wuchsen. Ihr Mama lachte, blickte in die Wohnung hinein zu Tue, die sie hineinwinkte.

Nachdem Sarahs Schulsachen, die mittlerweile zum großen Teil in der Wohnung verteilt waren, in einem Koffer gelandet waren, gingen die beiden nach oben. Sarah umarmte Tue zum Abschied, Tue versuchte, es zu erwidern. Sarahs Mama nahm wortlos Tues Hand, blickte tief in ihre Augen, flüsterte nur ein fast unhörbares *Danke*, bevor sie ihrer Tochter das Treppenhaus hinauffolgte.

Tue realisierte das Geschehene, die Müdigkeit verschwand. Als sie ihre Emotionen geordnet hatte, war sie bereit, Sarah gebührend zu verabschieden, doch es war bereits zu spät. Die beiden hatten das Gebäude verlassen. Sicherlich würde sie die Kleine nie wiedersehen, vielleicht waren diese Monate des Zusammenlebens alles, was sie an Erwartungen an das Leben stellen konnte, wenn es um eine Familie ging. Doch da surrte schon ihr Handy, sie öffnete die Nachricht von Sarah:

> *Mama bleibt für ein oder zwei Wochen,*
> *danach bin ich wieder bei Mutter.*
> *Und mit bei Mutter mein ich, bei dir,*
> *falls das okay ist?*

Mama sagt, ich soll dich nochmal
fragen, einfach weil alles so schnell
passiert ist.
Schreib deine Texte fertig,
sonst geh ich nicht mehr zur Schule.
Sarah

Die erste Woche verbrachte Tue weiterhin damit, Kommentare von Geschwistern zu lesen, die vermehrt ihrer Musik Aufmerksamkeit schenkten. Entgegen ihrer Hoffnung hatten sie aber vor allem Kritik anzubringen. Die Versuche ihrerseits, ihren Standpunkt zu erklären, endeten immer wieder darin, dass die anderen ihr vorwarfen, ihre eigenen Privilegien nicht zu sehen. Nachdem sie am fünften erfolglosen Tag der Online-Schlachten einen Viertelliter Rum intus hatte, rang sie sich dazu durch, unter einem Kommentar zu antworten, dass es ihr leid täte.

Betrunken genug, um das eigene emotionale Abwehrsystem, das sie vom Lernen abhielt, zum Schweigen zu bringen, schrieb sie eine Liste mit allen Kritiken, die sie erhalten hatte. Das, was in den letzten Wochen zum schmerzhaften Kratzen an ihrem Selbstbewusstsein geworden war, stellte sich heraus als Quelle der Inspiration. Endlich verschmolz sie die Notizzettel zu neuen Texten.

Von Sarah hörte sie in dieser Zeit nichts, lief aber in den Abendstunden oft mit Matthew an dem Laden vorbei. Sie planten jedes Mal die Renovierung und fragten sich, was Sarah davon halten würde.

An einem Montagmorgen quietschte es im Flur, Tue horchte auf. Es waren eindeutig diese grässlichen Turnschuhe von Sarah, die dieses Geräusch verursachten. Von sich selbst überrascht sprang sie auf und stürmte zur Tür. Sarah, bepackt mit Koffern und gerade auf dem Weg hoch in die Wohnung ihrer Mutter, wurde von Tue fest umarmt. Sie erwischte sich sogar dabei, der Kleinen einen Kuss auf den Scheitel zu geben, so wie es ihre Oma immer gemacht hatte. Danach drückte sie ihr den Schlüssel in die Hand und legte sich wieder schlafen. Gewiss, dass ihr Leben, welches auch ohne diesen jungen Menschen immer ganz gewesen war, sich ab morgen wieder ein Stück weit vollständiger anfühlen würde.

19

Seine Kommiliton*innen zückten bei den Wasser spuckenden goldenen Löwen im Garten des Schlosses bereits ihre Kameras, Dwayne stand teilnahmslos daneben. Er fragte sich, was die Hoffnung der anderen war. Dass gerade ihnen das *eine* Bild von diesem Gegenstand gelingen sollte, das in jedem Touristenführer zu sehen war? Sicher. Seine träge Verachtung wurde verdrängt von zynischer Wut. Tatsache war, dass einige von ihnen sich den Abschluss hart erkämpfen würden, um am Ende ihren Lebensunterhalt mit dem Ablichten von altem Klunker zu bestreiten. Nur abgedruckt in einem weiteren historischen Buch, das doch keinen interessierte, der die Realitäten der Welt wahrnahm.

Sein Lehrer sagte: „Was wir hier sehen, ist eine ganz wunderbare, herrliche –" Dwayne ertrug es nicht mehr, unterbrach: „Wassertank-Löwen-Kombi?!"

Der Lehrer überging ihn, fuhr mit seinen Ausführungen fort, während sie zum Empfang vorliefen.

Während Tue durch die Straßen ging, vermied sie jeden Blickkontakt mit den Zeitungsständen. Deren

Titelblätter waren allesamt bedruckt mit demselben Thema. Es schien so, als hätte der Rest der Welt kollektiv beschlossen, nichts Nachrichtenrelevantes zu tun, sodass die Situation auf Biskaya ganz allein im Scheinwerferlicht der Redakteur*innen stehen konnte. Sie griff nach ihrem Smartphone und las dort Berichterstattungen darüber, jedoch aus Schwarzer Perspektive.

Seit einigen Jahren ertrug sie es nicht mehr, wie Nachrichten über ihre Heimat gemacht wurden. Wie sie, die aufs Festland migrierten, angeführt wurden als Beweis dafür, dass es kein Schwarzes Klein-Europa, wie sie es abfällig nannten, bräuchte.

Eine E-Mail von ihrer Presse-Chefin ploppte auf. Sie hatte seit Monaten keinen Kontakt mit ihr gehabt, war davon ausgegangen, dass mit der Auflösung der Band sich auch ihre Verbindung erledigt hatte. Im Anhang war einer der Artikel, dem sie gerade so geschickt versuchte, aus dem Weg zu gehen.

Musikerin TuesDay,	sich nun endlich ge-
eine der bekanntesten	äußert zur aktuellen
Bikayanerinnen, hat	Lage. ...

Sie seufzte, fragte sich, wie viele ihrer deutschgeborenen Kolleg*innen passiv-aggressiv dafür kritisiert wurden, sich nicht zu dem deutsch-biskayanischen Konflikt zu äußern.

Doch ob dies nun zu ihrem Vorteil genügen wird? Einer unserer Reporter befragte sie bei einem exklusiven Interview in einem der angesagtesten Thai-Restaurants Kreuzbergs. ...

Tue schalt sich selbst dafür, am gestrigen Abend hatte sie beim abendlichen Essenholen wenige Sätze mit einem netten Herren in der Warteschlange ge wechselt. Sie würde wieder mehr aufpassen müssen, die aktuelle Lage brachte das unweigerlich mit sich.

Diesem bestätigte sie, dass sie vollends auf der Seite der Biskayaner wäre, die für die Unabhängigkeit der Insel sind, und nicht für den Kandidaten, der eine Annäherung mit dem Festland, die so bitter nötig ist, anstrebt. ...

„Bitter nötig für eure Rohstoffversorgung", murmelte sie wütend ihrem Telefon zu, ignorierte die Blicke der vorbeilaufenden Passanten.

Doch entgegen der Meinung dieser Popmusikerin, die sich damit weit über den eigenen Tellerrand lehnte, scheint eine Wiederangliederung der Insel unablässig. der Vorsitzende der EU für die Innere Sicherheit betonte in seinem Pressestatement, dass es auch weiterhon ein hartes, gezieltes Durchgreifen gegen die politisch radikalen Biskayaner geben werde, auch auf deutschem Staatsgebiet.

Tue erinnerte sich an die letzten Meldungen: Erschießungen auf offener Straße, der Einsatz von Drohnen, bei dem eine unschuldige Frau umkam, die obendrein noch nicht mal etwas mit Biskaya zu tun gehabt hatte ... Ihr lief ein Schauer über den Rücken. Das ständige Abtauchen von Sarahs Mama erschien in einem neuen Licht.

Während sie eine Antwort in ihr Telefon tippte, wanderten ihre Gedanken zu den Briefen, zu den Fragen, die ihre Vorfahren bis jetzt unbeantwortet ließen. Vor allem jene, warum das Schweigen notwendig war. Warum sie nie erfahren hatte, welche Rolle ihre Eltern auf Biskaya gespielt hatten. Auch das damalige Attentat, bei dem ihre Väter umgekommen waren, wurde der Inneren Sicherheit der Festlandstaaten der EU zugeschrieben. Früher hatte ihre Oma oft darüber mit Freundinnen diskutiert, doch Tue schmerzte das Thema bis heute zu sehr, wie sie all ihre Freundschaften verloren hatte, alle Familien in Trauer getränkt waren, weil zu viele Familienmitglieder verloren hatten. Es änderte nichts an ihrer unerschütterlichen Gewissheit: Ihre Väter waren unschuldig gestorben, erstickt worden wegen irgendwelcher Verstrickungen, die die damalige Tue genauso wenig begriff wie die heutige. Nur verstand sie jetzt, was die offiziellen Gründe waren. Jedoch änderte das nichts daran, dass ihr moralisches Empfinden keinen Sinn darin erkannte, warum sie ohne ihre Familie aufwachsen musste, wegen etwas Erde, die als selten galt.

Sie war bei ihrer Tür angelangt, in der Wohnung saß Sarah und machte ihre Hausaufgaben. Als Tue reinkam, stand sie auf, sah sie mit einem viel zu erwachsenen Blick an. „Wir müssen reden", sagte sie.

Tue nickte verwirrt, stellte die Tüten, aus denen es herrlich nach Falafel duftete, auf den Tisch. „Worum geht es?", fragte sie

„Ich habe deinen neuen Entwurf gelesen ... Diesen Text über Jugend und Hoffnung und so."

Tue nickte begeistert: „Und wie gefällt er dir?"

„Nun ja ..." Sarah suchte nach einer diplomatischen Formulierung, Tues Herz rutschte in den Magen.

„Ich ... ich finde das ein bisschen doof. Also, so dieses: Kinder sind unsere Hoffnung, sie werden alles machen, was ihr Erwachsenen nicht geschafft habt. Weil ihr lebt ja noch. Für mich klingt das so wie ... so, als ob ihr uns das alles aufhalsen wollt. Und wir sind ja auch nicht alle eine Art von Mensch. Bestimmt sind einige richtig toll und machen Naturschutzarbeit und so, aber manche werden bestimmt auch komische Firmenchefs, die Bäume abholzen." Tue steckte sich einen Zigarren-Börek in den Mund, um nicht sofort antworten zu müssen, die Worte verfehlten nicht ihre Wirkung.

Sarah fuhr verunsichert fort: „Also, weißt du, so wie in den Briefen da", sie zeigte auf die Kiste, „da reden die ja auch alle davon, dass ihre Kinder das alles besser machen werden. Nur damit ihre Kinder das dann sich auch erhoffen von den eigenen Kindern und alle stehen voll unter Druck. Ich find das", sie zuckte mit den Schultern, „ich find das echt doof", endete sie mit Nachdruck.

Tue reagierte nicht sofort, schaufelte Falafel in ihr Fladenbrot. Als die *Abers* endlich Ruhe gaben, rang sie sich zu einer angemessenen Antwort durch: „Du hast ja recht ..."

„Ich weiß", bestätigte Sarah, griff resolut nach ihrem Falafel-Teller. „Wo warst du denn gerade?", fragte Sarah, für die das Thema abgehakt zu sein schien.

„Essen kaufen, ganz offensichtlich", antwortete Tue schnippisch.

„Drei Stunden lang?", fragte Sarah vorwurfsvoll.

„Ich bin schon groß, ich darf das", sagte Tue, bückte sich unter der geworfenen Gurkenscheibe weg, die aus Sarahs Richtung zu ihr herübersegelte. Sie verschwieg, dass sie soeben einen Teil ihres Vermögens in den Kauf der Baracke gesteckt hatte, die Sarah so am Herzen lag. Wenn schon die Welt der Kleinen zerriß, jede Hauswand ihr entgegenschrie, in welcher Gefahr ihr Mama war, wollte sie wenigstens dieses kleine Gemäuer, welches Hoffnung barg, in Sicherheit bringen. Wenn Sarah alt genug wäre, würde sie es ihr verraten und vermachen, doch gerade wollte sie nur diesen Fetzen Alltag erhalten.

Als sie endlich die schier endlosen Erklärungen zu den Mustern an den Wänden des Schlosses hinter sich gebracht hatten, führte die Museumsleiterin sie in das Obergeschoss. Sie mussten sich Filzpantoffeln überstülpen. Mit hochgezogenen Augenbrauen erklärte die adrette Dame im türkisen Jackett ihnen immer wieder, dass sie wirklich nichts berühren dürften. In Dwaynes Richtung erklärte sie es erneut auf Englisch, was dieser mit einem trockenen Is' mir bewusst beantwortete.

Zuerst betraten sie einen kleinen Raum, in dem Teller ausgestellt wurden, die zum Schreien hässlich waren und eine elendige Erzählung genderistischer Geschichten mit sich brachten. Über den ungezügelten Prinzen und die hinterlistigen Damen ... Dwayne fummelte sich erneut seinen MP3-Player ins Ohr, hörte nur einzelne Satzfetzen:

... ein Sammler ...

... Tiere ...

... Waffen ...

Das Piepen seines Gerätes beendete die kurze Ruhe vom Gedankenstrom des Jacketts, welches sich nach und nach als Erzählerin eines historischen Klatschmagazins entpuppte. Als der Akku starb, begann er frustriert zuzuhören.

„Nun, und hier haben wir ein Bild, das den schönen Prinzen bei der Jagd zeigt, etwas, das er wieder einführte. Ein wahrer Jäger und Sammler", sie brach in kühles Gelächter aus, einige Studierende fielen ein, der Professor schien ganz hingerissen.

Dwayne murmelte etwas, das Lächeln im Gesicht des türkisen Jacketts schien sich urplötzlich verloren zu haben, wurde abgelöst durch Kühle: „Könnten Sie das wiederholen?"

„Ein Jäger und Sammler, auch von Menschen", wiederholte Dwayne lauter.

Das Lächeln erschien wieder, um seinen Dienst anzutreten. „Ja, er hatte eine lustige bunte Truppe um sich geschart am Hofe. Genau wie sein Vater – ein kleines Erlebnis-Utopia!" Es folgte eine schier unerträgliche Erzählung über kleine und dicke Menschen, die auf einer Pfaueninsel lebten, die den Reichen als Zooalternative diente.

„Also stellte er auch Menschen aus", konterte Dwayne.

„Nein", die Museumsleiterin sprach betont langsam, etwas, das Dwayne immer häufiger beobachtete bei den Festländern. Dies schien ihre Antworten auf magische Weise mit Sinn aufzuladen, zumindest in den eigenen Augen.

„Sie lebten dort so wie –", sie schritten in den nächsten Raum, der tiefblau war und als Bibliothek betitelt wurde, trotz des Fehlens von Büchern, „wie dieser M–"

„Mensch?"

„Nein, wie dieser –"

Doch sein Kommilitone winkte ab: „Versuchen Sie es gar nicht, er kann das Spiel sehr viel länger durchhalten als Sie." Irritiert blickte die Dame in die Runde und sammelte sich. „Nun, dann sagen wir halt, dieser *Achmed* mit englischen Neufundländern am Tor des Kronprinzenpalais." Dabei zeigte sie auf ein Bild hinter einem mächtigen Tisch, das einen Schwarzen Mann in Alltagskleidung zeigte. Er blickte zärtlich die drei Hunde zu seinen Füßen an. Den Kopf des einen streichelnd saß er vor dem Kronprinzenpalais und genoss die Sonne des 18. Jahrhunderts.

Dwayne schritt vor das Bild, hörte nur im Hintergrund die Erklärungen, in denen der Name Achmed jedes Mal so betont wurde, als wäre es eine schier absurde Idee, einen Schwarzen Menschen bei seinem Namen zu nennen. Langsam tauchte er aus der Freundlichkeit in Achmeds Gesicht auf.

„... Und er gehörte dem Prinzen Carl von Preußen, bei dem er", sie blickte ihn auftrumpfend an, „sogar ein paar Jahre Lohn erhielt."

„Beeindruckend, Lohn für arbeitende Menschen", antwortete er trocken.

Sie erwiderte: „Die versklavt wurden, wenn man *ihren* Landsleuten glauben darf. Ich kann nur sagen, dass ich mich über die Entscheidung des Europäischen Kunstkommissars freue, der *ihren* Leuten die Flausen austrieb, das Bild nach Biskaya zu holen." Sie schnaubte abfällig. „Da wir nicht wissen, aus welchem Land Achmed kam, können wir nicht von Verschleppung sprechen, schließlich gibt es keine Dokumente über eine Familie, die ihn vermisste, und wir können ja nicht einfach *irgendeinem* Land das Bild übergeben."

Dwayne sah sie verwirrt an, zählte eins und eins zusammen. „Sie meinen, *dies* ist das Gemälde, das Deutschland nicht überstellen will?" Kälte rutschte unter seinem Hemd hindurch, sammelte sich in seiner Nierengegend und ließ ihn erschaudern.

„Nun", sie sprach mehr zur Klasse als zu ihm, „wie Sie sehen, sind die Biskayani da sehr radikal. Doch dies ändert nichts daran, dass wir als Stiftung viel Geld für das Bild gezahlt haben, um es in seinen ursprünglichen Besitz zurückzuführen."

Dwayne sah, wie sie auf seinen Körper zeigte, Kälte umgriff seine Brust, erschwerte die Atmung. Sein Puls jagte das Blut durch den Körper, Fluchtimpulse wurden erstickt durch Leistungsscheine und Filzpantoffeln, die nicht ihm gehörten. Er war zum Betrachtungsobjekt geworden, stand dort mit Achmed im Rücken in guter Gesellschaft. Dass Achmed hier mit liebevollem Blick gezeigt wurde, trotz der weißen Sicht auf Schwarze Körper, hatte ihm für einige Sekunden Hoffnung gegeben. Wenn es im 18. Jahrhundert weiße Menschen gegeben hatte, die solch ein liebevolles Abbild eines Schwarzen Menschen malten, konnte auch er vielleicht zu seiner Zeit hoffen.

Doch er begriff, vermutlich saß Achmed dort in der Hoffnung, diese eine Sekunde unbeobachtet zu verbringen. Nicht nur der Hofnarr zu sein, jener, der ohne jegliche Anekdoten die Menschen zum Lachen brachte, weil seine schlichte Anwesenheit als etwas Belachenswertes galt. Genau dieser eine Moment wurde abgebildet, eingefangen, um über die Jahrhunderte hinweg angestarrt zu werden. Betitelt als der M Achmed, in die Gezeiten eingehend als Nicht-Mensch, als eines der Tiere auf dem Bild, neben den Hunden.

Er schluckte, riss sich aus dem Hintergrund des azurblauen Himmels und grauen Gesteins heraus. Ließ Achmed zurück an dem Ort, an dem er seit Jahrhunderten festgehalten wurde, noch über seinen Tod hinaus. Er trottete den anderen hinterher, hörte nicht hin, als erklärt wurde, dass das Giftgrün dieses Salons früher nur mit Giftstoffen herzustellen war, die alle, die sich in dem Raum aufhielten in einen Drogenrauschähnlichen Zustand versetzten. Den Anmerkungen folgte er nicht mehr, blieb in Gedanken bei Achmed. Durch die Fenster erblickte er die ausladenden Grünflächen des Gartens, bestückt mit grell blühenden Blumen und Statuen, die selbst noch heute die Blicke der Menschen auf der Straße auf sich zogen.

Als sie durch den Garteninnenhof schritten, betrachtete er die Spolien, ein Sammelsurium an Antiquitäten, die in die Mauern einbetoniert waren. Einer Maske, gerade faustgroß, strich er heimlich über die Wangen. Die zerrissene Grimasse stellte in Blackfacing-Manier einen Schwarzen Menschen dar. Wie es Achmed wohl mit diesem Gesicht ergangen war? War es ein Haltegriff in diesem fremden Land gewesen oder ein schmerzhafter Beweis dessen, wie die anderen sein zartes Gesicht betrachteten?

Der weiße Mitstudierende schien endlich ein Objekt gefunden zu haben, das seine Idee von einem weiteren objektiven Biskayani-Foto perfekt einfing. „Mach mal dein Gesicht auch so", er äffte die Grimasse der Skulptur nach, „dann seht ihr euch echt voll ähnlich!"

Wortlos schritt Dwayne über seinen Kommilitonen hinweg, der dramatisch vor ihm im Staub lag. Er fühlte sich zerrieben, nackt und offen. Kein weiteres Wort könnte er ertragen, ohne dass seine Gefühle die weiße Umwelt berühren und verbrennen würden. Seine Gedanken flüchteten in das kleine eritreische Restaurant, zu einem Bananenbier und Ruhe.

20

Auf der Rückfahrt war die Distanz zwischen ihm und der Gruppe um Galaxien gewachsen. Er ertrug die Entfernung, die nur ihm klar zu sein schien, fast nicht mehr. Die Distanz zerrte von unter der Haut an seinem Äußeren, bis es ihn fast zerriss. Um dies zu verhindern, stieg er aus der fast leeren S-Bahn aus. Keinem fiel sein verfrühter Abgang auf, alle waren verloren in die Selbstbeweihräucherung ihrer fotografischen Arbeiten über eines der drögsten Objekte der Weltgeschichte. Seine Füße trugen ihn beinahe automatisch zu dem kleinen eritreischen Restaurant in der Grundewaldstraße. Dort versackte er an der Bar, sein Magen zu gefüllt mit Leere, um das herrlich weiche Injera zu verzerren. Die Düfte aber riefen in ihm etwas wach, das sich wie Heimat anfühlte, die ihm nicht mehr bekannt war. Es verwirrte ihn zutiefst, dass diese Orte, die ihm fremd sein sollten, so sehr halfen, sich zu verorten.

Der Barkeeper reichte ihm schweigend das Bier über den Tresen. Danach huschte er von einem Tisch zum anderen, ließ Erdnusssauce unter den hungrigen Augen der Gäste über die Platten laufen. Der

Geruch von frisch gerösteten Kaffeebohnen vermischte sich mit dem prickelnden Geschmack seines Bieres am Gaumen. Der Druck wich, schaffte der Resignation Raum.

Das matte rötliche Licht fasste ihn ein, die Musik lief leise durch die Boxen. Endlich schien die Anspannung aus seinen Muskeln zu spülen, die Erschöpfung ergriff ihn.

Der Hintergrund verschlang ihn erneut, doch keine*r betrachtete ihn dabei. Er verschwand in der Individualität der Schwarzen Körper, die sich gegenseitig die Luft zum Atmen schenkten. Die Sekunden der Ruhe, die sie brauchten.

* * *

Im Schneidersitz saß Tue vor der beinahe leeren Kiste, strich über die Schnitzereien. Der letzte Brief wartete schon lange auf sie, jetzt fühlte sie sich bereit. Die bereits gelesenen hatte sie um sich herum ausgebreitet, ihre Beruhigungstabletten neben sich.

An dem Brief haftete ein kleiner Zettel, doch entgegen ihrer Gewohnheit hatte ihre Oma nicht weitere Informationen gegeben. Handschriftlich stand dort:

> *Es tut mir leid.*
> *Ich wollte dich davor bewahren.*
> *In Liebe*
> *Oma*

Der Druck auf ihrem Kehlkopf wollte trotz Schlucken nicht weichen, dies waren die letzten Worte ihrer Oma an sie. Sosehr sie versucht hatte, es hinauszuzögern, der Moment, sich zu verabschieden, war gekommen. Sie küsste die letzten Zeilen und schloss die Augen, atmete tief ein, bevor sie den Brief entfaltete.

Dieser Brief ist gerichtet an Tue, meine Tochter.

Sie kannte die Handschrift nicht, es war, als würde Eis ihre Lunge füllen. Die Erkenntnis hämmerte an ihre Schläfen, doch sie konnte sie nicht verarbeiten. Dies war ein Brief des Vaters, dessen Namen sie nie erfahren hatte.

Liebe Tue,

ich hoffe, dieser Brief erreicht dich, denn in wenigen Stunden wird mein Name verhasster sein als die Festländer auf Biskaya. Man wird mich als Monster darstellen, doch ich möchte dir darlegen, warum ich tat, was ich getan haben werde, wenn du diesen Brief in den Händen hältst.

Ich möchte ehrlich mit dir sein: Ich habe deinen Vater und deine Mutter nie geliebt.

Die Beziehung zu deiner Mutter war Mittel zum Zweck, um in die Strukturen der Aktivist*innen für die Selbstständigkeit Biskayas hineinzukommen. Nach ihrem frühen Tod hatte ich schon Zugang zu den Kommunikationsstrukturen. Ich blieb bei deinem Vater wegen dir. Wenigstens bis zu dem Tag, an *dem sich die Gelegenheit bieten würde, wollte ich in deinem Leben sein.*

Ich habe versucht zu verhindern, dass er in die Organisation eintritt, doch er war nicht davon abzuhalten. Letztendlich konnte ich aber auch nicht offenlegen, dass ich Zugang zur gesamten Kommunikation hatte, es hätte alles gefährdet. Als sein Name auf der Liste der Innersten auftauchte, wusste ich, dass ich vergebens versucht hatte, dich zu schützen. Somit werde ich dir morgen deinen Vater nehmen, deine beiden Väter. Denn sosehr du mich auch hassen wirst, du bist die Tochter eines Helden, ich hoffe, du wirst es irgendwann auch so sehen. Das, wofür diese Radikalen einstehen, könnte den gesamten Westen gefährden.

Morgen wird es ein Treffen aller Aktivist*innen der Bewegung geben, etwas, auf das ich seit Jahren warte. Lange habe ich versucht, einen Plan zu entwerfen, der mein Leben gerettet hätte. Ich würde so gerne mit dir den Abschluss der Grundschule feiern, dich eintragen für das Gymnasium.

Doch so etwas fordert Opfer, auch meines. Ich verspreche dir, es wird ein schneller, schmerzfreier Tod für uns alle sein, es ist alles bereitgestellt. Ich werde den Sauerstoff in der Höhle abdrehen, wir werden ermüden und einschlafen.

Vielleicht ist dies meine letzte Beichte, oder aber mein Versuch, als der Held in Erinnerung zu bleiben, den meine Vorgesetzten in mir sehen.

Ich wünsche dir eines der besten Leben in einer Welt, in der Biskaya wieder ein Ort für alle Europäer ist.

In Liebe
Dein Vater Pierre

Übelkeit stieg in ihr auf, sie warf die Briefe wütend in die Kiste. Tränen des Entsetzens rannen über ihr Gesicht. Sie schloss die Kiste in ihre Schreibtischschublade ein, lief rastlos durch den Raum. Die Worte ihres Vaters, seine Kühle und all das Leid, das er anderen aufgeladen hatte, trieben die Magensäure weiter in ihren Mund.

All die Geschichten in den Medien über den Attentäter, den keiner so recht kannte, wegen der Verschwiegenheitsverfügung der EU zum Schutze der Hinterbliebenen. Wie oft sie sich gefragt hatte, ob dieses Monster Nachfahren hätte.

Sie erbrach sich, während eiskaltes Wasser in der Dusche ihren Körper malträtierte. Sie konnte Matthew nicht anrufen, dürfte es nie Sarah erzählen. Bis heute gab es Nachkommen der Ermordeten, die Rache üben wollten. Gerüchte besagten, dass seine Verwandten bis heute für das Attentat Gelder erhielten und seine Morde lobpreisten. Sie wusste jetzt, dass dies Lügen waren, Lügen in der Hoffnung, lebende Schuldige zu finden.

Doch auch sie hatte sie geglaubt,

jedes

einzelne

Wort.

Sie würde nicht diese Lebende sein, die die Wut all jener ertrug. In all den Jahren hatte sie kaum die eigene Trauer über den Verlust ihrer Väter bewältigt.

Als nur noch Magensäure herauskam und ihre Bauchdecke schmerzhaft zuckte, beschloss sie, es ihrer Oma gleichzutun. Sie würde es verdrängen, keine*m erzählen und einfach als Tue, eine der Hinterbliebenen, weiterleben.

* * *

Das hektische Geschehen hinter der Bar verwischte langsam zu einem Farbenmeer, während Dwayne das einzige Bild, das er bei der Fahrt geschossen hatte, betrachtete. Der Bildschirm seiner Kamera blinkte wegen des niedrigen Batteriestatus auf.

Der Mojito des Menschen, der sich neben ihm niedergelassen hatte, stach in seine Nase. Sein Blick stellte sich erneut scharf in dem schummrigen Licht, das langsam den Wandel des Restaurants in eine Cocktailbar vollzog. Nur die Gruppe älterer Männer, die in der Ecke zwischen Tresen und Wand saßen, blieb hiervon unbeeindruckt. Sie bestellten ein Bier nach dem anderen, während der Rest der Kundschaft, deren Altersdurchschnitt immer weiter sank, dem Barkeeper mit komplizierten Bestellungen zusetzte. Dieser reinigte schwitzend die Gläser, während sein Kollege neue befüllte.

Das breite Gesäß seines Sitznachbarn berührte Dwayne leicht, beide schraken auf, grinsten sich zu und wandten sich erneut dem eigenen Getränk zu. Aus dem Augenwinkel betrachtete Dwayne den Trinkenden neben sich, dessen dunkelblau gefärbte

Haare mit einem Silberband nach oben gebunden waren. Er war gekleidet in einen Latzanzug, darüber ein Crop Top. Er trug es mit solcher Selbstverständlichkeit, als wäre es der teuerste Zwirn.

Seine Betrachtung wurde gestört von einem Gast, der sich zwischen ihnen hindurchquetschte und auf Englisch seine Bestellungen herunterratterte, um zu bezahlen. Die falsche Aussprache der Gerichte trieb seinem Sitznachbarn die Fremdschamesröte ins Gesicht, das er hinter seinem Glas versteckte.

Es kehrte etwas Ruhe hinter der Bar ein.

Dwayne lehnte sich über den Tresen, um das Ladekabel seiner Kamera anzustecken. Er wusste nicht so recht, was er sich von der Betrachtung des Gemäldes erhoffte. Das Erlöschen von Achmeds Angesicht schien dessen Geschichte erneut auszulöschen, als würde er von dort zu ihm aufsehen, in der Hoffnung, das Narrativ des machtlos Verschleppten endlich zu zerbrechen.

Das Stimmenmeer hinter der Bar begann erneut, als die Küche geschlossen wurde und alle Angestellten erleichtert Kaffee tranken und über das Tagesgeschäft lamentierten.

Dwayne griff erneut nach seiner Kamera, doch diese lag in der Hand seines Sitznachbarn. Die perlmuttfarbenen Fingernägel strahlten vor der seidig schimmernden Haut. Die Zärtlichkeit, mit der dieser Schwarze Körper sich selbst behandelte, ließ Dwayne die Schamesröte ins Gesicht steigen, ob seiner eigenen Unzulänglichkeit. Er war seit Jahren nicht in der Sauna gewesen, geschweige denn hatte seine Haut auch nur einmal Kokosöl gesehen. Er schien von sich selbst unbemerkt seine eigenen Konturen zu verwischen, um im weißen Hintergrund zu verschwinden.

Sein Sitznachbar reichte ihm die Kamera zurück.

„Der Achmed mit englischen Neufundländern scheint es dir ja angetan zu haben", sagte er.

„Is'n hübscher Bursche", erwiderte Dwayne. Sein Gegenüber murmelte etwas in den Mojito.

„Tschuldige, was hast du gesagt?", fragte Dwayne nach.

„Wäre hübscher, wenn er nicht in dem verdammten Schloss hängen würde, just sayin'", wiederholte sein Gegenüber lauter.

„Absolut. Ich hatte das Gefühl, dass die Stiftungstante gleich um sich ejakuliert vor Begeisterung." Als die Worte heraus waren, wurde ihm bewusst, wie viele Biere er bereits getrunken hatte, doch sein Platznachbar prustete los.

„Also", äffte dieser perfekt das türkise Jackett des Nachmittags nach, „die Prinzessin Marie hatte ja einen ganz typisch weiblichen Fetisch für diese Geld- und Schmucksachen. Tja, Frauen." Sein Wimpernschlag ließ ihn verboten attraktiv aussehen. „Frauen. Pfaueninsel, hach, das war schon eine super Familie, wie sie es hinkriegten, diese ganzen *Anderen*", er warf seine Hände dramatisch für gestikulierte

Gänsefüßchen in die Luft, „hatte er alle erlegt und ausgestellt. Ein hübscher, toller Typ!"

„Traummann", pflichtete Dwayne ihm bei, „ein echter Traummann, wunderhübsch." Beide legten den Kopf gleichzeitig schief und machten den breiten Akzent der Museumsführerin nach. „Nun guuuuut", zerkauten sie die Worte der Dame gleich, „heute würde man das nicht mehr so machen, aber damals ..."

Sie lachten beide bitter, der Mann reichte Dwayne die Hand und ließ die Finger sanft in prinzessinnengleicher Haltung in Dwaynes Hand niedersinken. „Matth. Ich war öfter dort, als es mir lieb war", stellte sein Gegenüber sich vor.

Dwayne drückte die Hand vorsichtig. Die Finger waren noch zarter, als sie aussahen. Der Alkohol und die Berührung lösten das erste wohlige Kribbeln seit Wochen aus. Eine angenehme Abwechslung, diese Sekunden der Verbundenheit, die ihm das Restaurant immer wieder schenkte.

Die beiden leerten ein Getränk nach dem anderen. Matth war ein Künstler, der als freier Mitarbeiter bildende Künstler*innen in Ausbildung betreute. Deswegen hatte er einige Male das Schloss Griebnitz besucht. Er hatte eritreische Eltern und selbst einige Jahre dort gearbeitet.

Mit jedem Getränk stiegen ihr Alkoholgehalt und die Wut auf die Entscheidung des Europäischen Kommissars. Es schien, als würde Achmed als stiller Betrachter durch das Bild sie anstacheln, etwas zu unternehmen. Vielleicht war es dem gesammelten Frust Dwaynes und dem Abenteuerdrang Matthews zuzuschreiben, dass sie nachts um zwei Uhr den Beschluss fassten, Achmed aus dem Museum zu befreien.

Sie taumelten in das nächste Taxi, ließen sich auf der Brücke in Nähe des Schlosses absetzen. Erst dort machte ihnen die kühle Nachtluft bewusst, welchen absurden Plan sie gefasst hatten. Die Lust, etwas an der deprimierenden Realität der politischen Situation Biskayas zu ändern, dessen Forderungen immer wieder unbeachtet blieben, besiegte die kurz aufflammende Vernunft.

Sie gingen den steinigen Weg hoch, erblickten links von sich die Löwen, zogen sich über das Gitter und gingen gänzlich unbemerkt den Schlossgarten hinauf. Die Kameras bewegten sich nicht, ihre Gesichtserkennung war auf kreidebleich eingestellt, ganz der Bevölkerung des Stadtteils angepasst. Die regengetränkte Wiese schmatzte unter ihren Füßen. Erst, als sie vor der Tür standen, fiel ihnen ihr Fehler auf: Wie sollten sie ohne Auslösen der Alarmanlage hineinkommen?

Während Dwayne die Anlage in Augenschein nahm, in der Hoffnung, eine Lösung zu finden, hob Matth sich erneut über den Zaun. Er ging zu dem Stromverteiler auf dem Gehweg, brach dessen Tür auf und riss Stück für Stück mit einem Stock die Drähte heraus. Augenblicklich ging die Notanlage an, Dwayne rannte panisch zu ihm und schob Matth in den nächsten Busch.

Die Polizei raste einige Minuten später heran, doch nachdem sie den Schaden am Stromkasten sahen, schlossen sie dessen Türen und funkten ihren Kollegen durch, dass alles in Ordnung sei. Da es seit Jahrzehnten keine Einbruchsversuche gegeben hatte, sahen sie vom Objektschutz ab. Die Stiftung war den meisten Bürger*innen in den letzten Jahrzehnten mehr und mehr verhasst geworden, mit all den teuren Objekten, die kaum besucht wichtige Gelder der Stadt verbrauchten.

Dwayne und Matthew sahen sich an, konnten nicht glauben, dass das Objekt ungeschützt vor ihnen stand, und fanden sich wenige Minuten später im Gartensaal des Schlosses wieder. Durch die Scheibe betrachteten sie den Weg, der zum Schloss hinaufführte, doch weiterhin war niemand zu sehen. Die Beleuchtung des Gebäudes erlosch, der Notfallstrom schien seit Jahrzehnten nicht verwendet worden zu sein und gab daher zu schnell seinen Dienst auf.

„Dwayne?", fragte Matthew in die Stille hinein.

„Ja?", antwortete er.

„Lass uns zu Achmed gehen, er hat lang genug gewartet." Verschmitzt grinsten sie sich zu.

* * *

Als Dwayne die Treppe erklimmen wollte, hielt Matthew ihn auf. „Moment!", sagte er und kramte in seinem Rucksack, zog ein paar High Heels hervor. „Für dich!"

Dwayne sah ihn fragend an.

„Nun", Matthew zog seine Hosenbeine hoch, um seine eigenen High Heels zu präsentieren, „diese grässlichen Filzpantoffeln zerstören doch jeglichen Glamour, ist immerhin ein Schloss!"

Die beiden stiegen die Treppe hinauf, das Parkett bekam bereits Kratzer. Lustvoll schüttete Matth einen Schwall aus der Weinflasche über den Berg an unförmigen Filzschuhen, bevor sie das erste Zimmer betraten.

Matths Arme trugen seinen wippenden Gang wie Flügel in das kleine Zimmer, in dem sie der Prinz in Form einer Büste bereits erwartete.

„Hello", flötete Matth dieser zu, „du kleiner, ekliger Menschenräuber, *Jäger und Sammler*, wie deine kleine Dame immer sagt."

Dwayne folgte ihm unsicher. Das Ganze hatte sich so schnell ergeben, dass er kaum Zeit zum Nachdenken gefunden hatte. Erst jetzt realisierte er, was sie getan hatten. Doch seit Monaten hatte er sich selbst nicht mehr so gespürt wie in diesen Sekunden auf den 8 cm Erhöhung, die seinen Körper in jene geschmeidige Kurven schoben, die er so vermisst hatte, die Schuhe schafften es, dass es sich so anfühlte, als würde ein weiches Kleid statt seiner steifen Jeans seine Beine umspielen.

Als sie die dunkelblaue Bibliothek betraten, wartete Achmed auf sie. Der Faden, der zum Schutz über das Sofa gespannt gewesen war, lag zerrissen zu Dwaynes Füßen. Matth räkelte sich bereits auf der antiken und nun ungeschützten Couch und betrachtete das Gemälde. „Aus der Nähe ist es noch schöner", seufzte er.

Er monologisierte etwas über die Auswahl von Farben im 18. Jahrhundert, doch Dwayne war bereits hinter der Kamera verschwunden. Er fotografierte den jetzt gerade dasitzenden Matth, dessen blauer Afropuff sich im Blau des Himmels verlor, von hinten. Achmed schien hinter dessen Kopf hervorzuschauen und die weichen Locken des Bruders in der Zukunft zu berühren. Als er genug Bilder geschossen hatte, machte er sich daran, Achmed abzuhängen, doch Matth hielt ihn davon ab.

„Weißt du, was mich immer besonders geärgert hat?", fragte er. Dwayne schüttelte den Kopf.

„Dass dieser schnöselige Prinz so gefeiert wird, obwohl er ein kleines verwöhntes Miststück war." Matth riss sich vom Bild los. „Gibt es hier nicht vielleicht eine Möglichkeit, dem Guten eine Lektion zu erteilen?"

Er krabbelte umständlich vom Sofa, landete galant auf den goldenen High Heels. Dabei trat er gegen die Weinflasche, diese rollte durch die Durchgänge der nächsten Räume. Betrunken sahen beide dem langsam kullernden Objekt nach. „Wer zuerst bei der Flasche ist?!", fragte Dwayne. Matth ließ den Sarkasmus samt seines Überbringers hinter sich und rannte der Flasche hinterher. Jetzt konnte Dwayne dem kindlichen Impuls nichts mehr entgegensetzen und stürmte ebenfalls durch die Türbogen und das Farbenmeer der Räume. Dem krassen Pink folgte der giftgrüne Raum, in dem die Flasche, bereits in den Händen des stolzen Siegers, wartete. Er setzte sich zu Matth auf den Boden, gemeinsam tranken sie den Rotwein in schnellen Zügen leer. Langsam drehte das Schloss sich in wellenförmigen Bogen um seinen Schädel. Das Pink des angrenzenden Zimmers zog Schlieren in das Knallgrün der Wände um ihn herum. Aus unerfindlichen Gründen kicherte Matthew neben ihm. Er berichtete irgendetwas über die Farbentstehung des Raumes, doch Dwayne hörte es auch jetzt kaum, war zu beschäftigt damit, herauszufinden, warum das Rotwein-Etikett ihm etwas zurief.

Die frühere Farbe war zwar abgelöst, doch wirkten ihre Giftstoffe bis heute. Das Grün war dem Prinzen wichtiger gewesen als das Bewusstsein. Bei Tage war es nicht zu merken, da das Schlosspersonal ständig gut lüftete. Doch über Nacht hatte das Gift sich angesammelt und ließ das Bewusstsein der beiden schweben.

Er spürte, wie Matthew ihn vom Boden anhob und in das andere Zimmer trug. Das Pink um ihn herum schien sich mit den grünen Schlieren, die seine Gedanken umwölkten, einen verbitterten Kampf zu liefern. Langsam verarbeitete er die Worte, die Matthew zu dem riesigen Gemälde sprach.

„WHY, ich mein, WHY, warum hast du Kinder ge-kriegt?" Anschuldigend zeigte er auf ein zimmer-hohes Gemälde. Es zeigte den Vater des Prinzen auf einem Pferd, beide uniformiert. „Selber kleine Menschen, dicke Menschen und zu große Menschen auf die verschissene Pfaueninsel sperren", Matthew hickste, fuhr dann mit seinem Monolog fort, „und das Ganze auch noch für eine gute Idee halten! Und dann diesen grässlichen Menschen in die Welt set-zen, der UNS verschleppt!"

Dwayne setzte sich vorsichtig auf, seine Gedanken wurden langsam klarer. Sie blickten durch die riesi-gen Fenster, die durch schwere purpurne Vorhänge gerahmt wurden, auf den See. Die dunkle Masse ließ nur die weißen Segel der Boote erkennen, die sich im Wind wiegten. Langsam durchwanderte Matthew den Raum. „Dieses grelle Pink ... die ganzen Farben ... ein Schönling ... Das einzig Sympathische an diesem Ort ist, dass er wie aus einem queeren Porno nach-gebastelt aussieht."

Dwayne verschluckte sich am eigenen Lachen.

„Weißt du, wie der Garten dort heißt?", fragte Matth. Dwayne schüttelte den Kopf. „Er heißt ...", er drapierte sich auf einem der großen Sessel, fuhr ne-ckisch fort: „Das, mein Lieber, ist des Königs Playg-round."

Dwayne blickte ihn ungläubig an, doch verzog sein Begleiter keine Miene.

„Das ist so ein englisches Gartenkonzept. Ver-such mal der Museumsführerin klarzumachen, wie anzüglich das klingt", er wedelte mit seiner rechten Hand, als wolle er jegliche Hoffnung darauf verscheuchen, „sie ist leider viel zu – hetero."

Dwayne erinnerte sich, sagte: „Ja, stimmt ... Als ich aufgeschnappt habe, wie sie von der *Freundschaft* der Prinzessin und dieser anderen Künstlerin sprach, jede Wette ...“

Matth fiel ihm ins Wort: „... haben die auch den Playground genutzt." Die beiden kicherten wie Kinder nach einem Telefonstreich. Als ihnen dies bewusst wurde, sahen sie einander an und brachen in lautes Gelächter aus. Die Auswirkungen des giftgrünen Raumes waren deutlichst zu spüren.

Die Spiegel am Ende der Räume reflektierten sie. Matthews entferntes Ebenbild landete in dunklen Violetttönen auf dem Speicher von Dwaynes Kamera. Er spürte, wie er etwas in sich wiederfand. Die Form der Fotografie, die befreit war vom Wunsch der objektiven Darstellung der einen Wahrheit, welcher ihm mittlerweile so zuwider war. Jetzt würde er wieder durch die Bilder sprechen, sie gaben ihm die Stimme, die er so sehr vermisst hatte, zurück.

Eine gepflegte Hand legte sich auf seine Schulter, Matth blickte mit ihm auf das abgelichtete Bild. Wortlos zog er Matthew zurück in den Raum zu Achmed.

Sie blickten durch die vielen Türrahmen. Das Blau rahmte das Weiß des Speisesaals, darauf folgte das Pink des Festsaals. Dahinter das Grün, das ihren Geist umnebelte, gefolgt vom zarten Hellblau des

Prinzessinnengemachs, in dem der Spiegel stand, der Matthew reflektierte.

Er drückte den Auslöser, Matthew posierte ernst, ohne Worte verschmolzen sie in dem Wunsch, diese Nacht mit einem Bild zu ehren, das nur hier entstehen konnte.

Danach fand sein Blick wieder Achmed, er verlor sich in dessen Zügen. Matthews Schritte entfernten sich.

Das Geräusch, wie etwas zerbarst, rüttelte ihn auf, er rannte in den Nebenraum. Dort stand Matthew mit einer Axt, die der im Glaskasten des Flures recht ähnlich sah. Um ihn verteilt die Überreste der Büste des Prinzen.

„Tod dem König", merkte Dwayne trocken an, „es lebe der König." Bei diesen Worten warf Matth sich in Pose, hielt seinen Kopf hinter die Amphore, auf der der Prinzenkopf gestanden hatte. Seine Haut kontrastierte mit den Überresten der schneeweißen Büste. Die Hand rahmte sein Gesicht. Dwayne löste erneut aus.

Er ergriff die Axt, um sie zurückzuhängen, doch Matth brach in Lachen aus, fragte: „Was tust du da?"

„Sie gehörte irgendeinem Arbeiter, neben Achmed vielleicht der Einzige, der kein Schnösel war."

Matth nickte und folgte ihm. Während sie den Flur entlanggingen, zog er die Axt hinter sich her, ihre Klinge zerkratzte den sonst durch Filzpantoffeln geschonten Fußboden. Mit jedem Schritt wurden seine Schritte leichter. Die Bilder Schwarzer Menschen innerhalb dieser weißen Gesellschaft hatten ihn mehr und mehr in eine Gender-Performance gedrängt, die nicht seine war. Auch wenn die hohen Schuhe schmerzten, nach den Monaten in unauffälligen flachen Chucks, sie erfüllten ihn mit dem vertrauten Gefühl, näher an dem eigenen Kern zu sein. Er ließ es zu, dass seine Hüfte von links nach rechts schwang, und genoss, wie das Ächzen der Axt sich bei jedem Schlenker um einige Töne erhöhte.

Vorsichtig hängte er sie wieder in den Glaskasten. Danach blickte er sich um, entdeckte einen Tisch, unter dessen Plexiglas-Scheibe weitere historische Gegenstände darauf warteten, betrachtet zu werden. Dort lag eine kleine Stopfpfeife, in einem roten Stoffbett strahlte das Weiß des Rauchkörpers, aus dem sich der handlange Pfeifenkopf schwang. Matthew folgte seinem Blick und fragte: „Na, wollen wir die kleine Zeitreise wagen?"

Der Schalk schien ihm im Nacken zu sitzen, ohne die Antwort abzuwarten, begann er bereits, an dem Schloss herumzuhantieren. Dwayne nickte und fummelte ein Tabak-Gras-Gemisch aus seiner Hosentasche. Als sie die Meerschaumpfeife mithilfe der Axt und unter lautem Klirren befreit hatten, schlichen sie sich in den Playground.

Langsam schritten sie den kleinen Weg entlang, der sie durch die grünen Wiesen unter dem klaren Sternenhimmel lotste. Wie ein Geist folgte ihnen der weiße Rauch der Pfeife. Rechts von ihnen sahen sie die Überreste einer alten Säule. Die Bruchstücke waren vom Prinzen ebenfalls von einer seiner Reisen mitgebracht worden, lagen jetzt drapiert im kalten Brandenburg. Nur ein Säulenteil war gerade aufgestellt worden, auf Dwaynes ersten Bildversuchen besiegte die Dunkelheit die technische Leistung seiner Kamera. Matth sammelte einige Holzstücke und entzündete sie.

„Recht mutig, ich mein, was ist denn, wenn doch jemand vorbeifährt?"

Doch Matth zog streng seine Augenbrauc hoch: „Nun, dann solltest du schnell sein." Mit diesen Worten auf den Lippen zog Matth sich auf die Säule hinauf, das Licht umspielte sein Gesicht, es schien, als würden die Flammen langsam an seiner Latz-Jeans emporzüngeln. Schnell hob Dwayne wieder die Kamera und drückte ab. Die Säule war nur als Kontrast zu erkennen, fast, als würde etwas Göttliches die beiden in der Dunkelheit zum Strahlen bringen. Im Hintergrund erleuchtete das Feuer den weißen Marmor einer Brunnenfigur, die unter einem schweren Teller kritisch hervorschautc.

„Das weiße Establishment findet immer Wege, meine Kunst abzuwerten", sprach Dwayne trocken hinter der Kamera hervor.

„Du könntest das Bild ja *white feminism is judging you* nennen!", schlug Matth vor, der gerade seinen Kopf waghalsig zurückgeworfen hatte, die Arme hinter dem Rücken verschränkt, sodass sein Körper fast kopflos aussah.

Als Dwayne fertig war, sprang Matth von der Säule und löschte sofort das Feuer mit seinem Eiswasserblauen Mantel.

„Ob es das jetzt wert war?", fragte Dwayne.

„Nun, es ist ja meine Aufgabe, in junge, aufstrebende Künstler zu investieren. Manchmal, indem ich ihnen Wissen vermitteln lasse durch gruselige Schlossführungen über alte schreckliche Kidnapper, Entschuldigung, natürlich *Sammler*, die so im Lehrplan stehen, und manchmal, indem ich mich auf einer Säule räkle, nachdem ich gerade in ein Schloss eingebrochen bin und ein Feuerchen entzündet habe."

Sie schritten weiter den Weg entlang. Beide schwiegen, während sie die Ruhe und Dunkelheit um sich herum nicht mehr als bedrohlich wahrnahmen, sondern als wäre der Rest der Welt gefroren. Sie begingen seit Langem das erste Mal ohne die Begleitung der gewohnten Angst einen Weg in der Öffentlichkeit.

Am Brunnen mit den goldenen Löwen setzten sie sich an den Beckenrand, stopften die Pfeife. Matthew verlor sich in ausschweifenden Erklärungen über den Brunnen und seine Funktionen in der Architektur. Dwayne entließ sich aus den letzten Resten seiner Vernunft, ließ sich langsam in den Brunnen sinken. Die Kälte des Wassers nüchterte ihn etwas aus, langsam schwamm er Kreise um die Fontäne in der Mitte des Brunnens. Dabei betrachtete er den weitreichenden Garten, war berührt von dessen

Schönheit, sosehr es ihn auch beschämte, sich dies einzugestehen.

Rechts von sich bemerkte er einen Baum, der fast horizontal gewachsen war, doch sein Blick wurde abgelenkt von dem Qualm, der unter Matthews leisem Jubel der Pfeife entwich. Er zog sich aus dem Wasser und spürte den Blick seines rauchenden Gegenübers, der seinen nassen Körper musterte. Wortlos nahm er die Pfeife, zitterte wegen der Kühle der Sommernacht, während sich Alkohol und die Wirkstoffe des Weeds und Überreste des giftgrünen Zimmers vermählten, ihn wieder umschlossen. Er ließ sich auf den kalten Stein nieder, blickte in den Sternenhimmel. Neben sich hörte er das Klackern von Matthews Schuhen auf den Marmortreppen.

Als das erste Drehen sich gelegt hatte, richtete er sich erneut auf, blickte sich um, doch konnte Matth nicht entdecken. Also ließ er sich erneut in das Wasser gleiten und schwamm eine weitere Runde unter den kritischen Blicken der goldenen Löwen. Er entdeckte Matthew, der sich auf einem Baum räkelte.

Langsam schwamm er zurück zu seiner Kamera und schlich über den Grasboden des Gartens. Matthew bemerkte ihn und sagte: „Mach ruhig." Auf dem Bildschirm konnte er nichts erkennen, doch er wusste, dass er später in der Nachbearbeitung die Bilder hervorkitzeln würde. Er belichtete intuitiv, fand die Gelassenheit, darauf zu vertrauen.

Diese Bilder, das, was sie kommunizierten, das, wofür sie standen, diese Wiederaneignung von

Räumen und Orten, würden seine Sprache werden. Für diesen Ausdruck würde er seine Zeit und Ressourcen ohne Reue aufopfern. Langsam kleidete ein zartes Blau die Dunkelheit des Gartens ein, er wusste, es wurde Zeit, Achmed zu holen und die Schlossnacht zu verlassen. Dwayne ging nach oben, entdeckte die Weinflasche, griff nach dem Gemälde und lief in den Garten. Sein bisher so engagierter Komplize war auf dem Ast eingeschlafen, er weckte ihn auf und beide machten sich bereit, den Playground zu verlassen. Als sie die Treppen unter einem Baldachin emporschritten, um zu der Stelle zu gelangen, an der sie eingebrochen waren, stoppte ihn die Hand von Matthew vor dem Weitergehen.

„Ich kann es nicht verantworten, meinem Klein-Mädchen-Traum, der ohne Frage höchst problematisch war, so nahe gekommen zu sein, ohne den klassischen Abschluss einer Märchenschloss-Geschichte."

Dwayne blickte ihn verständnislos an, auf der Insel waren Schlösser ausschließlich Orte gewesen, an denen Böses geschah. Er hatte jedoch davon gehört, dass dies hier manchmal noch anders war.

„Ich vergaß wohl erneut, dass du nicht vom Festland bist." Matthew seufzte.

Dwayne ging sein gesammeltes Wissen über soziale Interaktionen auf dem Festland durch. Er stieß auf eine längst vergessene Information über die Romantisierung von Beziehungen von Prinzen und Prinzessinnen, die so sehr der damaligen Realität widersprach. Doch er erinnerte sich daran, mit welchem verklärten Blick die Führerin am Tage von Marie und ihrem Prinzen gesprochen hatte. Dwayne brach aus seinen Überlegungen aus, hatte die Referenzen auf eine Kultur, die nicht die seine war, entschlüsselt. Er fragte: „Meinst du etwa diesen ganzen Kram mit sich küssen, heiraten und für immer glücklich sein?" Erst nachdem er es ausgesprochen hatte, wurde ihm bewusst, dass wohl dies genau das gewesen war, weswegen Matth sich verlegen auf die Lippe biss. Sein innerer Forscher hatte die Situation aus der Vogelperspektive betrachtet. Entschuldigend sagte er: „Wow. Das war selbst für meine Verhältnisse beeindruckend unsensibel. Also anders gefragt: Wolltest du mir damit sagen, dass ..."

Matthew antwortete: „Es ist einfach grässlich, wenn zwei analytische Menschen versuchen ... oder zumindest eine analytische Person versucht ... Ich mein nur, das macht es nicht einfacher, oder? Nun ja, auf jeden Fall: Verzeihung, ich möchte nicht den Abend, also ich meine, den Diebstahl ruinieren. Lass uns einfach Achmed von hier fortbringen."

Dwayne nickte: „Ja, es ist für mich unmöglich, ohne Ironie einen wirklich schönen Moment für das zu nutzen, wofür er geschaffen worden ist. Irgendwie verkompliziert die Romantik des Augenblicks jegliche Anziehung." Beide fingen an zu grinsen, doch keinem fiel die Paradoxie ihrer Analyse des Momentes auf. Als Matthew sich umwandte, um die Treppen hochzusteigen, griff Dwayne nach seiner

Hand. Beide schenkten ihren analytischen Perfektionisten, die sicherlich ein Problem damit gehabt hätten, unter dem romantischen Rosenbaldachin solch eine Nähe zuzulassen, eine Pause.

Am nächsten Morgen war der warme Körper Matthews bereits verschwunden, doch Achmed stand mit seinen Hunden in der Ecke von Dwaynes Wohnung. Wenigstens einer der Männer war geblieben, dachte er lächelnd und angelte sich eine Kopfschmerztablette vom Nachttisch, bevor er erneut einschlief.

21

Vorsichtig ergriff der November-Frost die Baracke, schlich die Fensterscheiben hinauf, formte sich zu Mustern, die die Schwärze dahinter in Linien fassten, ohne von Substanz zu sein. Tues Arm lag um Sarahs Schultern, die Kleine fröstelte. Die Gesichter geschützt durch Schichten von Jacken und Schals standen sie schweigend vor der Baracke, die jeden Tag ihre Wege unterbrach. Tue drängte Sarah nur ungern, doch sie mussten sich beeilen. Heute gab es einen Eltern-Kind-Tag in der Schule und wie zu erwarten war, hatte die Mutter gesagt, dass Sarah dort allein hinsollte, weil sie keine Zeit hätte. Tue hatte dies im Stillen schon befürchtet, hatte sich den Abend extra freigehalten.

„Uhm ...", sagte Sarah, „wenn ich dich jetzt was frage, versprichst du, nicht sauer zu sein?"

„Ich werd mein Bestes geben", antwortete sie.

„At least", sagte Sarah trocken.

„Du verbringst definitiv zu viel Zeit mit Matth!", schimpfte Tue.

„So viel zum Thema nicht sauer werden." Die Kleine zog ihre Augenbraue hoch, fuhr fort: „Also ich ...

ich glaub, ich will da heut Abend nicht hin. Ich finde die eh alle grässlich und ... Können wir nicht einfach bei dir rumsitzen und Kakao trinken?"

Sarah zuppelte an ihrer Mütze und ihr Blick schweifte die Straße entlang, landete zuletzt flehend bei Tue, die seufzte. „ Klar. Geh du schon mal vor, das ist ja nicht zu ertragen, wie du zitterst. Ich komm dann nach ... Ich kauf noch schnell Milch und Kekse."

„Mir reicht Milch", antwortete Sarah und kontrollierte, ob der Generalschlüssel an ihrem Bund war.

„Ja. Mir aber nicht."

„Big girl", scherzte Sarah aus sicherer Entfernung, doch Tue erwischte sie mit einem Schneeball an der Schulter.

Als Tue durch die Reihen des Supermarktes wanderte, alles zusammensammelte, von dem sie sich erhoffte, die Leerstelle im Leben des Kindes stopfen zu können, die ihr Mama hinterließ und die Mutter nicht zu ersetzen vermochte, gefror sie in der Bewegung. Weder die doppelt gefüllten Schokokekse noch die Chips mit Käse-Flavour würden das vermögen. Sarah hatte eine Lösung gefunden. Erst jetzt wurde ihr klar, dass sie diese Lösung darstellte. Bisher hatte sie sich keine Gedanken darüber gemacht, hatte die Kleine eher geschwisterlich in ihren Gedanken eingeordnet. Aber vielleicht war es gerade das, was es Sarah ermöglichte, Nähe zuzulassen.

Wieder kam in ihr der Drang auf, nachzufragen, warum ihr Mama so selten da war, so gehetzt und verzweifelt wirkte. Doch Sarahs damalige Reaktion war unmissverständlich gewesen.

Damals, mit zehn Jahren hatte sie nicht aufgegeben, zu fragen, und doch nie etwas erreicht, nun war sie weiser und ließ Sarah ihren Frieden der Verschwiegenheit.

Ich bedeute
Rückzug und Ruhe
für einen Menschen,
statt Chaos und Krise!

Die Erkenntnis erschlug sie. Wie ein Kloß drückte die Freude auf ihren Kehlkopf. Die erste Freude nach einer Krisenzeit, die den ganzen Körper erfüllte, schien sie jedes Mal gänzlich unvorbereitet zu treffen, an den seltsamsten Orten. Hier stand sie, vor den Kühltruhen, starrte die Fertiggerichte an und konnte sich kaum bewegen vor Zuneigung, die ihr die Luft abschnürte. Sie atmete vorsichtig aus, presste die Luft durch ihre überfüllten Lungen, während Nina Simone in ihre Ohren flötete. Es war einer dieser Momente, in denen die Verbindung mit einer anderen Schwarzen Person die Zeit verschwinden ließ und das Netzwerk der Diaspora hell aufleuchtend und erschreckend offensichtlich all die Realität um sie herum überblendete.

Sie war für ein Schwarzes Kind da, nahm in dessen Leben eine wichtige Rolle ein.

Sie wurde aus ihrem fragilen Glück herausgerissen, eine Hand streifte ihren Afro, doch entgegen ihrer Befürchtung war dieser nicht das Ziel der Berührung gewesen. Im nächsten Moment hörte sie nur noch auf dem rechten Ohr das Publikum, Ninas Stimme im linken war verstummt, sang nun ungehört in der Hand ihres weißen Gegenübers.

„Sie – Sie sind doch TUE von TuesDay!", rief dieses begeistert. Sie zog ihm den Kopfhörer ruckartig aus der Hand, schob die Kapuze über ihren Afro und verließ den Supermarkt unverrichteter Dinge.

Während ihre oberflächlichen Gedanken nach dem nächsten Supermarkt suchten, befasste sich ihr Unterbewusstsein mit den Sekunden, in denen der weiße Mann sie aus ihrem Schwarzen Glück gerissen hatte. Es bildeten sich Silben und Worte, der Moment, in dem Tue sich für einen Laden entschieden hatte, wurde unterbrochen von ihrem Unterbewusstsein, das sie dazu brachte, laut zu sagen: „Der schier unendliche Tod der Utopia."

Sarahs Art, Utopie auszusprechen, so als wäre es der Name einer tragischen Fantasiegestalt, formte die Worte, Ideen und Motive für ein Lied. Sie schöpfte Hoffnung, die Sprache wieder dazu zu bringen, für sie zu sprechen.

Als sie ihr Haus betrat, wartete statt Sarah der Hauswart in ihrer Wohnung. Ihre Wohnungstür war brutal herausgetreten worden, hing schief in den Angeln. „Frau Millow?" Sie zeigte ihren Pass. „Ein

Nachbar hat mich gerufen, bitte sehen Sie nach, ob etwas gestohlen wurde." Sie konnte nur nicken, schloss ihr Schreibtischfach auf. Nichts fehlte, bis auf die Holzschatulle mit den Briefen ihrer Familie.

„Es fehlt nichts, können Sie einfach die Tür wieder einhaken?", fragte Tue.

Nachdem der Hauswart gegangen war, ergriff die Panik ihren Körper. Sie hoffte, dass es nur ein Zufall war.

Dwaynes Hauptkamera lag daheim, hatte bei -15 Grad aufgehört zu funktionieren. Seine jetzige arbeitete auch bei den -30 Grad weiterhin, nachdem er jede Ritze verklebt hatte, um das Eindringen von Feuchtigkeit zu verhindern. Das Tempelhofer Feld lag in mattem Grau vor ihm, der Nebel lichtete sich das erste Mal seit Tagen. Vor ihm standen seine Schwarzen Models in weißen Anzügen, sie blickten in die Ferne vor ihm, während er sie ablichtete. Auf die Rücken projizierte ein Beamer ein Foto aus dem Jahr 1884, das drei Schwarze Menschen an genau diesem Ort zeigte. Die Kälte verhinderte zumindest neugierige Zuschauende, die den Ablauf stören würden.

Einer aus der Gruppe schlurfte durch den flachen Schnee zu ihm herüber und rief durch die Dicke des eigenen Schals etwas, das Dwayne nicht verstand. Nach einigen ergebnislosen Versuchen der Kommunikation resignierte er, gesellte sich zitternd wieder zu den anderen.

Dwayne hatte das letzte Bild für die neue Reihe in seiner neuen Bildsprache. Die Gedanken schweiften zurück zu Matthew, den er seit dem August nicht mehr gesehen hatte. Beiden hatte der Schock darüber, dass sie einen Diebstahl begangen hatten, die Möglichkeit genommen, tiefere Gefühle zuzulassen. Die Angst überschattete jedwede Zärtlichkeit. Aber es war auch die Hoffnung auf einen dieser Reagenzglasmomente, die gelagert in Befürchtungen perfekt blieben.

Die kalte Luft fraß jeden Geruch, stieg mit jedem Atemzug schmerzhaft in den Kopf, schien die Zeit aufzuheben. Nachdem er sich bei den Models bedankt hatte, die grummelnd die Aufwandsentschädigung in ihre Mäntel stopften, legte er sich flach auf den Bauch. Er spürte die Kälte, verlor sich im Betrachten der Projektionen im Schnee. Auch sie, die Brüder, die in Schwarz-Weiß vor ihm aufleuchteten, waren gefangen in dem Bild wie in einem Reagenzglas. War es nur sein Wunsch, dass sich dies für die Brüder empowernd angefühlt hatte? Vielleicht sagte der Fotograf damals etwas Rassistisches, vielleicht mochten sie sich nicht mal besonders. Das Empowernde lag so nah an dem Zerstörerischen. Wie die guten Momente für Biskaya, dachte er, die neben jenen Schlagzeilen über den Tod seines Vaters standen. So tief versteckt in den Archiven, dass es keine Erforschungen gab, wie es dazu gekommen war, dass die Gruppe aufgefunden worden war. Der Tod der

Bewegung zersplitterte die Reagenzglasmomente der Befreiungsbestrebungen Biskayas.

Auf dem Weg nach Hause surrte sein Telefon. Eine verlegene Stimme entpuppte sich als Agentin der Künstlerin, die in dem Artikel von Achim im *Brandenburger Tor* so verrissen worden war, deren Texte ihn zu den ersten neuen Bildern motiviert hatten. Gerne würde sich jene mit ihm treffen, für ein gemeinsames Projekt. Dwayne stimmte zu, ohne weiter darüber nachzudenken, notierte sich den Termin im digitalen Kalender und vergaß ihn beinahe im selben Moment. Seine Gedanken waren verkittet mit dem Hass und dem Unverständnis, das ihn immer erfüllte, wenn er an den Tod dachte, der nur Fragen hinterlassen hatte. An jenen, der das Reagenzglas, das mit Kindheit beschriftet war, für ihn hatte zerplatzen lassen. Die Scherben bis heute scharf genug, um die Wunden wieder und wieder aufzureißen. Erneut vibrierte sein Handy, doch dieses Mal war es eine Nachricht: „Ich würde gerne die englischen Neufundländer am Tor des Kronprinzenpalais am Wochenende wiedersehen, wenn du nichts dagegen hast." Er grinste in seinen Schal und schlüpfte trotz der Kälte aus den Handschuhen, um zu antworten.

Tues Tür flog beinahe aus den Angeln, als Sarah in ihre Wohnung stürmte und sie hinter sich zuschmiss. Wenige Sekunden später warf sich von außen die Mutter gegen die Tür. Tränen liefen über Sarahs

Gesicht, bis die wütende Stimme draußen endlich verstummte und die Mutter schnell die Treppen hochrannte. Tue schloss Sarah in ihre Arme. Diese versuchte zu sprechen, doch bekam kaum ein Wort raus. Tue umgriff Sarahs Handgelenke, sagte mit ruhiger Stimme: „Okay, atme richtig doll aus."

Sarah pustete, schluckte, schniefte und begann, geordneter zu erzählen: „Sie, sie hatten Streit und ... und Mutter will jetzt Mama bei der Polizei melden. Das heißt, dass sie ins Gefängnis kommt oder stirbt oder ... Ich werde nie wieder bei ihr leben können." Die Tränen verhinderten jeden weiteren Satz. Tue kaschierte ihren Schock, drückte die Kleine noch fester an sich.

Es klopfte erneut an der Tür, jedoch war es dieses Mal die eindringliche Stimme der Mama. Leise und bestimmt bat sie darum, eingelassen zu werden. Tue schlich zur Tür, blickte durch den Spion und ließ sie schnell in die Wohnung.

„Pack deine Sachen, wir müssen von hier verschwinden", sagte ihr Mama, die Trauer in den Augen verbat jedweden Widerspruch. Tue und Sarah sammelten alles zusammen.

Tue drückte ihnen einen Schlüssel in die Hand. „Hier, nehmt den alten Tourbus, er müsste noch gut getankt sein." Sarahs Mama zögerte kurz, doch griff nach dem Schlüsselbund. „Stimmt es, sind Sie die Tochter von Pierre?", fragte sie, während ihre Hände sich berührten. In Sarahs Augen erkannte Tue das

Zerreißen des Bildes, das diese von ihr hatte. Tue schluckte die Wahrheit hinunter.

„Nein", log sie, drückte Sarah an sich, küsste sie auf die Stirn.

Die beiden gingen zur Tür, während die Mama bereits runterging, sahen sie sich ein letztes Mal an. In Sarahs Augen erkannte sie, dass sie nicht an ein Wiedersehen glaubte, und doch formte sie stumm ein *bis später*, grinste, um die Tränen zurückzuhalten.

Nachdem die beiden die Wohnungstür geschlossen hatten, glitt Tue an der Wand hinab. Sie ließ die Hände eine Wolke aus Locken um ihren Kopf errichten, um die Realität noch einige Sekunden abzuschirmen. Jeder Schritt, den sie auf der Treppe hörte, zerriss ihr Herz ein wenig mehr, endlich kehrte Stille ein. Sie wusste, die beiden waren gegangen, auf dem Weg aus der Gefahr.

Die Stille zerbarst unter der Explosion, ein Pfeifen füllte ihre Ohren, während die Scherben ihrer Fenster auf ihr hochgeschrecktes Gesicht zuflogen. Sie spürte die Kratzer nur für wenige Sekunden, bevor der Schock sie gefrieren ließ.

Es würde kein langes Warten auf Briefe geben, auch kein kurzes. Nur ein ewiges und sinnloses Erträumen eines Wiedersehens.

Der Knall der Explosion schien nicht verstummen zu wollen, wiederholte sich unendlich in ihren Gedanken. Sie riss sich vom Boden hoch, ihre Füße wurden sogleich durchbohrt von Scherben. Sie beachtete es nicht, die Wohnungstür fiel ins Schloss.

Hinter sich hörte sie das endlose Surren, die Sekunden schienen in Dauerschleife zu laufen.

Die Frage,
die Lüge,
Sarahs Lächeln,
die Explosion.
Ihre Lüge.

Auf der Straße lichtete sich langsam der Staub. Tue blickte zu ihren Füßen, um die Überreste des Wagens und der Körper nicht sehen zu müssen, begann zu rennen und ließ alles hinter sich. Die Welt um sie zog Schlieren im Staub der Zerstörung. Das Fiepen erhöhte sich, bis völlige Stille eintrat. Vor der Tür des Ladens, von Sarahs Laden, atmete sie schwer ein und erbrach wegen des Staubes in ihrer Lunge. Zum ersten Mal schloss sie auf, betrat die Baracke, die in schummriges Licht getaucht war. Das aufgetaute Eis hinterließ dreckige Schlieren an den Fensterscheiben, die Straßen waren befreit vom Schnee und erneut erstarkt im Dreck der Stadt. Sie schloss die Tür, ließ sich in der hintersten Ecke nieder.

Hier würde Sarahs Tod nicht durch die Schlitze dringen können, nicht real werden. War genauso ausgesperrt wie die Millow'sche Lüge, so weit entfernt wie ihre geerbte Schuld. Sie legte sich flach auf den Boden, die Härte des Bodens verweigerte, sie aufzunehmen, doch es störte sie nicht. Es gab keine*n mehr, den ihr Verschwinden kümmern würde.

Keinen Grund, warum irgendwer nach ihr suchen sollte. Sie lag in ihrem Besitz, der niemals zu dem werden würde, was ihm anbestimmt war, und gab sich dem Sterben hin.

Als Dwaynes Handy surrte, lag er noch unter Bergen von Decken begraben, hatte der weichenden Kälte des Winter nur die Nasenspitze überlassen, die letzten Wochen hatte er ununterbrochen gefroren, sodass selbst die jetzigen Temperaturen um den Nullpunkt ihn nie ganz auftauen ließen. Er angelte mit bibbernden Zähnen nach dem Telefon und sah dort eine Adresse und dass er in 20 Minuten dort sein musste. Er begriff, was für eine Gelegenheit sich ihm ergab, sprang auf. Der warme Körper neben ihm protestierte.

„Steh auf ! Komm! Diese Musikerin will sich jetzt mit mir treffen! Das könnte mein Durchbruch werden." Seine Begeisterung schien den Deckenberg nicht zu kümmern.

Doch dann grummelte Matthew: „Okay, Starlett, aber nur, wenn du unterwegs den Kaffee zahlst."

Beide hüllten sich in mehrere Schichten und gingen los.

„Hast du mittlerweile was von deiner besten Freundin gehört?", fragte Dwayne auf dem Weg zum Café.

„Nein", antwortete Matthew, machte klar, dass er nicht darüber sprechen wollte. Seit der Explosion hatten Tue und er nicht geredet. Er gab ihr weitere fünf Tage, dann würde er die Wohnung aufbrechen

lassen. Doch er wusste, sie brauchte Zeit zum Begreifen.

Als sie sich der Baracke näherten, blieb Matthew stehen.

„Du, ich glaub, das kannst du dir sparen, ich … ich
glaub nicht, dass sie da sein wird."

„Warum, hast du jetzt auch noch hellseherische
Fähigkeiten?", fragte Dwayne.

„Nein, aber ich glaube, die geheimnisvolle Sängerin
ist …" Dwayne unterbrach ihn: „Ist Tue, ich weiß."

„Tja. Und Tue ist die Freundin mit dem explodierten
Wagen und …" Er konnte es noch nicht aussprechen.
Auch ihm war Sarah ans Herz gewachsen, auch ihm
war klar, wem der Anschlag eigentlich gegolten hatte.

„Oh", entwich es Dwayne, er schämte sich für die
egoistische Hoffnungslosigkeit, die ihn ergriff, noch
vor dem Mitgefühl.

Langsam gingen sie zu dem Laden, während Matthew ihm von Sarah und den Hoffnungen berichtete,
die sie in jenen gesetzt hatte.

Als sie vor der Tür standen, leuchtete Dwayne
durch einen Spalt mit seinem Handy hinein, doch
Matthew winkte ab. „Da siehst du nicht viel, das
Ding ist total leer."

Doch Dwayne schrak zurück, warf sich gegen die
Tür, ohne Matth zu erklären, was der Anlass war.

„Was zur Hölle …?", begann jener nachzufragen, bis
die Tür aufsprang und sie Tues Körper entdeckten.
Sie lag auf dem Boden, die Haut aschfahl, aber die

Brust hob und senkte sich leicht. Matthew schritt zu ihr, brachte sie dazu, sich hinzusetzen.

„Wie lange bist du schon hier?", fragte er atemlos.

„Seit ... seitdem es passiert ist", antwortete sie schwach. Matthew schluckte, „Dwayne, hast du Wasser?" Er trat auf sie zu und flößte ihr schlückchenweise Flüssigkeit ein.

„Ich bin übrigens dein Termin." Sie sah Dwayne verständnislos an. „Wegen des Fotoprojektes ...", erklärte er. Doch sie schien ihn nicht zu hören, starrte ihn nur mit zusammengekniffenen Augen an, schien in seiner Mimik eine Antwort auf eine ganz andere Frage zu suchen.

„Ich – ich bin Dwayne." Doch da begriff auch er ihren Blick.

Worte reichten nicht, er ließ sich zu ihr sinken und umschloss den kalten Körper. Sie nuschelte in seinen Pulli: „Es tut gut, dich wiederzusehen."

Er schob sie leicht von sich, sah sie an und fragte, was seit seinem zehnten Lebensjahr unbeantwortet geblieben war: „Warum? Warum warst du damals weg? Keiner hat mir gesagt, ob du gut in Deutschland angekommen bist, mich nicht mehr sehen wolltest ... Ich mein ... Du warst quasi ..."

„Meine Schwester", beantwortete sie seinen Satz. Sie blickte ihn lange an, wollte ihm die Wahrheit sagen, dass Pierre, ihr Vater schuld an seiner Trauer war. Dass ihre Scham dazu geführt hatte, dass die beiden den Bus nutzten. Hätte sie doch die Wahrheit gesagt, dann würde Sarah jetzt noch leben.

Und dich hassen ...
Dürfte dich nicht mehr sehen.
Die Tochter des Verräters,
der so viel Leid gebracht hatte.
Würde dich nicht mehr sehen wollen.

Ihre Hände bedeckten die Ohren, sie schrie gegen den Selbsthass in ihrem Kopf an, bis ihr Körper zu erschöpft war.

Sie würde es ihm verschweigen, so wie ihre Familie es verschwiegen hatte. Wollte ihm nicht die Last der Wahrheit aufladen, wollte, dass die Schuld nicht weiter ihr Leben bestimmte, ihre Freundschaft bestimmte, die zerrissen worden war.

Matthew betrachtete Tues nackte Füße, aufgeschlitzt und blau von der Kälte. „Du musst ins Krankenhaus."

Tue sah ihn an. „Nur, wozu? Sarah war ... Sie ist ... Sie war der letzte Halm ..." Matth setzte sich zu ihr, legte den Arm um sie. Er begriff, er kannte keine Worte, um sie zu überzeugen.

„Ich verstehe, warum du dich so fühlst ... Wenn wir Kinder verlieren, verlieren wir die Hoffnung", sagte Dwayne und starrte durch die geöffnete Tür auf die dicht befahrene Straße.

„Sie hätte es so arg gehasst, wenn du das gesagt hättest. Sie hasste dieses ganze Kinder sind unsere *Hoffnung*-Ding", sagte sie, ein Lächeln huschte über ihr ergrautes Gesicht.

„Das weißt du doch gar nicht, sicher hätte sie mich super gefunden!"

Als sie antworten wollte, bemerkte sie, dass die 25 Jahre Trennung voneinander wie weggewischt waren. Hier im Dreck der vergangenen Hoffnung war sie wieder zehn und stritt sich mit dem größten Scheusal, das in ihrem Herzen existierte.

„Sarah fände das sicher nicht okay, wenn du hier in ihrem Utopia einfach stirbst", sagte Matth, der die schnell wechselnden Emotionen der beiden und all das Unausgesprochene nicht verstand.

„Und was wohl Achmed gesagt hätte", flüsterte Dwayne in die Stille.

„Woher kennst du Achmed?", fragte sie überrascht, doch Matth antwortete schneller: „Das war mein ambitionierter Schüler, mit dem ich Achmed befreit habe, darf ich vorstellen: die Urururenkelin von Achmed."

„Es tut gut, zu wissen, dass er bei dir ist", sagte Tue leise.

„Er hätte das sicherlich richtig scheiße gefunden, wenn du hier gestorben wärst, ganz egal, wie schuldig du dich fühlst." Sie starrte auf den Boden, dachte daran, dass sie es verdient hätte zu sterben, für all die Kinder, die wegen ihres Vaters ihre Familien verloren hatten.

Doch was änderte ihr Tod an dem Leben, das jene Kinder jetzt führten? Was veränderte das zum Positiven für Dwayne?

Er hatte seinen Wunsch geäußert, sie sollte am Leben bleiben. Dies war ein Halm, den sie ergriff. Hier, in Sarahs Utopia, würde sie nicht sterben.

Nicht genügend Willen für ein ganzes Leben, aber ausreichend für den Moment.

Danksagung

Mein Dank geht vor allem an meinen Baba, Hector Miguel Perez, der mich immer wieder verortet, mir meine Geschwister, die Musik und die Liebe zum Essen und mir selbst schenkte. Mein Dank geht an meine gesamte Schwarze Familie auf allen Kontinenten, ihr brachtet mir bei, Verrücktheit/Neurodiversität in jedem Menschen zu lieben und zu feiern. Mein Dank geht an meine Großmütter, deren Leben mir die ersten Geschichten schenkten über eine Welt, die sich gegen uns richtet, und den Humor betrunkener Hühner. Er geht auch an Gitta Morr (R.I.P.).

Mein Dank gebührt Achmed und allen Geschwistern, die bis heute ihrer Heimat entrissen werden oder sie verlassen müssen_wollen aufgrund kolonialer kapitalistischer Verhältnisse.

Mein Dank geht an die Schwarzen Menschen, die mir mit ihrer wegweisenden Arbeit und ihren Kämpfen zeigten, dass meine Worte fliegen dürfen. Audre Lorde, Angela Davis, May Ayim, Laverne Cox, Sharon Dodua Otoo, Maisha Auma, Christiane Hutson, Shonda Rhimes, Chimamanda Ngozi Adichie und so viele andere.

Er geht an Anna-Lin Karl (R. I. P.), die mir beibrachte, dass unsere Lebensrealitäten Dreh- und Angelpunkt sein können, um eine ableistische Welt zu entlarven. Ich widme ihr jeden Moment des Kampfes in diesem Buch, jene, die du gewonnen hast, strahlen stärker als dieser eine, den du verloren hast.

Mein Dank geht an meine Crowdfunder*innen, die an die Geschichte glaubten und es mir ermöglichten, diese Zeit zu erleben ohne die Angst, die Miete nicht aufbringen zu können. Mein Dank geht an blacktransrebel für die Unterstützung bei der Crowdfunding-Kampagne, an Ginnie Bekoe und Daniel Horneber für die emotionale und künstlerische Unterstützung und an S. B., die mit ihrer unermüdlichen Arbeit beweist, dass institutionelle Unterstützung von PTBS-Patient*innen ohne Stigmatisierung und Abwertung funktioniert.

Mein Dank geht an an Nicole, die all meine Ängste ernst und mich bei der Hand nahm, um gemeinsam Tues Leben geschehen zu lassen.

Einer blieb jede Minute an meiner Seite, gab mir Ruhe und Erdung, wann immer ich sie brauchte, ganz ohne lästige Worte: Monkey.

Mein größter Dank geht an all diejenigen, die in diesem System überleb(t)en und in den eigenen Communitys mehr Kämpfe durchleben müssen, als Rückhalt zu finden.

Quellen

Ansatzpunkt für die Recherchen und Ideenentwicklung zu Achmed war folgendes Buch:

Oumar Diallo und Joachim Zeller (Hrsg.) (2013): *Black Berlin: Die deutsche Metropole und ihre afrikanische Diaspora in Geschichte und Gegenwart.* Metropol Verlag: Berlin; darin: Joachim Zeller: „Nicht nur ‚weiß'. Das afrikanische Berlin – Von den Anfängen bis zum Ersten Weltkrieg", S. 31–60.

Aus den folgenden Songs sind kurze Zitate in den Roman eingeflossen:

„Adriano (Letzte Warnung)" der Band Brothers Keepers (aus dem Album „Lightkultur", das 2001 auf dem Label „Downbeat Records" erschien) auf Seite 180.

„Black Is the Color of My True Love's Hair" von Nina Simone (aus dem Album „Wild Is the Wind", das 1966 auf dem Label „Philips" erschien) auf Seite 17.

„Don't Know Much" von Barry Mann, Cynthia Weil und Tom Snow (der erstmals 1980 von Barry Mann aufgenommen wurde und im Rahmen seines Albums „Barry Mann" auf dem Label „Casablanca Records" erschien) auf Seite 223.

„Fremd im eigenen Land" der Band Advanced Chemistry (der 1992 als Single auf dem Label „MZEE" erschien) auf Seite 194.

„Früher war ich meistens traurig" der Band Herrenmagazin (aus dem Album „Atzelgift", das 2008 auf
dem Label „Motor" erschien) auf Seite 99.

„Wonderful World" von Sam Cooke, Herb Alpert
und Lou Adler (der erstmals 1960 als Single auf dem
Label „Keen" erschien) auf Seite 223.

SchwarzRund kam als Schwarze Deutsche Dominikaner*in mit drei Jahren nach Bremen, lebt seit über einem Jahrzehnt in Berlin. Seit 2013 publiziert sie auf ihrem Blog schwarzrund.de und in diversen Magazinen. Mehrdimensionale Lebensrealitäten inner- und außerhalb von Communitys verhandelt sie in Performance-Texten, Vorträgen und der Novelle „Quasi" (2015). Sie forscht in ihrer akademischen Arbeit zu künstlerischen Interventionsstrategien. Essays, Kurzgeschichten, Zeitungsartikel und Gemälde wurden in diversen Anthologien veröffentlicht.